LIEBLICHE ROSE

SIMONE BEAUDELAIRE

Übersetzt von
JOHANNES SCHMID

Internetseite: http://simonebeaudelaire.com

E-Mail: simonebeaudelaireauthor@hotmail.com

DANKSAGUNG

Ich danke meinem Team von Erstlesern, ohne deren Hilfe dieses Buch nicht das wäre, was es ist. Mein Dank geht an Sandra, Lin und Zach.

Dieses Buch ist Ayla gewidmet, die mich drängte, nie aufzugeben.

KAPITEL 1

„Kämpf gegen mich, du Bastard!", schrie Esteban und verpasste seinem ehemaligen Klassenkameraden einen Schlag.

„Nein, ich kämpfe nicht gegen dich", antwortete Vidal, zog sich weder zurück noch wehrte er sich. Der Schlag landete auf seiner Schulter und warf ihn zwei Schritte zurück.

„Du wusstest, sie gehört mir", keifte Esteban. „Du hast versucht, sie mir auszuspannen."

Vidal hielt beide Hände nach oben und versuchte, ruhig zu bleiben. „Nein, du irrst dich. Ich hatte keine Ahnung. Sie sagte, du hättest sie vor langer Zeit schon verlassen. Hätte ich das gewusst, dann hätte ich ihr nie den Hof gemacht. Sie kam zu mir."

Esteban fletschte die Zähne wie ein Löwe. „Lügner. Willst du damit andeuten, dass sie nicht zu mir passte?"

„Ich will gar nichts andeuten", sagte Vidal. „Ich sage dir lediglich die Wahrheit. Ich wusste nicht, dass du und sie immer noch zusammen wart, ich schwöre. Komm, Esteban, hören wir auf, uns zu prügeln und reden darüber."

„Nein, ich will nichts von dir hören.

Die Teilnehmer des Erntedankfestes blickten gespannt auf das Schauspiel ihres Chefs, dem reichen Gutsbesitzer, Vidal Salazar, ab. Sie versuchten, seinen heißblütigen früheren Freund, Esteban Medrano, zu beruhigen.

Der Soldat, Esteban, holte nochmals zum Schlag in Richtung Vidals Gesicht aus. Vidal duckte sich. Esteban verlor das Gleichgewicht, taumelte und fiel in die trockenen, bereits abgeernteten Halme einer Weinrebe. Die braunen Blätter raschelten unter seinem Gewicht. Das wäre die passende Chance für Vidal gewesen, ihn niederzuschlagen und die Prügelei zu beenden, was er aber nicht tat.

„Kämpfe, verdammt", schrie Esteban.

„Nein, ich kämpfe nicht", betonte Vidal. „Das ist der falsche Weg."

Esteban schwieg. „Wieso kämpfst du nicht gegen mich?"

Vidal zog eine Grimasse. „Was hätte das für einen Sinn? Denkst du nicht auch, dass die Dame entscheiden sollte, welchen Mann sie wählt? Wenn du dich jetzt setzen würdest, dann können wir diese Frage schnell beantworten. Señorita Flores, herkommen, bitte. Wir müssen Sie was fragen."

Die schwarze Schönheit löste sich, hoch erhobenen Hauptes, aus der Menge der Gaffer. Als Vidal sie sah, schlug sein Herz schneller. *Mein Gott, ist die schön.* „Da gibt es wohl eine Frage, Liebes, welchen Mann Sie lieber haben. Ich weiß, dass Sie und Ihr Vater zustimmten, dass Sie mich heiraten, aber Señor Medrano hat den Eindruck, Sie hätten ihm ähnliche Versprechen gemacht. Würden Sie bitte erklären, wen von uns beiden sie heiraten wollen?"

Sie schaute von einem Mann zum anderen und dachte nach. Als alles ganz still war, zog ein kleiner Windhauch auf. In der drückenden Stille konnte man das Rascheln der Blätter und Zweige der Weinreben hören.

Schließlich sagte sie: „Schwer zu sagen."

Esteban stierte sie an. „Carmen, was meinst du? Wir sind seit zwei Jahren verlobt."

Sie schüttelte den Kopf, sodass ihr Haar im Wind flatterte. „Ja, aber seit du dich dazu entschlossen hast, in die Armee zu gehen, hattest du keine Zeit mehr für mich. Es hat sich viel verändert, nun, da die Königin nicht mehr da ist, Esteban? Wirst du weiterhin dem Ruhm hinterherjagen und mich ignorieren, bis zu dem Punkt, dass du anderen Frauen hinterherrennst, wenn sie deine Bedürfnisse besser befriedigen können? Don Vidal schenkt mir viel Aufmerksamkeit und er ist wohlhabender als du. Schau dir an, was alles mir gehören könnte, wenn ich ihn stattdessen heirate."

Estebans Gesicht verfinsterte sich. „Du kannst ihn nicht lieben. Du kennst ihn noch nicht mal."

Carmen weigerte sich, nachzugeben. „In den letzten paar Monaten habe ich ihn ziemlich gut kennen gelernt. Er ist ein Gentleman, wie man ihn sich wünscht. Das Leben, das er mir bieten will, könnte mir schon gefallen. Was hast du mir dagegen zu bieten?"

Das Leben? *Verdammt, es geht* also nur um mein Geld. Vidal schluckte. Es wurde ihm auf einmal so verdammt kalt im Magen. *Mir gefällt nicht, wohin sich das entwickelt.*

Estebans Gesichtsausdruck wurde teilnahmslos und traurig. „Da kann ich nicht mithalten. Mit einer Villa am Meer, mit dem Mann, der dich liebt."

Schließlich schaute sie in die düsteren Augen des passionierten Soldaten. „Liebst du mich, Esteban? Ganz ehrlich? Das hast du mir lange nicht gezeigt."

Beschämt ließ er den Kopf hängen. „Ich weiß. Ich war im Krieg. Du kannst dir nicht vorstellen, wie schlimm es war, Carmen. Es war blutig, schrecklich und glorreich, aber jetzt ist er vorbei. Nichts zieht mich je wieder fort. Komm mit mir, Liebes. Ich möchte mit dir ans Meer, in mein Haus in Cádiz. Wir können auch gleich heiraten." Er streckte die Hand aus.

Sie schaute ihn lange an und dann, ohne noch einmal nach Vidal zu sehen, nahm sie seine Hand.

Vidal schaute schockiert auf das Paar, das das Fest verließ. „Mein Leben wird nicht mehr dasselbe sein", murmelte er, als er Esteban und Carmen für immer verschwinden sah.

3

Seine Bediensteten, die entsetzt waren, wie die Dinge sich entwickelten, machten sich leise davon.

Und er war allein.

Aber Vidal war gar nicht so allein, wie er dachte. Eine schlanke Frau mit funkelnden, grünen Augen, ging leise zu ihm und legte ihm die Hand auf den Arm.

Er sprang auf und drehte sich um, dass er die Frau sehen konnte, die es wagte, in seine Einsamkeit zu platzen. „Qué quieres?", fragte er schnell, in sanftem Ton aber eiskalt. Er machte nicht den Versuch, seine Emotionen zu unterdrücken.

Sie zuckte. „Sag mir, wie ich dir helfen kann."

Vidal starrte lange vor sich hin und versuchte verzweifelt, Rosalinds plötzliches Erscheinen zu verstehen. Er konnte aber kein bisschen Geduld aufbringen, nicht einmal für seine Freundin Rosalind. „Ich bezweifle, dass mir gerade irgendwas helfen kann. Lass mich in Ruhe." Er drehte sich weg.

Sie legte ihm die Hand auf den Arm. „Sicher muss da was sein, irgendwas. Lass es mich einfach versuchen."

Ich möchte in Ruhe gelassen werden, verdammt. Warum drängt sie mich so nur so? „Da gibt es nichts, Señorita, danke." Das sagte er jetzt sanfter. „Bitte, gehen Sie einfach."

„Lassen Sie mich Ihnen doch wenigstens Gesellschaft leisten", drängte sie ihn. „Es tut Ihnen nicht gut, wenn Sie allein sind."

Sie gab ihm keine Zeit, zu diskutieren und nahm stattdessen seine Hand und führte ihn zurück, durch die Obstgärten, die voller saftiger Früchte waren, dann durch die Weinberge, die Stoppelfelder, dann zu seinem Haus.

Er ließ sie gewähren. Er hatte keinen Kampfgeist mehr, also folgte er ihr blind. Blind gegenüber der heißen, spanischen Sonne, der angenehm kühlen Brise, dem Geruch nach leckerem Essen, das für das abgesagte Fest bestimmt war. Sein geliebtes Heim mit dem weißen Stuck, den sonnengebleichten Dachziegeln und der Ziegelsteinmauer entlang seines Grundstücks, registrierte kaum seine Gefühle, als er durch die schweren quadratischen Türen ging.

Er fühlte sich wie ein Gespenst. Das alles zählte nicht. Er schlenderte benommen umher, als wäre diese ganze jämmerliche Situation nichts als ein schrecklicher Traum. *Sicher wache ich auf und sehe, dass Carmen noch hier und Esteban in der Armee ist. Und ich bin dann noch immer der angehende Ehemann und kein 34-jähriger Junggeselle ohne Perspektive.*

Mein ganzes Leben lang habe ich auf eine Frau wie Carmen gewartet. Was stimmt mit mir nicht? Mein Wohlstand allein wird doch wohl gereicht haben. Vielleicht haben mein Geld und mein Besitz so eine Versuchung in ihr ausgelöst, mich die ganze Zeit zappeln zu lassen,

Vidal kam wieder in die Realität zurück, als Rosalind ihn in seinen gewohnten Ledersessel in seinem Arbeitszimmer drückte, wo sie beide schon so viele Stunden zusammengearbeitet hatten. Sie hatte den Ort gut gewählt. Sie beide fühlten sich wohl an diesem abgelegenen Ort, so weit weg von den Erinnerungen an Carmen und ihrem Vertrauensbruch.

Rosalind zog ihren Stuhl von seinem üblichen Platz an der kleinen Kommode weg und durch den Raum. Sie setzte sich neben Vidal und nahm seine Hand. Nach einer längeren Pause, sagte sie leise: „Wie fühlst du dich, Vidal?"

Sie erschreckte ihn, weil sie ihn nicht mit seinem Titel anredete. Es verging etwas Zeit, bis er ihre Frage registrierte. „Wie meinst du wohl, fühle ich mich", keifte er schließlich. „Die Frau, die ich liebe, hat mich gerade wegen eines anderen verlassen."

„Ich könnte mir vorstellen, du bist wütend, traurig und fühlst dich ein bisschen wertlos", sagte sie leise. „Die ersten beiden Gefühle sind verständlich, aber nicht das letzte. Du bist der Beste, Vidal."

„Warum hat sie mich dann verlassen? Warum? „Was habe ich vergessen, zu tun oder zu sagen?", fragte er und streckte seine freie Hand in die Luft.

„Nichts. Du hast nichts falsch gemacht. Sie ist es nicht wert, du nicht." Ihre leuchtenden Augen flehten ihn an.

Er glaubte ihr nicht.

Er konnte sehen, dass sie das merkte, denn sie versuchte es wieder. „Du bist ein perfekter Gentleman. Jede intelligente Frau würde dich wollen."

Insgeheim wusste er ihre Versuche zu schätzen. *Ich hatte es zwar vorgezogen, mich im Leid zu suhlen, aber das ist vermutlich besser für mich. Wenn mir schon jemand Gesellschaft leisten muss, dann am besten Rosalind.*

Er drückte sanft ihre Hand und verwob dann seine Finger mit ihren. Viele Minuten lang saßen sie still nebeneinander, die Knie aneinandergedrückt, der eine hielt die Hand des andern und sie schien seinen Schmerz in sich aufnehmen zu wollen.

„Was ist nur mit dir passiert, mein Lieber?", fragte sie sanft. „Wie konnte dir diese Frau so weh tun? Wer ist sie? Woher kommt sie? Du hast schon sehr lange nicht mehr gewollt, dass ich für dich etwas übersetze. Es fühlt sich an, als hätte ich das letzte halbe Jahr deines Lebens und die Gerüchte verpasst... Oh, Gott, Vidal. Ich war mir nie sicher, ob ich davon ein Wort glauben konnte." Sie biss sich auf ihre zitternden Lippen. Sie rieb sich die Nase, kniff die Augen fest zu und als sie sie öffnete, hatte sie Tränen in den Augen.

Warum ist sie so traurig? Nie zuvor habe ich solche Augen gesehen wie die ihren. „Ich wurde zu sehr abgelenkt", sagte er beiläufig. „Ich hoffe, meine Geschäfte leiden nicht...umsonst." Er schüttelte den Kopf. „Welch ein Unglück. Ich kann nicht glauben, dass ich... nein, was soll's."

„Erzähl es mir", flehte Rosalind und hielt seine Hand.

„Ich möchte nicht darüber reden", antwortete Vidal und drehte den Kopf weg.

Sie streichelte sanft seine Wange und er kam wieder zu sich. „Wenn du das alles hinunterschluckst, wird es nicht besser. Bitte."

Was für eine Närrin du bist, Rosalind Carlisle, so etwas zu fragen. Zu hören, wie Vidal über die Frau sprach, die er liebte, wäre für sie so schmerzhaft wie für ihn.

Er schaute sie lange an und sagte nichts. Dann platzte die ganze Geschichte unaufhaltsam aus ihm heraus. „Carmen Flores ist die Tochter des Vertreters dieser kleinen Reederei, die ich vor sechs Monaten kaufte. Er brachte sie mit, als er sich mit mir traf. Er hat mir erzählt, dass sie ein Verhältnis, das sie mit einem alten Bekannten, den ich aus der Universität kannte, beendete. Dieser wollte unbedingt am Putsch gegen die Königin teilnehmen. Carmen wollte nicht, dass Esteban ging, denn dies würde die Hochzeit verzögern und wäre auch zu gefährlich. Er weigerte sich, auf sie zu hören, also beendete sie die Beziehung zu ihm. Ihr Vater versicherte mir, dass diese Beziehung schon lange vorbei ist."

Er schwieg und Rosalind drückte seine Hand, denn er sollte weiterreden.

„In den folgenden Wochen, in denen sie alles verhandelten, kam sie regelmäßig zu Besuch und danach hielt das Umwerben fast sechs Monate an. Es stand fest, dass ihr Vater sie mit mir zusammenbringen wollte, aber sie zögerte, weiterzugehen, denn sie fürchtete, noch einmal verletzt zu werden."

Er legte die Hand auf das Gesicht und rieb sich die Augen. „Ach, wie nett sie war. Die perfekte spanische Señorita. Sie konnte beim Flirten so schön blinzeln und einen Mann mit ihren heißen Küssen necken. Als sie meinen Ärmel berührte, war das zu viel für mich."

„War sie Ihre Geliebte, Don Vidal?", unterbrach Rosalind höflich, denn ihr Herz schlug höher, als sie Sachen erfuhr, die sie nicht erfahren wollte.

Er schüttelte den Kopf. „Nein, nichts dergleichen. Nicht mal ein Kuss. Sie gab zu, dass sie es Esteban einmal gestattete, er nach dem Kuss aber keinen Respekt mehr vor ihr hatte. Eine Woche später ging er in die Armee. Ich konnte nicht anders, als ihrem Wunsch zuzustimmen, monatelang umwarb ich sie innig und hielt schließlich bei ihrem Vater um ihre Hand an. Er stimmte zu. Unsere Verlobung wurde auf der Feier bekannt gegeben, wie du sicher gehört hast.

Rosalind nickte.

„Woher sollte ich wissen, dass Esteban zurückgekehrt war. Dieser Krieg ist jetzt schon über ein Jahr vorbei. Ich wusste nicht, dass sie schon vergeben ist. Ich hätte sonst nie versucht..." Er schwieg. „Hätte ich gewusst." Er schloss die Augen.

Sie sagte nichts, denn sie wusste nicht, wo sie anfangen sollte. Sie wollte ihn umarmen, traute sich aber nicht, bis er andeutete, dass er es zuließ. Stattdessen wartete sie nur und sein Leid bohrte sich wie ein Dolch in ihr Herz.

Vidal konzentrierte sich darauf, zu atmen, statt zu sprechen. *Irgendwie komme ich schon lebend da raus. Noch weiß ich nicht wie, aber ich werde es schaffen.* Nach einer gefühlten Ewigkeit schaute er konzentriert in Rosalinds Gesicht. Sie sagte nichts, aber Kummer spiegelte sich in ihren grünen Augen. Glänzende Tränen spiegelten sich in ihnen.

„Was ist los, Rosalinda?"

„Ich kann deinen Schmerz nicht ertragen", flüsterte sie.

Ohne nachzudenken, nahm er sie in den Arm, sie fiel in seinen Schoß. Er umarmte sie.

Sie schlang die Arme um seinen Hals und hielt ihn. Auf unerklärliche Weise riss ihre Anteilnahme die alten Wunden in seinem Herz auf, wie ein Skalpell und seine Emotionen überkamen ihn. Er wusste, er ließe sie irgendwann raus, hatte aber gehofft, damit warten zu können, bis er allein war.

Als er Rosalind im Arm hielt, ließ er den Schmerz über seinen Verlust zu. Er zitterte, obwohl er sich schämte, dass ihn die Trauer übermannte. *Also sieht sie meine Schwäche. Was spielt das für eine Rolle? Ohne Carmen spielt nichts mehr eine Rolle.*

Wie lange sie so stehen blieben und sich umarmten, wusste keiner von beiden so richtig. Eine gefühlte Ewigkeit. Schließlich kam Vidal wieder zur Besinnung. Dass er sich so gehen ließ, gab ihm das

Gefühl, dass er verletzlich war, er zog sich weg und rieb sich mit der Hand die Stirn.

Rosalind schien zu merken, dass sie beide sich ungebührlich verhielten und rutschte von seinem Schoß.

Lähmende Verzweiflung überkam ihn. Er nahm sie am Handgelenk. „Geh nicht", flüsterte er. „Bitte, verlass mich nicht."

Sie streichelte mit der Hand sanft seinen Bart. Seine Haut kribbelte und ihm wurde warm in seiner Brust.

„Wie du willst", antwortete sie. „Ich bleibe hier. Ich kann dir alles geben, du musst nur fragen."

Er stand aus seinem Stuhl auf und umarmte sie wieder. Sie umarmte ihn auch. Ihm wurde innerlich noch heißer. Diesmal auch im Schritt. „Wieso bist du so nett zu mir?", fragte er sie, verwirrt von der unerwarteten Sinnlichkeit und von der Frau, die sie entfacht hatte.

„Ich bin für dich da, Vidal. Bittest du mich um etwas, was es auch sei, soll es dein sein, auch mein Leben." Das Innerste ihrer Seele spiegelte sich in ihren grünen Augen.

Vor nicht allzu langer Zeit hatte ich Carmen fast dasselbe gesagt. Das war ein Liebesversprechen. Bestimmt meint sie es nicht so. Er dachte immer wieder darüber nach, was schlussendlich ihre Absicht war. Er legte ihr die Hand unter das Kinn und hob ihren Kopf, sodass er ihr direkt in die Augen schauen konnte. Sie schreckte nicht zurück, sondern starrte zurück, frecher, als er es je bei ihr gesehen hatte.

„Bleib heute Nacht bei mir." Diese Worte sprudelten unaufhaltsam aus ihm heraus.

Vidal machte den Mund zu, denn er erschrak vor sich selbst. *Was stimmt nicht mit dir, Mann. Sie bietet dir hier Trost und du willst...Sex?*

„Das wäre eine gute Möglichkeit, Carmen eine Zeit lang zu vergessen.", sagte seine sanfte Versuchung und seine Aufmerksamkeit war nun auf ihre Kurven gerichtet, die gleich mit seinem Körper eins werden würden.

Nein, sagte Vidal zu in Richtung seiner heftigen Erektion. *Es ist falsch, eine Frau in mein Bett einzuladen, während ich an eine andere denke. Wie konnte ich überhaupt daran denken, es so auszunutzen, dass mich jemand tröstet. Sicher wird sie sich jetzt von mir entfernen.*

Rosalind blinzelte überrascht und ihre strahlenden Augen waren plötzlich so weit.

Vidal hätte sich selbst einen Tritt geben können. *Was für ein erbärmlicher Wunsch,* tadelte ihn sein Gewissen. „Entschuldige, Rosalinda", sagte er schnell. „Ich habe nicht nachgedacht, als ich das sagte. Ich will sicher nicht..."

Sie hielt ihm den Mund zu und schaute ihm mit einer Direktheit in die Augen, die ihn eben noch verwirrt hatte. „Alles", sagte sie leise, stellte sich dann auf die Zehenspitzen und küsste Vidal sanft auf die Wange.

Ihr Entgegenkommen schockierte ihn. *Sie war einverstanden? Sie muss wissen, was ich will, sonst wären ihre Backen nicht so rot, sie duldet also mein skandalöses Angebot.*

Er wünschte sich, stark genug sein zu können, seine Worte zurückzuhalten, wusste aber, dass dies ein aussichtsloses Unterfangen wäre. Alles, was sich im darbot, brauchte er: Die Verbindung zu einem anderen Menschen, gegen seine Einsamkeit und um alles zu vergessen.

Ohne zu zögern, nahm er sie in die Arme und trug sie durch den leeren Flur. Seine Schritte hallten von den verstaubten, großen, roten Fließen der Treppe. Niemand war unterwegs. Es war schon spät und alle waren zu Bett gegangen. Er führte sie hinauf in sein Zimmer, schloss mit dem Fuß die Tür und legte sie schließlich sanft auf den Boden.

Rosalind biss sich nervös auf die Lippe, als sie Vidals Intimbereich sah.

Er bemerkte, wie sie seine bescheidene, kleine Kammer mit den warmen Holzdielen und der kunstvollen Garderobe in der Ecke musterte. Zwei Fensterläden standen weit offen und ließen die kühle Herbstluft rein. Über das riesige Bett, das fast den ganzen Raum einnahm, war eine weiße Decke gebreitet, oben lagen Kissen.

Ihre Aufmerksamkeit galt dem Bett und sie erstarrte.

Sie ist unsicher, was mich nicht überrascht. Schuldgefühle nagten an ihm. *Ich sollte sie gehen lassen. Ihren Anstand und ihren Ruf erhalten.* Diese Gedanken, so weise sie auch sein mochten, erzeugten in ihm ein Gefühl der Angst und Leere. Er kämpfte mit sich und fragte: „Bist du sicher?"

Sie schüttelte sich. Ihre leuchtenden Augen konzentrierten sich auf sein Gesicht und strahlten Emotionen aus, die er nicht verdiente. „Ja, Vidal. Wenn es dich etwas tröstet, wie könnte ich es abschlagen?"

„Viel zu leicht, befürchte ich. Ich hätte dich nicht fragen sollen", gestand er. Sein Gewissen und gleichzeitiges Verlangen nagten an ihm, seine Hand wanderte zu ihrem Gesicht, wollte sie berühren, er traute sich aber nicht. Eine große Anspannung überkam beide über beide und ihre Zurückhaltung wich ihren Emotionen.

Rosalind legte einen Finger auf Vidals Lippen, damit er schwieg.

Sanft fuhr er mit den Lippen über ihre Haut. Sie schmeckte nach frischem Obst und Weiblichkeit.

Rosalinds schlanke Gestalt zitterte. Sie biss sich auf die Lippe, blinzelte mit ihren schwarzen Wimpern und schaute zu ihm hoch.

Ach, dieser Blick spricht Bände. Um sie zu testen, neckte er sie mit seiner Zungenspitze. Ein leises Stöhnen, kam über ihre Lippen. „Das gefällt dir doch?"

Sie nickte.

Er hatte nicht erwartet, dass sie so bereitwillig reagierte. Hatte er Glück, so konnte er sich voll und ganz darauf konzentrieren, ihr Vergnügen zu bereiten und seinen Schmerz zu verdrängen.

Er brachte sie zum Bett und setzte sich mit ihr darauf. *Nie zuvor habe ich eine Frau in dieses Bett gebracht. Carmen war die erste. Es hat so etwas von ausgleichender Gerechtigkeit, hier mit einer anderen Frau zu sein, während dieses betrügerische Frauenzimmer mit einem anderen Mann zu Gange ist.*

Diese Gedanken sind fehl am Platz! Wie konnte ich nur an

Carmen denken, wenn Rosalind hier auf meinem Bett sitzt und darauf wartet, dass ich sie nehme?

Er konzentrierte sich wieder auf die Frau, die vor ihm stand, streichelt mit den Fingern ihr Gesicht und betrachtete ihre zierliche Gestalt. Eine gerade Nase, große, leuchtend grüne Augen mit vollen schwarzen Wimpern, vollen Augenbrauen, volle sinnliche Lippen. Er zog sie an sich und hob ihr Gesicht an.

Sie schaute ihn vertrauensvoll und voller Verlangen an.

Moment, Verlangen? Nicht Entschlossenheit? Nicht Scham? Er konnte sehen, wie sich ihr Mundwinkel vor Angst spannte, sah aber so einen verdächtigen Triumph in ihren Augen, als wäre ein Preis, den sie lange gewinnen wollte, zum Greifen nahe.

Diesen Gedanken verdrängte er. Gerade war das mehr, als er verarbeiten konnte. Er richtete seine volle Aufmerksamkeit wieder Rosalind und fuhr mit dem Daumen über ihre volle Unterlippe. Sie küsste ihn.

„Weißt du, was jetzt kommt?", fragte er. Sie waren zwar Freunde, er wusste aber fast nichts über ihr Privatleben oder ihre Vergangenheit. Sie war wohl aus einem Konvent oder einem Bordell abgehauen, soweit er wusste.

„Ich habe eine Idee", sagte sie ihm.

Hoffentlich ist sie eine, ist sie nicht schockiert von dem, was gleich kommt. „Ich will dich küssen", sagte er. „Darf ich?"

Sie lachte leise und charmant. „Señor, wenn wir die Nacht zusammen verbringen, dann frage nicht immer bei jedem Schritt um Erlaubnis."

„Wenn wir die Nacht zusammen verbringen, rede mich nicht mit meinem Titel an. Heute Nacht und in Zukunft, bin ich Vidal für dich."

Ein siegreiches Lächeln machte sich wieder breit.

Er näherte sich mit seinem Gesicht ihrem. Ihre warmen Lippen begrüßten die seinen und er saugte endlos lange ihren süßen Geschmack ein, ehe er mit der Zunge vorstieß. Sie öffnete gehorsam ihren Mund und ließ es zu. Es war schon Jahre her, dass er den

Mund einer Frau geschmeckt hatte, er hatte fast vergessen, was für ein herrliches Gefühl das war. Sie schmeckte nach Wein und nahm ihn an, ohne zu zögern. Zögerlich fuhr sie mit ihrer Zunge über die seine.

Vidal wurde es glühend heiß und sein Penis wurde steif. Ob aus einem Rachegefühl, überschäumenden Emotionen oder ihrer zarten, beständigen Hingabe heraus, das war ihm egal. Es reichte, dass das Verlangen entfacht war.

Er tippte Rosalind sanft auf die Schulter und versuchte, sie an sich zu ziehen. Da sie aber Seite an Seite standen, erwies sich das als schwierig. Sie zog sich zurück, trat ihre Schuhe weg und krabbelte auf das Bett, um sich an die Kissen zu lehnen. Vidal kam auch und sie umarmte ihn innig. Diesmal stieß sie ihre Zunge so tollkühn in seinen Mund, dass er noch heißer wurde. Er schlang seine Arme um ihren Rücken und beugte sich über sie, sodass sich ihre Brüste an seinen Brustkorb drückten. Sie klammerte sich leidenschaftlich an ihn.

Du machst einen Fehler, sagte ihm sein Gewissen. *Du tust deiner Freundin etwas Schreckliches an. Sie hat etwas Besseres verdient, als ein heimliches Treffen, das nur dazu da ist, dass du eine andere Frau vergisst. Sollte Rosalind einen Liebhaber haben, dann nur, weil ein Mann sie innig will.* Er wollte sie, aber aus dem falschen Grund.

Sie stöhnte in seinen Mund und dieser Gedanke war passé. *Ich kann ihr nicht widerstehen. Ich kann ihr Angebot einfach nicht ausschlagen.* Er ging zurück und schaute in ihre großen Augen. Dieses Leuchten ließ ihn zurückweichen. Sie umarmte ihn wieder und er hätte in ihrer sirenenhaften Zärtlichkeit ertrinken können. Seine Lippen trafen wieder die ihren. *Ob richtig oder falsch, ich muss auf ihr Angebot eingehen, es muss ihr aber so gut gefallen, wie es mir gefällt.*

Schließlich liebkoste er mit einer Hand ihre Brust. Obwohl sie so viel Kleidung trug, konnte er spüren, wie ihr Nippel hart wurde. Er nahm die Knospe zwischen die Finger und kniff sanft.

Sie stöhnte lustvoll.

Ach, wie schön, bemerkte Rosalind auf einmal. *Ich hatte keine Ahnung, was für ein gutes Gefühl das ist.* Ihr Verlangen wurde mit jedem Kuss noch mehr entfacht. Erinnerungen an Schmerz und Misshandlung, trafen in ihrem Kopf auf Lust und sie brüllte aus vollem Hals.

Ich kann kaum glauben, dass dieser Tag in Vidals Bett endet, Carmen für immer weg ist, wo sie doch gestern noch ein Herz und eine Seele waren. Sie hasste sich dafür, dass das Ereignis, das Vidal so viel Schmerz bereitet hatte, sie so freute, aber das war der einzige Grund, warum sie jetzt mit ihm hier war. *Wie befreiend.*

Er ist nicht mein, sagte sie sich entschlossen, *und wird es wohl nie sein. Dennoch begehrt er mich, wenn auch nur diese Nacht. Vielleicht noch rechtzeitig…* aber sie brachte den Gedanken nicht zu Ende. *Ich mache mir lieber keine allzu großen Hoffnungen.*

Vidal schob Rosalind das Mieder runter und küsste sie sanft auf ihre Brüste, die halb frei lagen. Sie überkam wieder so eine Angst. Würde ihr unansehnlicher Körper ihn abschrecken? Er umarmte sie noch immer und öffnete gleichzeitig ihr Kleid.

Zwischenzeitlich war sie damit beschäftigt, die Knöpfe seines Jacketts zu öffnen. *Ich brauche es und er auch.* Diese Angst, die sie im Hinterkopf hatte, ließ ihr keine Ruhe. Sie wollte ihn unbedingt ausziehen und zog heftig an den Knöpfen seines Mantels. Wenig später waren sie an dem Punkt, wo sie sich nicht weiter ausziehen konnten, weil sie so eng aneinandergepresst waren.

Stöhnend ließ sie Vidal los, ging auf die Knie, Rosalind hinterher. Er griff nach dem Saum ihres Kleids und zog ihn über ihren Kopf. Dann streifte er sein Jackett ab, zog sein Hemd und seine Hose aus.

Ganz ruhig, Mann, sagte Vidal vor sich hin. *Du ziehst deine Klamotten aus und hast noch gar nicht die Dame genossen. So ist es*

vorbei, ehe es richtig begonnen hat. Wann weckte diese Frau, an die ich vielleicht zweimal gedacht hatte, nur so eine Lust in mir?

Sie hatte nur noch Unterwäsche und Socken an, sodass sie mehr entblößte, als sie verbarg. Ihre steifen Nippel drückten sich, deutlich sichtbar, gegen den dünnen Stoff wie auch das dunkle Haar zwischen den Beinen. Er griff nach ihr und löste die Spangen, die ihre Frisur zusammenhielten. Dichte, wallende Locken fielen ihr über die Schultern und den Rücken, was sie von einer keuschen, zarten Blume zu einer süßen Dirne machte. *Wann war diese schlanke Weide nur so begehrlich geworden?* Lange betrachtete er die süße Frucht, die er gleich kosten würde.

Rosalind schaute zurück, wie immer gelähmt von seinem guten Aussehen. Rosalind gefiel Vidals dunkler Teint. Seit Jahrhunderten mischten sich Generationen von Schwarzen mit seinen Vorfahren. Die stechende Sonne Spaniens verstärkte diese Entwicklung. Sein Haar und sein Bart waren dunkelbraun und perfekt geschnitten, seine Augen so braun wie Schokolade.

Vidal hatte sie so lange angesehen, ohne etwas zu sagen und so wurde sie unsicher. *Natürlich starrt er. Meine magere Erscheinung und die totenblasse Haut passen nicht wirklich zu einem Mann, der auf üppige, schwarze Schönheiten steht.* Sie überkam der Drang, sich zu verstecken, weil er enttäuscht war und sie wollte sich zusammenrollen.

„Nein, Liebling, nicht", drängte er. „Wieso auf einmal so schüchtern?"

„Ich habe Angst", antwortete sie mit zuckenden Augenwinkeln:

„Warum? Du kannst dich immer noch anders entscheiden." Er schaute angestrengt, als er das sagte, als wäre er sich nicht sicher, ob er sich überwinden konnte.

„Nein, ich will es. Ich fürchte, du könntest mich nicht mögen." Ihre Unterlippe zitterte.

Vidal senkte den Blick. „Wieso denn nicht?"

„Ich bin eben nicht besonders schön...", begann sie.

„Lass mich das beurteilen", unterbrach sie Vidal. „Inwiefern fühlst du dich nicht allzu schön?"

„Nun, es liegt an...", antwortete sie und wurde rot.

„Was ist?", drängte er. „Erschrecke nicht."

„Ich bin so dürr. Und meine...meine...Brüste sind zu klein." Beschämt schloss sie die Augen.

„Das muss ich sehen, um es zu glauben." Er griff nach dem Rand ihres Körbchens und hob es langsam an, wobei er jedes bisschen Fleisch, dass er freilegte, genoss. Obwohl sie ganz rot wurde, hob sie die Arme, damit er das Kleidungsstück besser ausziehen konnte. Er legte es zur Seite und schaute sie lange und emotionslos an. Sie wollte ihre Anspannung hinausschreien. Schließlich griff er nach ihr und nahm sie in den Arm. Sie vergrub ihr Gesicht in seiner Schulter. Ihre Nippel wurden noch steifer, als die kühle Luft sie berührten und seine Brusthaare sie angenehm kitzelten.

Er küsste sie auf die Stelle zwischen Hals und Schultern und murmelte: „Mit deinem Körper stimmt alles, meine liebliche Rose. Du bist entzückend, was ich vorher schon genau wusste. Du bist schlank, nicht dürr. Und deine Brüste, Liebes, sind klein, aber perfekt. Sie passen zu deinem schlanken Körper. Dein Körper ist perfekt geformt."

Sie schaute ihn mit großen, erstaunten Augen an. „Ist das dein Ernst, Vidal?"

„Ja", sagte er einfach.

„Ich bin nicht so schön, wie...wie sie."

„Nein."

Ihr wurde schwer ums Herz und sie biss sich auf die Lippe.

„Aber deine Schönheit übertrifft auf ihre spezielle Art die ihre bei weitem."

Sie atmete auf und ihre Schultern entspannten sich. *Selbst, wenn das eine Lüge ist, reicht mir das schon.*

Es war keine Lüge. Über Carmen zu sprechen, selbst so unterschwellig, hatte geschmerzt, aber Rosalind brauchte Bestätigung. *Verdammt, sie gibt sich mir hin. Das Mindeste, das ich tun kann, ist es, ihr das Gefühl zu geben, dass sie sich so begehrenswert fühlt, wie jede Frau auf der Welt, selbst die hier. Schließlich ist sie mit mir hier.*

Er umarmte sie mehr und genoss es, wie sie in seinen Armen dahin schmolz. *Carmen ist weg, kommt nicht wieder und Rosalind ist nett und begehrenswert. Wie kann sie das nicht merken, wenn ich unter ihrer Hand fast verbrenne?*

Vidal wich zurück und streichelt sanft ihre Brüste. Sie waren fest und rund. Er fand ihre Brustwarzen schön, auch wenn sie nicht allzu groß waren. Sie wollen verehrt werden und Vidal gefiel das.

Eine unerwartete Lust durchdrang Rosalind. *Seine Berührungen sollten sich nicht so genüsslich anfühlen.* Sie versuchte verzweifelt, sich nicht daran zu erinnern, wie sie angetatscht worden war. *Das hat nichts mit dem hier zu tun. Ich lasse es nicht zu, dass meine privaten Sorgen diesen Abend verderben. Ich bekomme vielleicht nie wieder die Gelegenheit, neben Vidal zu liegen und ich denke, ich sollte diese Gelegenheit bestens nutzen.*

Dennoch keuchte sie schockiert, denn eine heftige Lust übermannte sie, als er sich vorbeugte und ihren Nippel küsste.

Gelassen nahm Vidal die Knospe in den Mund und zog mit den Lippen daran.

Sie warf den Kopf zurück, legte die Arme um ihn und drückte ihn näher an sich. Er knabberte und saugte, sodass wilde Sinnlichkeit durch ihren Körper strömte.

Sie weinte fast, als er sie losließ, stöhnte dann aber befriedigt, als er seine Aufmerksamkeit ihrer anderen Brust widmete. Seine Hände griffen ihren nackten Hintern und zogen ihren Unterleib näher her. Sie folgte ihm nach, bis sie wieder auf dem Kissen lag.

Vidal konzentrierte sich auf Rosalinds Lust. *Welch süße, unschuldige Köstlichkeit.* Sein Verlangen nach ihr war groß, dennoch wollte er sich Zeit nehmen. *Wir verbringen vielleicht nie wieder eine Nacht zusammen und die hier will ich nicht vergeuden, indem ich hetze.* Eines musste er aber wissen, also konnte er entscheiden, wie er weitermachte. „Rosalinda...“

Sie schaute ihn fragend an.

„Warst du je mit einem Mann zusammen?“

Sie wurde wieder rot und ihre Augen schauten weg. „Ja.“

Ihre Antwort schickte eine seltsam emotionale Welle durch ihn. Er war zwar froh, dass er sie nicht versauen würde, hasste aber den Mann, oder die Männer, die es getan hatten. Ihre Antwort ließ keinen Schluss zu, wer, wie viele, wie oft oder wie lange. Sie konnte mit allen Männern in Andalusien im Bett gewesen sein und er wüsste es nicht.

Aber ihre Reaktionen lassen auf keine sexsüchtige Vergangenheit schließen. Ich bezweifle, dass sie schon viel Erfahrung hat, oder es sie sehr befriedigt hat. Nicht, wenn es sie so sehr überraschte, dass jemand ihre Brüste liebkoste. Vielleicht war es ein blutjunger Lümmel, der so tat, als würde er sie lieben. Hoffentlich hat er ihr nicht das Herz gebrochen. Es spielt keine Rolle, dass sei keine Jungfrau mehr ist.

Diese Spekulationen führten zu nichts. Da sie nicht unschuldig war, wollte er viele Dinge mit ihr ausprobieren, sie schockieren und ihr Lust bereiten.

Vidal küsste Rosalind wieder auf die Lippen, innig und leidenschaftlich. Wie sehr er sie begehrte, verstand sie ohne Worte. Er presste sich mit dem ganzen Körper an sie und sie konnte seinen steifen Penis an der Hüfte spüren. Plötzlich überkam sie die Angst, die sie schnell verdrängte. *Ja, damit wird er mich nehmen, aber ich bin willig und kann es schwer ablehnen.* Und sie war willig. Das musste sie zugeben. *Es ist nichts mehr wie vorher. Nicht mit Vidal.*

Sie konzentrierte sich auf andere Sinneseindrücke. Seine Brust, die an ihren steifen Nippeln rieb, machte sie richtig an. Seine Lippen küssten ihre jedes Mal noch wilder, als zuvor. Sein Bart kratzte etwas an ihrem Kinn. *Ich könnte ihn ewig weiter küssen.* Vidals Zuneigung entfachte Stellen in ihrem Herz, die sie lange gequält hatten.

Sie küsste ihn nun statt auf die Lippen, immer wieder auf das Gesicht.

Vidal lächelte und seine Augen leuchteten attraktiv. Er legte die Hand unter ihren Po, drückte das weiche Fleisch und hob sie langsam an der Hüfte hoch. Dann wechselte er die Stellung und kniete nun auf der Matratze, zwischen ihren Beinen.

Vidal ging ein böser Gedanke durch den Kopf. *Möglich, dass sie das nie getan hat, trotz ihrer Erfahrung, und ich bin der glückliche Erste.* Er führte den Gedanken sogleich zu Ende.

Wieder küsste er ihre Nippel, leckte über beide und blies dann auf sie, was sie so schön erschauern ließ. Er küsste sie auf den Bauch und neckte sie mit der Zunge. Dann ging er tiefer.

Sie wurde ganz still.

Das kannte sie also noch nicht. Gut. Ich will unbedingt, dass sie diese Nacht nicht mehr vergisst. Ich weiß, ich werde es nie.

Er spreizte ihre Schenkel noch mehr und fuhr mit der Zunge direkt über ihr geschwollenes Fleisch.

Rosalind stöhnte und krümmte ihren Rücken.

Vidal fuhr mit den Fingern über ihre feuchten Schamlippen. Er gelangte an ihre Spalte und schob langsam einen Finger hinein. *Mann, wie eng sie ist, mehr noch, als ich gedacht hätte.* Er stellte sich vor, was es für ein Gefühl wäre, in ihr zu sein und sein ohnehin steifer Penis schmerzte vor Verlangen.

Eins nach dem anderen. Er leckte über ihre Knospe und bewegte dabei sanft den Finger ein und aus. Sie stöhnte bei jedem Atemzug. Ihre Muskeln spannten sich an. Er schob noch einen Finger hinein, versuchte sie zu öffnen und gleichzeitig zu stimulieren. *Sie ist nah dran. Ich kann es fühlen.*

Die aufflammende Lust durch Vidals intime Streicheleinheiten wurde unerträglich, sodass sie die Scham aus Rosalinds Kopf verdrängte. Alle Gewissensbisse verschwanden, als Wellen der Lust sie umspülten. Nun hatte sie Angst, nicht vor ihm, sondern davor, was ihr Körper tat, dennoch konnte sie sich nicht entziehen. Seine Finger steckten in ihr und seine Zunge...oh, Gott, diese Zunge! Sie fühlte sich dem Höhepunkt so nah.

Also kann es mit ihrer Erfahrung nicht allzu weit her sein. Gut. „So, Liebes", murmelte „Nicht dagegen ankämpfen. Lass es fließen."

Sie gab sich hin. Sie stöhnte und krümmte ihren Rücken. Er verbrachte lange damit, ihr unerträgliche Lust zu bereiten. Als ihr Zittern nachließ, richtete er sich auf. Er schlang ihre Beine um seinen Rücken, führte seinen Penis an ihre Öffnung und drückte ganz sanft.

Er spürte ihre Anspannung. *Sie scheint fast Angst zu haben. Ich zeige ihr schon, dass sie sich nicht zu fürchten braucht.* Er schob sein Geschlechtsteil in sie und zischte lustvoll durch die Zähne. Sie war fast zu eng, obwohl er sie lange bearbeitet hatte, aber richtig heiß und feucht. *So könnte ich meine Seele verlieren und würde es niemals bereuen.*

Wie Vidal in sie eindrang, erschreckte Rosalind. Sein Eindringen schmerzte nicht und sie fühlte sich in keinster Weise unterdrückt, im Gegenteil. Sie schaute in das Gesicht ihres Geliebten sah seinen quälend lustvollen Gesichtsausdruck. Sie war stolz auf sich, dass sie es ihm so gut besorgen konnte. *Er hat Carmen jetzt völlig vergessen.*

Rosalind schuldete ihm auch was. In seinem Bett fühlte sie sich zum ersten Mal in ihrem Leben schön. Schön genug, um Vidal glücklich zu machen, wenn auch nur für diesen Moment. Sie hätte sich nichts mehr wünschen können.

Er zog sich kurz zurück und stieß dann erneut in sie. Sie vergaß zu denken und zu atmen. *So ganz anders, als ich dachte. Obwohl die Bewegung die Gleiche ist, so spüre ich mit ihm unheimliche Lust. Spaß.* Keine Scham, keine Angst störten diesen Moment.

Vidal stöhnte. Rosalind war entspannt und es war himmlisch, in ihr feuchtes Fleisch zu dringen. Noch ein Stoß...noch einer. Bald würde er selbst kommen und der nahende Orgasmus würde schmerzlich intensiv werden. Er hatte bereits Schmerzen. Er versuchte, es langsamer anzugehen, es war aber zu viel. Er konnte es nicht länger zurückhalten. Er packte sie an den Hüften, drang tief in sie ein und kam, wobei er ihren Unterleib mit seinem Samen füllte und tief stöhnte.

Als er wieder zu sich kam, streichelte Rosalind seinen Rücken und säuselte englische Worte, die er nie zuvor gehört hatte. Er ging langsam von ihr runter und umarmte sie zärtlich. Die sexuelle Erleichterung verschmolz mit der emotionalen, er war erschöpft, aber viel glücklicher, als er es für möglich gehalten hätte. Er wollte mit ihr sprechen, ihr sagen, dass sie schön war, dies alles, aber er wurde vom Schlaf übermannt.

KAPITEL 2

*D*as Sonnenlicht des frühen Morgens drang mit einer kühlen, sanften Brise, durch die Fenster. Vidal wachte auf und sah eine nackte Frau, die in seinen Armen schlief. *Carmen? Nein, Rosalind.*

Einen Moment fragte er sich, warum sie hier war, dann erinnerte er sich an alles, was am Tag zuvor geschehen war. Schließlich erkannte er das große Geschenk, das sie ihm gemacht hatte. An einem unendlich traurigen Tag war sie für ihn da gewesen und hatte ihm Trost gespendet. In Zukunft würde er sich immer dann, wenn er daran dachte, dass Carmen ihn verlassen hatte, auch daran erinnern, wie er mit Rosalind im Bett war. Nur eine solche Freude konnte die Erinnerung an einen solchen Schmerz abmildern.,

Er schielte untätig aus dem Fenster, auf die Bäume mit den bunten Blättern draußen, und dachte daran, wie sie sich vor drei Jahren zum ersten Mal begegneten. Seine spanischen Niederlassungen waren sehr erfolgreich gewesen, er aber wollte expandieren. Er wollte die Erzeugnisse, die er auf seinem Land produzierte, auch in andere Länder exportieren. England, das begierig nach exotischen Schätzen und durch seinen endlosen Krieg mit Frankreich isoliert war, schien ein guter Ort zu sein, um damit anzufangen.

Anfangs hatte er versucht, dort edlen Sherry zu verkaufen. Diesen gewann er aus den Reben, die er auf seinem Weinberg anbaute. Es gab aber ein Problem. Vidal hatte zwar eine erstklassige Ausbildung genossen, konnte aber nicht Englisch lesen. Nur Spanisch, Portugiesisch und etwas Italienisch. Er hatte sich ein Wörterbuch gekauft und versucht, den Brief eines neuen Lieferanten aus London zu entziffern. Diesen Tag würde er nie vergessen...

„Ay, Dios mío!", stöhnte Vidal und schleuderte das Buch angewidert gegen die Wand.

„Señor?" Seine Sekretärin schaute ihn verwirrt an.

„Dieses Buch ist keine Hilfe. Es ist hoffnungslos." Er streckte die Arme hoch. „Ich kann dieses Dokument nicht lesen. Gibt es in ganz Andalusien niemanden, der Englisch kann?"

„Ich weiß nicht, Don Vidal. Vielleicht in Sevilla?", meinte seine Sekretärin.

„Zu weit weg", murrte Vidal. „Ich will das *heute* lesen! Ich schaue es mir schon eine Woche an."

„Señor?" Diese leise Stimme kam vom Gang und riss ihn aus seinen Gedanken. Er schaute hoch und sah Juana, ein Dienstmädchen, mit einem Tablett Gläsern und einer Flasche Sherry.

„Sí?"

„Ich glaube, es gibt hier jemanden, der Ihnen helfen kann", antwortete das Dienstmädchen.

„Wen?"

Achselzuckend erwiderte die ältere Dame: „Es gibt ein Mädchen. Sie arbeitet in der Küche. Sie ist Engländerin, glaube ich. Ich weiß nicht, ob sie lesen kann, aber vielleicht können Sie ihr vorlesen und sie kann Ihnen sagen, was dort steht."

„In meiner Küche arbeitet ein englisches Mädchen?"

„Sí. Schon seit fast zwei Jahren. Ihr Spanisch ist nicht allzu gut, aber sie bemüht sich. Ich weiß, Sie würde ihnen liebend gerne helfen."

„Schaffen Sie sie her", befahl Vidal.

Kurze Zeit später stand Vidal einer kleinen, zierlichen, ganz schüchternen Gestalt gegenüber. Ihr Haar war so schwarz, wie das von allen spanischen Dienstmädchen, aber ihre Haut war ganz weiß.

„Señorita."

Sie sah zu ihm auf und er war ganz angetan von den größten, grünsten Augen, die er je gesehen hatte. Sie hatte ein blasses, herzförmiges Gesicht und ganz volle rosa Lippen. Sein erster Gedanke war, wie schön sie war, aber sehr jung, sicher gerade mal 20. *Sie arbeitete zwei Jahre für mich und ich habe sie nicht bemerkt?*

„Cómo te llamas?", fragte er.

„Rosalind Carlisle, Señor", antwortete sie kaum hörbar.

„Rosalind?" Dieser Name ergab für ihn keinen Sinn.

„Sí. Rosalinda en Español."

Er konnte nur lächeln. Ihr Akzent war katastrophal.

„Ah, Rosalinda Car... lie?"

Sie grinste. „Ja, so ähnlich."

„Freut mich, dich kennen zu lernen", sagte er in Spanisch und gebrauchte absichtlich einfache Wörter, die eine Immigrantin versteht.

„Juana, sag mir wie ich vielleicht behilflich bin", sagte sie gebrochen, verständlich aber holprig. „Was kann ich tun?" Sie klang selbstbewusst, aber ihre Hände zitterten nicht nur aus Schüchternheit und er konnte sehen, dass sie eine Heidenangst hatte.

„Hab keine Angst, Chica. Ich tue dir nichts. Versprochen." Er machte keine Anstalten, sie zu berühren, sondern zeigte stattdessen auf sein Büro. Sie wich zurück und ging nervös hinein.

Er schob den Stuhl vom Schreibtisch seiner Sekretärin, der an der inneren Wand stand, weg. Dann stellte er ihn gegenüber von seinem eigenen Stuhl hin und bat sie, sich zu setzen. Da das schwere Möbelstück zwischen ihnen stand, schien sie gelassener zu sein.

„Ich höre, du bist Engländerin. Stimmt das?", fragte er.

„Sí. Ich komme aus England. „Warum?", fragte sie.

„Du kannst Englisch lesen?"

„Ja. Ich kann lesen."

Er wurde rot. „Gut. Hier habe ich ein Dokument, das ich nicht lesen kann. Ich kann Englisch weder lesen, noch sprechen, will aber mein Geschäft nach England ausweiten. Kannst du mir helfen?"

Sie schaute ihn besorgt an. „Natürlich. Wie kann ich helfen?"

„Sag mir zunächst, was hier drinsteht." Er holte den Brief und reichte ihn ihr. „Dann kannst du mir beibringen, Englisch zu lesen und zu sprechen. Willst du?"

„Sí."

So fing es an. Er wusste nicht, wie er es ohne ihre Hilfe geschafft hätte, dass die Niederlassung so erfolgreich wurde. Eine Woche später hatte sie in seinem Büro eine feste Stelle, drei Stunden täglich. Zuerst brachte sie ihm bei, auf Englisch zu lesen. Schließlich las und schrieb sie die Dokumente für ihn. Nach ein paar Monaten war sie zur Freundin geworden.

Als Gegenleistung für ihre Hilfe, hatte er sie mit Spanisch gequält und er hielt sie für eine intelligente Schülerin mit schneller Auffassungsgabe. Außerdem fand er sie seltsam ansprechend. Bis er dann Carmen Flores traf, deren überwältigende Schönheit ihn so in Trance versetzt hatte und Rosalind völlig aus seinem Gedächtnis verbannte.

Bis jetzt. Nun schlief seine kleine Freundin, seine ständige Begleiterin, neben ihm, ganz bequem, zufrieden und entspannter, als er es je bei ihr gesehen hatte. *Vielleicht sollte ich Schuld empfinden, wie ich sie benutzt habe, tue ich aber nicht. Es war eine wunderschöne Nacht und ich weiß, ich habe sie gut behandelt. Hoffentlich wird es ihr auch so gut in Erinnerung bleiben wie mir.*

Jedoch ist es an der Zeit für sie, zu gehen. Ihr Ruf ist ruiniert, wenn man sie in meinem Bett erwischt. Er streichelte sanft über ihre Wange, bis sie blinzelte.

Sie gähnte, rutschte dann zu ihm und machte es sich in seine Armen bequem.

„Wach auf, Liebes", sagte er sanft.

Sie öffnete die Augen. Er küsste sie sanft auf die Lippen. „Wir müssen ein paar Dinge bereden, dann musst du zurück in dein eigenes Zimmer, ehe dich jemand hier sieht."

„Was für Dinge", fragte sie und sah plötzlich besorgt aus. Ihr Körper spannte sich in seinen Armen.

„Wie geht es mit uns weiter?" *Ich kenne die Antwort nicht und hoffe, du schon.*

Sie schüttelte ein paar Mal den Kopf. „Ich weiß nicht, wir sollten es aber nicht heute entscheiden.

„Du weißt, was ich tun sollte, was ehrenwert wäre", sagte er und wusste nicht, ob es ein Kommentar oder ein Angebot war.

Ihre Augen waren so süß traurig. „Ja, ich weiß, wir beide wissen aber, es wäre nicht der richtige Zeitpunkt. Du liebst Carmen noch immer. So wie du sie nicht heiraten konntest, weil sie einen anderen Mann liebt, könnte ich dich nicht heiraten. Dein Herz braucht Zeit, um zu heilen, um entscheiden zu können, ob du heiraten möchtest und ob du mich heiraten könntest. Der gestrige Abend war schön. Ich würde dich nicht bitten, so zu tun, als hätte es ihn nicht gegeben, wir können deswegen aber keine falschen und voreiligen Entschei-dungen treffen."

„Bereust du etwas?" *Bitte lass sie mich nicht hassen, weil ich sie benutzt habe. Es war schön.*

Sie schaute ihm beiläufig in die Augen. „Ich bereue nichts. Du?"

„Ein bisschen. Ich fühle mich wie ein Schuft." Er lächelte zaghaft.

Sie streichelte seine Wange. „Bist du nicht. Ich fing an. Ich wusste, was ich tat."

„Du bist so süß zu mir." Er küsste sie auf die Stirn.

Dies entlockte ihr ein süßes Lächeln. „Du hast es verdient, Vidal. Du bist der beste Mann."

„Wie geht es jetzt weiter?", fragte er wieder, denn er wusste noch immer nicht, was er wollte.

„Wir machen weiter wie bisher", antwortete sie. „Wir arbeiten. Du kriegst dein Leben wieder in den Griff und hoffentlich wirkt es sich nicht negativ auf unsere Freundschaft aus."

Nach dem hier schulde ich ihr schon etwas mehr als Freundschaft. Er bot ihr seine Hand, aber er verstand, warum sie sie nicht nahm. So, wie sie es verdiente, die Geliebte eines Mannes zu sein, der ihr nicht widerstehen konnte, verdiente sie es die Ehefrau eines Mannes zu sein, der sie bedingungslos liebte. „Das versichere ich dir. Es gibt für mich keine bessere Freundin als dich. Dich zu verlieren, könnte ich nicht ertragen. Warum du mich so gut behandelst, werde ich nie verstehen."

Sie nahm sein Gesicht in die Hände und schaute ihm tief in die Augen.

„Wenn die Zeit gekommen ist und du sicher spürst, dass dein Herz frei ist, dann stellst du mir diese Frage nochmals. Ich sage dir dann den wahren Grund. Ich glaube nicht, dass du jetzt schon dafür bereit bist." Sie küsste ihn sanft auf die Lippen suchte dann ihre Kleidung zusammen und zog sie an, so gut sie konnte. Zwischen Tür und Angel sagte sie leise: „Danke, Vidal. Das war die schönste Nacht meines Lebens."

KAPITEL 3

Ein Jahr später

Nachdem sie ein paar Stunden schweigend zusammengearbeitet hatten, schaute Rosalind von ihrem Stapel Akten auf und fragte Vidal leise: „Hast du vor, heute Abend auf das Fest zu gehen?"

„Darüber habe ich noch nicht nachgedacht", antwortete er. „Ich schätze nicht."

„Wieso nicht?", fragte sie. „Das Erntedankfest ist eine der aufregendsten Nächte des Jahres."

„Ich weiß nicht ob mir nach Tanzen und Feiern ist." Er schaute spielerisch.

„Vidal, du solltest echt gehen", sagte sie in einem spielerischen Befehlston.

„Wieso?", fragte er und kicherte über den Scherz.

„Nun, du bist der Hausherr", erklärte sie. „Es täte auch deinen Angestellten gut, wenn sie sehen, dass du Spaß hast und dich entspannst."

„Ich weiß nicht...", sagte er, als denke er lange nach.

„Gib dir einen Ruck. Man weiß nie, vielleicht hast du Spaß."

Vidal kam ein teuflischer Gedanke. „Gehst du?", fragte er sie.

„Natürlich", antwortete sie.

„Ich gehe unter einer Bedingung."

Sie schaute ihn erwartungsvoll an.

„Ich möchte wenigstens einmal mit dir tanzen."

Rosalind atmete langsam ein. Sie überkam so ein sexuelles Gefühl. Vidal konnte es an ihrem Gesicht sehen. Er spürte es auch. Nur Rosalind war imstande, seine versteckte Lust zu entfachen. Jeden Tag schien sein Verlangen nach ihr zuzunehmen. Die Erinnerung daran, wie sie in seinem Bett lag, waren nie verschwunden in dem...*Gott, war das echt schon ein ganzes Jahr her?*

War es tatsächlich. Carmen war am Abend des Erntedankfestes gegangen. Er schwelgte etwas in Erinnerungen an seine Geliebte, die ihn verlassen hatte und stellte fest, dass der Schmerz merklich weniger geworden war.

Damals hatte er gedacht, dass er es nie überwinden und er diesen Schmerz nie loswerden würde, aber es kam anders. Gelegentlich vermisste er Carmen noch immer, aber mit den Monaten wurde es immer seltener, so wie das schlechte Gewissen, das Gefühl, dass etwas nicht stimmte und ihn etwas quälte. Schließlich hatte er akzeptiert, dass eine Beziehung zwischen ihnen nie gewollt war und es ihn nicht weiter quälte, zumindest nicht sehr.

Vidal prüfte seine Emotionen und fühlte sich insgesamt, nun... besser, wie neu geboren. Das war zu einem Großteil der schlanken Schönheit geschuldet, die über seiner englischen Korrespondenz saß. Er schuldete ihr mehr als einen Tanz auf dem Fest. *Sie würde natürlich sagen, dass es selbstverständlich war. Dass jeder gute Freund dasselbe getan. Ich bin anderer Meinung.*

Als ihm das alles durch den Kopf ging, nahm er gedankenverloren die Einzelheiten des Raumes in sich auf, wo sie so viele Stunden zusammen verbracht hatten. Das ehemalige Schlafzimmer hatte jetzt hölzerne Balken an der Decke, die zu den glänzenden Ahornbrettern auf dem Fußboden passten. Von einem einzigen Fenster, dessen Läden offenstanden, um Luft rein zu lassen, konnte man seinen frisch abgeernteten Weinberg sehen.

Vidal schaute auf den kleinen Beistelltisch, der an der weißen Wand stand, gegenüber von seinem, und schaute Rosalinds hübsche Gestalt an, wie sie sich so über die Akten beugte. Ihre Schönheit war still und unscheinbar, bis auf diese leuchtenden Augen. Sie verfolgten ihn im Traum.

In den Jahren, die sie zusammen gearbeitet hatten, hatte er ihre innige Treue, ihre Intelligenz, ihre bedingungslose Hingabe, ihr liebreizendes Gesicht, nie aber ihren Körper erfahren dürfen. Aber über ihre Vergangenheit, ihre Träume, wusste er nichts und das hielt ihn zurück. *Gäbe es nur einen Weg, einen ihrer Wünsche zu erfahren und ihn zu erfüllen. Ich bin sicher, dass ich wenigstens ein bisschen erfüllen kann, habe aber keine Ahnung, was. Geld scheint sie offenbar nicht zu interessieren, denn als ich sie beförderte, wollte sie keine Gehaltserhöhung. Sie kämpft nicht mit den anderen Bediensteten um Status oder Stand, obwohl sie beides haben könnte.*

Sein Blick fiel wieder auf sie und Vidal schaute ihr Gesicht an. Er konnte ein heftiges Verlangen spüren. *Es ist schon so lange her, seit wir uns zuletzt berührten. Sie weigerte sich, noch einmal das Bett mit mir zu teilen und sagte, sie wolle nicht meine Mätresse sein. Berechtigterweise, schätze ich.*

Sie scheint damit zufrieden zu sein, bei mir im Büro zu sitzen und meinen Papierkram zu erledigen. Man könnte glauben, dies genügt ihr, nur ein oder zwei Mal sah ich, wie sie mich anstarrte und ihre grünen Augen vor Verlangen leuchteten. Sie will mich noch immer, aber auf welche Weise? Und was will ich von ihr? Außer einer weiteren Nacht mit ihr. Solche grundlegenden Fragen und ich hatte keine Antworten.

KAPITEL 4

$\mathcal{U}$m 18:00 Uhr desselben Abends, stand Rosalind vor dem zerbrochenen Spiegel, in ihrem winzigen, weißen Zimmer, und schaute sich kritisch an. Sie trug ein neues königsblaues Kleid, das sie selbst genäht hatte. Die Farbe passte zu den schwarz-blauen Haarsträhnen, die sie leicht über ihr Gesicht fallen ließ. Der Schnitt des Kleids betonte ihre schlanke Hüfte und ihre kleinen, wohl geformten Brüste. Sie wusste sie seit letztes Jahr mehr zu schätzen. Aber sie sah immer noch zu dünn aus trotz der vielen Polster.

„Das ist schrecklich", murmelte sie. Sie hatte das letzte Jahr damit verbracht, wie eine Närrin von Vidal zu träumen und da sie ihre Emotionen nicht zeigen konnte, sogar weniger gegessen als zuvor. Ihre nackten Arme schauten dünn und gebrechlich, wie Zweige aus. Die kleine Rundung an ihrem Po war kaum mehr zu sehen. „Ich sehe mehr wie ein Junge aus, als eine Frau in den besten Jahren."

Kritisch beäugte sie ihr Gesicht. Nacht für Nacht hatte sie kaum geschlafen, sodass sie unter den Augen dunkle Ränder hatte. „Ich schaue aus, wie eine Landstreicherin. Es ist hoffnungslos."

Sie senkte die Schultern. „Ich muss mich aufheitern, den Abend genießen und den Tanz, den ich Vidal versprochen hatte. Ich sollte mich nicht sorgen, ob ich gut aussehe."

Dieser Gedanke, wie seine Arme wieder um sie geschlungen waren, ließ sie angenehm zittern. Damit ihre Gestalt besser zur Geltung kam, legte sie einen schwarzen Schal über die Schultern und ging zu den anderen Bediensteten.

Sie waren ein gesprächiger, gemütlicher Haufen, immer offen für den neusten Klatsch. Manchmal war das echt unterhaltsam und immer eine gute Möglichkeit, noch mehr der spanischen Umgangssprache zu lernen. Heute Nacht schien Rosalind aber Probleme zu haben, ihrem Gerede zu folgen. Alles, woran sie denken konnte, war der Blick, den Vidal ihr vorhin in seinem Büro zugeworfen hatte. Der war voller Leidenschaft.

Er begehrt mich noch immer. Ich weiß es, aber es wäre zu viel, zu hoffen, dass er mich je lieben könnte. Ich will nicht nur eine lockere Affäre mit ihm. Wir könnten uns nicht mehr mit Respekt begegnen, dem Fundament unserer Freundschaft. Das wollte ich auf jeden Fall vermeiden. Wenn ich nicht seine Geliebte sein kann, bleibe ich seine Freundin und die tolle Nacht, die wir vor einem Jahr zusammen hatten, wird unser beider süßes Geheimnis bleiben. Wieso sollte er mehr von mir wollen?

Carmen war schön und hatte dichte, schwarze Locken, pechschwarze Augen und ein vornehmes Auftreten. Obwohl sie nur die Tochter einer Sekretärin war, benahm sie sich wie eine Prinzessin. Das liebte Vidal an ihr. Das sagte er mehr als einmal. Carmen ist auch eine reinrassige Spanierin und hat keine englischen Wurzeln.

Ganz plötzlich merkte Rosalind, dass sie sich in Selbstmitleid suhlte. Die Chancen, Vidal ganz allein für sich zu haben, standen schlecht. Wenn sie sich aber ständig selbst bemitleidete, konnte sie es nie versuchen. *Vidal steht auf lebhafte, vitale Frauen. Darauf sollte ich setzen, denn mit Schönheit kann ich nicht punkten.*

Die Kutsche fuhr über ein tiefes Schlagloch in der staubigen Straße und sie alle wurden umher geschleudert. Ein Tollpatsch fiel halb über sie, mit dem Arm auf ihre Brüste und er zerknüllte ihr Kleid. Sie schaute ihn finster an.

Als sie am Pavillon ankamen, hatte sich schon eine kleine Menge versammelt. Eine leichte Brise wehte über die Felder und Wälder und verdrängte die Hitze des Tages. Obwohl es noch nicht ganz dunkel war, waren Fackeln auf langen Stangen überall auf der Lichtung verteilt worden, ein paar noch jenseits davon, damit sie gutes Licht zum Tanzen hatten. Und es würde viel getanzt werden.

Vidals Geschäftspartner aus Cádiz, Sevilla und Jerez waren schon mindestens eine Stunde hier, tranken Wein und entspannten sich. Die Musiker und Köche waren schon länger am Werk Die Bediensteten stiegen aus der Kutsche, denn sie wollten speisen und tanzen bis zum Morgengrauen. Letztes Jahr war das Fest kurzfristig abgesagt worden und dieses Jahr hatten sie sich entschlossen, doppelt so lange zu feiern.

Rosalind schlenderte langsam über die Lichtung und sah schließlich Claudia Gongora, eine füllige Matrone, Mitte 50, mit grauen Strähnen in ihrem glänzend schwarzen Haar und einem strengen Gesichtsausdruck. Sie wollte Fliegen und Kinder vom Nachtischbuffet fernhalten. Dieser Aufgabe schien sie gewachsen zu sein. Sie würde dafür sorgen, dass den Kindern nicht schlecht von den Süßigkeiten wird. Ihrer Gutmütigkeit wäre es aber zu verdanken, dass auch die kleinsten und schwächsten von ihnen etwas abbekämen.

Rosalind bewunderte Claudia. Als sie in Spanien angekommen war, mit gebrochenem Herzen und allein, wollte es das Schicksal, dass sie zu dieser Gaststätte kam, das sie zusammen mit ihrem Ehemann Blas führte. Beide konnten etwas Englisch, denn sie hatten regelmäßig ausländische Gäste. Claudia wusste immer, was los war, nicht nur in Cádiz, sondern auch in den entlegeneren Gegenden Spaniens. Sie hatte gehört, dass in der Küche von Vidals Anwesen, fünf Stunden von Jerez entfernt, eine Stelle frei wurde. So hatte sie Rosalind ermutigt, sich zu bewerben. Sie erstatteten ihr oft Bericht und wann immer die Geschäfte Vidal und seine Sekretärin einspannten, konnte sie sich mit der netten Frau, die ihr so viel geholfen hatte, in Verbindung setzen. Rosalind hatte nie eine Mutter gehabt, spürte aber oft, dass Claudia als Mutter wunderbar gewesen wäre.

„Hola, Claudia", sagte sie leise.

„Hola, Rosalinda", antwortete die Frau lächelnd. „Cómo estás?"

„Bien, bien. ¿Y tú?", erwiderte Rosalind.

"Bien. Ich habe schon lange nichts mehr von dir gehört." Die Frau legte den Löffel ab und tätschelte Rosalinds Hand.

„Ich weiß. Ich arbeite jetzt in Vidals Büro. Das und meine anderen Pflichten nehmen mich so in Beschlag, dass ich meine Freundschaften etwas vernachlässigte. Tut mir leid."

Claudia hob die Augenbrauen, weil sie Vidals Vornamen so leichtfertig aussprach, sagte aber nichts. „Auch ich habe ihn kaum zu Gesicht bekommen", sagte Claudia wenig später. „Wie hat er alles... du weißt schon...aufgenommen?"

Rosalind konnte nur lächeln. „Besser, als man annehmen könnte. Zuerst war er natürlich sehr traurig, aber jetzt scheint er wieder normal zu sein."

„Y tu mijita? Liebst du ihn noch?"

Rosalind seufzte. „Mehr, denn je. Je mehr Zeit ich mit ihm verbringe, desto schlimmer wird es. Ich komme mir so albern vor, wie ein Fisch, der nach einem Vogel schnappt, ich kann mir aber nicht helfen."

„Du und er sind nicht so verschieden, wie du meinst", sagte Claudia. „Carmen war doch nur die Tochter einer Sekretärin, einer Frau aus der Arbeiterschicht, deshalb ist ihre Position nicht höher, als deine auch. Vidal ist kein Adliger und selbst wenn er es wäre, denke ich nicht, dass er sich allzu sehr um deinen Stand scheren würde."

„Ich bin noch nicht mal Spanierin, Claudia", protestierte Rosalind. „Was kann ich ihm bieten?"

„Wenn du denkst, dass Vidal mehr an der Nationalität, als an der Persönlichkeit interessiert ist, dann kennst du ihn schlecht", antwortete die ältere Frau mit spitzen Lippen.

„Aber er hat mich noch nicht mal bemerkt. In all den Jahren

nicht." *Das stimmt nicht, ich will aber Claudia nichts von diesem winzigen Hoffnungsschimmer erzählen.*

„Vielleicht bist du für ihn zur Gewohnheit geworden", vermutete ihre Freundin. „Er sieht dich täglich, stundenlang, wenn ich mich nicht irre. Du bist ein solch großer Teil seines Lebens geworden, dass er sich an dich gewöhnt hat. Das spricht für eine starke Verbindung, wenn jemand dafür sorgt, dass er es bemerkt."

„Aber wie soll ich das anstellen?", fragte Rosalind und wollte verzweifelt Vorschläge.

„Du vielleicht nicht", antwortete Claudia. „Vielleicht sollte jemand anders, der mit der Sache nichts zu tun hat, beiläufig erwähnen, wie tröstlich es doch sein musste, jemanden um sich zu haben, der ihn so sehr liebt."

„Wage es ja nicht, Claudia!" Rosalind wurde richtig heiß. „Ich würde eingehen, vor Scham."

„Nur, wenn es nicht klappt", antwortete die ältere Dame.

Rosalind hob die Hand. „Das Risiko ist zu groß. Versprich mir, dass du nichts sagst!",

Claudia hob eine dunkle Augenbraue. „Wenn du nie was riskierst, erreichst du nie was", erwiderte Claudia.

Rosalind schüttelte den Kopf. „Ich will ihn als Freund nicht verlieren, Claudia. Ich möchte nicht, dass er sich in meiner Gegenwart unwohl fühlt."

„Also gut, ich sage nichts, wenn er mich aber fragt, werde ich ihn nicht anlügen."

„Ich bezweifle stark, dass er fragen wird."

„Man weiß nie." Claudia zuckte mit den Augenbrauen.

„Es überrascht mich noch immer, wie du mich ermutigt hast, mich an ihn ran zu machen", sagte Rosalind. „Wolltest du nicht, dass er Carmen heiratet? Immerhin kennst du sie seit deiner Kindheit."

„Ja, einst wollte ich tatsächlich, dass sie heiraten", antwortete Claudia. „Er hätte gut für sie sein können, aber Carmen ist jetzt weg. Sie heiratete den Mann, den sie liebte und Vidal ist noch immer ein guter Mann, der eine gute Frau verdient. Ich meine, du wärst irgendwie die bessere Wahl für ihn. Er war gut für sie, du aber bist gut für ihn. Du würdest nie seufzen und dir wünschen, er wäre ein anderer. Du würdest ihn nie an der Nase herumführen. Wenn er je merkt, was er an dir hat, dann wärt ihr ein süßes Paar."

„Bete um ein Wunder, Claudia", drängte Rosalind.

„Werde ich, niña. Jeden Tag. Nun solltest du gehen und den Spieß umdrehen, ehe du an ihm verbrennst."

～

Claudia lächelte, als Rosalind fortging. Dann überlegte sie sich, wie sie Vidal dazu bringen konnte, zu fragen. Ein paar Minuten später erübrigte sich diese Frage. Vidal ging zu ihr, als wolle er die Süßigkeiten ansehen.

„Jetzt, mein junger Mann. Du bist vielleicht noch ein Kind, aber ich lasse dich auch nicht den Nachtisch vor dem Abendessen verspeisen. Du bist nicht so groß, dass ich dir nicht den Hintern versohlen kann", sagte Claudia Sie wedelte etwas mit dem Löffel und lächelte.

Vidal lachte. „Ich bin nicht an Ihren Süßigkeiten interessiert, Señora. Ich habe eine Frage."

„Bitte."

„Ich habe ein kleines Problem", sagte Vidal und wippte unruhig von einem Fuß auf den anderen. „Ich schulde Rosalinda viel. Im letzten Jahr war sie mir immer eine gute Freundin und Stütze." Seine Wangen wurden rot, als er das sagte.

Claudia schaute nach unten und fragte sich, was ihm so peinlich war.

Er sprach weiter. „Ich weiß nicht, wie ich das ohne sie überstanden hätte. Ich möchte ihr etwas schenken, um ihr meine Hochachtung zu zeigen, weiß aber nicht, was ihr gefällt. Können Sie mir helfen?"

Claudia überlegte. „Rosalinda ist der Typ Frau, die einfache

Dinge mögen. Geben Sie ihr etwas, das für Sie von Wert ist, dann wird ihr das gut gefallen."

„Das weiß ich, aber ich möchte ihr etwas geben, dass *sie* mag und will", antwortete er und verscheuchte eine Fliege auf dem Tisch.

„Don Vidal, es gibt nur eine Sache, die Rosalinda um alles in der Welt will. Denken Sie, dass Sie bereit dazu sind, es ihr zu geben?" Claudia schaute ihn seltsam an.

„Sie hat also mit Ihnen geredet. Ich hatte gehofft, sie würde es." Er beugte sich neugierig vor. „Ich denke, ich würde ihr alles geben, was ich kann. Was will sie?" Seine Augen blitzten.

Hmmm, dachte Claudia. *Es gibt mehr, als nur ein Zeichen der Anerkennung.* Sie entschied sich, es zu riskieren. „Sie will Sie. Don Vidal, Sie sind in vielerlei Hinsicht ein kluger Mann, aber blind, was Rosalinda angeht. Wollen Sie sie glücklich machen, so machen Sie ihr einen Heiratsantrag."

Vidal schloss den Mund und seine Zähne klapperten laut.

„Ach kommen Sie. Etwas so Wichtiges kann Ihnen doch nicht entgangen sein", schimpfte Claudia.

„Das kann ich aber nicht", sagte er schließlich. Nervös fuhr er sich mit der Hand durch die Haare.

„Warum nicht?", fragte sie und fuchtelte mit dem Löffel. „Denken Sie nach, Vidal. Carmen ging vor einem Jahr fort. Sie sollten heiraten. Sie brauchen eine Frau und es gibt für Sie keine Bessere als Rosalinda. Sie liebt Sie. Denken Sie darüber nach."

Vidal ging langsam fort, den Kopf voller Gedanken. *Ich habe mir echt viel entgehen lassen, wenn das stimmt, was sie sagt.* Er musste zugeben, es stimmte. Er hatte es nicht gemerkt, denn er war zu sehr mit seinen eigenen Problemen beschäftigt gewesen. Oder, besser gesagt, er hatte etwas gemerkt, sich aber nicht die Zeit genommen, Zwei und Zwei zusammen zu zählen.

Je mehr er sich das durch den Kopf gehen ließ, desto einleuchtender wurde es. *Wieso, um alles in der Welt, sollte ich sie nicht heiraten? Sie ist eine nette Frau und treue Freundin. Eine gute Basis für eine Ehe. Dann habe ich auch freien Zugang zu ihrem knackigen Körper.* Ein Druck im Schritt sagte ihm, dass er von dem Gedanken angetan war.

Da sie mich liebt, kann ich nicht an das hier denken. Für den Anfang mache ich ihr aber den Hof. So finde ich heraus, ob sie ernsthaftes Interesse hat.

Ja, heute Abend fange ich an. Er merkte nicht, dass dieser Gedanke ein seltsames Lächeln auf seine Lippen zauberte.

KAPITEL 5

*A*ls Rosalinds Schicht endete, war es bereits Abend. Schon bald wäre es Essenszeit und die gebratenen Hähnchen und Spanferkel rochen lecker. *Vielleicht finde ich heute Abend den Appetit, um richtig zu essen.*

Wie immer schaute sie in der Menge nach Vidal. Sie konnte ihn leicht ausfindig machen, obwohl noch größere Männer als er hier waren und sie alle konventionelle, schwarze Anzüge trugen. Er strahlte so eine Ruhe aus, er wirkte sehr beeindruckend.

Sie bemerkte ihn schnell, wie er sich mit den Musikern unterhielt. *Sollte ich zu ihm, nur um ihn zu begrüßen? Nein, ich warte. Ich will meine Phantasien noch etwas genießen.*

Sie fragte sich, was sie tun sollte. Sie könnte sich zu den verschiedensten Unterhaltungen gesellen, aber der Gedanke, sich mit den hochnäsigen Adligen zu unterhalten, sagte ihr überhaupt nicht zu. *Der Tanz würde erst nach dem Abendessen eröffnet werden, aber auch das hörte sich nicht besonders amüsant an, abgesehen natürlich vom Tanz mit Vidal.*

Eine Glocke ertönte und Rosalind sprang auf. *Zeit zum Abendessen!* Sie versuchte, ihren Puls zu zügeln und mischte sich unter die

Leute, die in schier endlosen Schlangen um die Tische standen. Bis jeder sein Essen hatte, würde viel Zeit vergehen.

Nach einer gefühlten Ewigkeit, ging auch Rosalind zum rustikalen Tisch aus Pinie, wo Claudia mit ihrem Mann Blas saß.

Blas schaute Rosalinds bunt zusammengewürfelten Teller schief an. „Ist das alles, was du essen willst?", fragte er.

„Ich bin nicht sehr hungrig", antwortete sie leise.

„Isst du nicht bald etwas, dann fällst du vom Fleisch!", schrie Blas so laut, dass von den anderen Tischen die Leute schauten.

„Blas, lass das arme Mädchen in Ruhe", sagte Claudia und streichelte die Schulter ihres Mannes. „Du weißt, wenn man verliebt ist, hat man keinen Appetit."

„Sch!", zischte Rosalind. „Sprich nicht davon."

„Verliebt?", fragte Blas interessiert. „Wer ist der Glückliche?"

Rosalind wurde rot im Gesicht und sie schaute auf ihren Teller.

Claudia flüsterte ihrem Mann etwas ins Ohr.

Dieser hob seine buschigen Augenbrauen, seine am meisten behaarte Körperstelle, denn er trug eine Glatze. Dann lächelte er und sagte: „Wenn du halb verhungerst, wird er dich wohl kaum mehr begehren."

Dieser Gedanke kam Rosalind so vertraut vor, dass sie mit den Tränen kämpfte. Sie antwortete mit zitternder Stimme: „Ich weiß."

Claudia schlug ihren Mann auf den Arm. „Hör auf!", zischte sie. „Ignoriere ihn, Mädchen. Er ist nicht der Hellste."

Señor Gongora wollte etwas sagen, verkniff es sich aber, als seine Frau ihn finster ansah.

Rosalind stach immer wieder auf das Huhn auf ihrem Teller ein, schnitt ein Stück ab und schob es in den Mund. Sie kaute langsam und hoffte, dass sie es runterschlucken konnte, denn sie war mit den Gedanken ganz woanders. Dann fielen ihre Augen auf Vidal, der am Nebentisch saß, von mehreren ortsansässigen Mädchen umgeben. Viele von ihnen waren jung und hübsch und alle alleinstehend.

Bei der Auswahl habe ich keine Chance.

Er schien tief mit einer älteren Dame in ein Gespräch versunken zu sein und sein Gefolge kicherte und feixte. *Eklig, wie sie ihn anhimmeln. Natürlich bin ich kein bisschen besser.* Seufzend fuhr sie wieder mit dem Fuß am Tisch hin und her.

Claudia reichte Rosalind die Hand und sie hörte damit auf. „Bitte, Niña. Du musst was essen."

Rosalind zwang sich, von den Gesprächen hinter Vidals Rücken weg zu schauen und aß ihr Abendessen, so viel sie eben hinunterbrachte. Da sie wochenlang nichts gegessen hatte, war sie auch schnell satt und das Essen, das beim Kochen so lecker gerochen hatte, schmeckte staubtrocken. *Wie sonst, ohne Vidal?* Sie wurde rührselig und wusste es, aber auf Festen war sie immer so gelaunt. Sie fühlte sich ganz allein. *Wie deprimierend, von so vielen Menschen umgeben zu sein, von denen die meisten nichts von mir wissen und auch nie Interesse haben werden, etwas zu erfahren.*

Sie drehte sich um, schaute ihren beiden Begleitern in die Augen und sah ihre besorgten Gesichter. *Ich bin nicht gerecht zu ihnen. Es sind wunderbare Menschen und ich sollte ihnen die Party nicht verderben, weil ich ein Trauerkloß bin.* Sie verwickelte Señor Gongora in ein Gespräch über sein Lokal. Dieses Thema gefiel ihm von allen am meisten, mehr noch als seiner Frau und das Abendessen verlief sehr harmonisch

Sollten sie gemerkt haben, wie sie sich verändert hatte, so sagten sie es nicht.

Es überraschte Rosalind sehr, dass sie erst versucht hatte, so zu tun, als hätte sie Spaß und nun wirklich Spaß hatte.

„Nachtisch!", verkündete Claudia und schob Rosalind einen Teller mit Kuchen hin. „Diesen hier magst du doch, nicht?"

Rosalind leckte sich die Lippen, als sie den süßen, weichen Biskuit. Ein Geruch nach Zitrone stieg ihr in die Nase, sie nahm ihre Gabel und stach zu, schloss die Augen und der Geschmack war auf ihrer Zunge.

Nach dem halben Stück schob sie stöhnend den Teller weg. Sie öffnete die Augen und sah, dass Claudia und Blas rot wurden. *Ist das albern? Sie wollen nur, dass du glücklich bist und du kannst es sein, wenn du es versuchst. Nun, da das Mahl vorbei ist, ist es Zeit, zu tanzen. Du bemitleidest dich jetzt nicht, sondern genießt den Volkstanz, sowie den nächsten Tanzpartner...Ich frage mich, welchen Tanz wohl Vidal tanzen will...wenn er daran denkt.*

Die Musiker spielten auf und die Menge tanzte. Rosalind tanzte mit mehr Enthusiasmus als Können. Glücklicherweise belustigte die anderen Tänzer ihre mangelnde Begabung und sie machten keine Bemerkungen über ihre ungelenken Tanzschritte. Unter Menschen zu sein, die diese Tänze kannten, seit sie Kinder waren, erforderte Rosalinds ganze Konzentration, sodass sie nicht grübeln konnte.

Nach ein paar Tänzen konnte Rosalind nicht mehr, war aufgeheizt und außer Atem. Sie musste sich auf eine Bank neben der Lichtung setzen. Ein paar der besten Tänzer im Saal legten einen gekonnten Flamenco aufs Parkett.

Das kam ihr schrecklich vertraut vor. Der Tanz war das letzte freudige Ereignis beim Fest im letzten Jahr, und dann kam Esteban und krallte sich Carmen. Dieses Jahr tanzten sie noch wilder.

Die Damen stampften mit den Füßen, sodass ihre roten Kleider flatterten. Sie krümmten und drehten sich, die Hände in der Luft. Rosalind schaute die Flamenco-Tänzer ehrfürchtig an wie immer. *Ich kann tanzen, aber die schwierigen Tanzschritte des Flamencos verstehe ich nicht. Manche sagen, das liegt den Gitanos einfach im Blut.*

Der Tanz endete, die Tänzer wedelten mit den Armen und das Publikum applaudierte.

Rosalind sprang von ihrem Stuhl auf, bereit für die nächste ausgelassene Runde. Dann verkündete der Gitarrist: „Der nächste Tanz ist ein Walzer, ein Walzer nur für Liebende. Caballeros, suchen Sie sich die Damen Ihrer Wahl."

Rosalind lächelte traurig und begab sich wieder auf ihren Platz. *Sieht so aus, als säße ich auch hier wieder nur herum.*

Ohne Vorwarnung legte sich eine warme Hand auf ihren Arm und eine vertraute Stimme flüsterte ihr leise ins Ohr: „Schöne Frau, tanze mit mir."

Sie drehte sich um und schaute Vidal direkt in seine schönen, dunklen Augen. Er nahm ihre Hand an seine Lippen und küsste sie zärtlich.

„Diesen Tanz kann ich nicht mit dir tanzen, Vidal. Der Mann hat meinte ...", begann sie.

Vidal unterbrach sie. „Ich weiß, was er gesagt hat, Liebes. Es war meine Idee. Ich bat ihn, das zu tun, sodass ich mit dir tanzen kann. Dann führte er sie auf die Tanzfläche.

Rosalind bewegte sich ungelenk, denn ihr war klamm vor Aufregung.

Als er seine Arme ausstreckte, nahm sie ganz automatisch ihre Haltung ein. Vor Jahren hatte sie gelernt, wie man Walzer tanzt, aber dieses Wissen nicht mehr angewandt. Glücklicherweise kamen die Schritte ganz automatisch, sodass sie ihren Füßen nicht die geringste Aufmerksamkeit schenken musste.

Ein Raunen ging durch die Menge, als sie merkten, wen der Hausherr als Tanzpartnerin auserkoren hatte.

Unter all den Gesichtern stach nun das von Claudia hervor. Sie und Blas schmiegten sich aneinander, machten langsame Schritte und sie schaute Rosalind lange an, ehe sie dann schelmisch winkte.

Rosalind lächelte und konzentrierte sich wieder auf Vidal. Sie schauten sich in die Augen und ein seltsamer Schauer ging ihr durch sämtliche Nerven und jede Faser ihres Körpers.

„Du siehst heute Abend hinreißend aus", sagte er mit tiefer, warmer Stimme.

Sie zitterte. „Du auch."

Er reichte ihr die Hand, als wolle er seine Position verlagern, statt den lockeren Kontakt aber beizubehalten, der beim Tanz üblich war, schlang er seine Finger in ihre. Das war eine winzige Intimität, aber eine angenehme. Er kam näher. Immer wieder rieb sie ihre Brüste an seinem Hemd.

Er beugte sich vor und flüsterte ihr leise ins Ohr: „Du fühlst dich in meinen Armen so gut an."

„Ja. Nur hier will ich sein." Das platzte ungewollt aus ihr heraus, sie bereute die Worte aber nicht.

„Ach, Rosalinda, weißt du, was du mit mir machst?"

Sie schüttelte den Kopf, denn sie verstand die Frage nicht.

„Ich begehre dich. Ich habe dich immer begehrt, seit..."

„Seit diesem Abend", beendete sie den Satz. „Ich empfinde dasselbe."

„Ich muss dich küssen." Bei diesen leidenschaftlichen Worten fühlte sie Schmetterlinge im Bauch.

„Wann?"

„Nur noch ein Tanz, dann. Danach treffen wir uns bei der Allee, hinter dem Tisch in der Mitte."

Sie nickte langsam, er beugte sich zu ihr, als wolle er ihr nochmals etwas ins Ohr flüstern. Sie drehte den Kopf und er streichelte ihre Wange.

Rosalind schloss die Augen. *Sicher, das ist ein Traum. Bei Gott, es reicht langsam. Er konnte sich doch in einer Nacht nicht derart verändert haben, oder doch?* Sie dachte an den Vorschlag, den er gerade gemacht hatte. *Es wäre himmlisch, ihn wieder zu küssen. Wenn das ein Traum ist, so hoffe ich, dass zwischen jetzt und dem kommenden Moment, sich nicht alles gegen uns verschören wird, nur damit wir uns nicht treffen.*

Ihre verschlossenen Blicke machen sie verrückt und ihre Gedanken kreisen.

Vidal fühlte sich wie verhext. Seit wann begehrte er grüne Augen? *Ich wusste immer, ich fühle mich zu ihr hingezogen, wieso versuchte ich es nie bei ihr? Da wir schon so viele Jahre befreundet sind und uns so sehr zueinander hingezogen fühlen, ist das die ideale Basis für eine Ehe. Das alles sollte eine zufriedenstellende Verbindung schaffen.*

Vielleicht war sein Herz vorher nie frei gewesen, wie sie ihm einmal sagte. *Jetzt war er frei und ich möchte herausfinden, ob ich mein Herz nochmals verschenken kann.* Er war ganz nervös. *Riskiere ich es, mein Herz wieder einer Frau zu schenken? Sie ist ja nicht Carmen, aber wenn sie mich am Ende auch zurückweist? Werde ich das überleben?*

Er sagte sich, dass kein Grund zu der Sorge bestand, dass so etwas passiert. Rosalind würde ihn nicht so behandeln, wie Carmen es getan hatte. Er konnte darauf bauen, dass sie ehrlich zueinander seien.

Eine Vorstellung davon, wie sein restliches Leben mit Rosalind wäre, kam ihm in den Sinn. Liebe zu machen, wann immer sie es wollten, jeden Morgen neben ihr aufzuwachen, jeden Tag miteinander reden. *Wir passen gut zueinander.*

Der Tanz ging zu Ende und er bedauerte es, sie loslassen zu müssen. Er hätte sie am liebsten festgehalten und mit ihr den ganzen Abend Walzer getanzt. *Nein. Hätte ich sie die ganze Nacht gehalten, dann bei einem anderen Tanz.*

Zögerlich ließ Vidal Rosalind los und führte sie zurück zu einer Bank auf der Lichtung. Er küsste wieder ihre Hand und schaute ihr lange in die Augen. Mit einem Seufzer wandte er sich ab und suchte sich eine andere Tanzpartnerin.

Keine der anderen jungen Frauen wirkte interessant. *Können die überhaupt etwas Anderes außer Kichern?*

Claudia schaute von ihrem Platz aus zu ihm und er bat sie um den nächsten Tanz. Aus den Augenwinkeln sah er, wie Rosalind in Blas Gongoras starken Armen tanzte.

„Nun, Don Vidal, sieht so aus, als hätten Sie sich heute Abend verändert", sagte Claudia süffisant.

Obwohl er wusste, dass er selig grinste, machte er keine Anstalten, sich zusammen zu reißen. „Si, Señora. Danke, dass Sie mich zur Vernunft gebracht haben."

„Rosalinda sieht glücklicher denn je aus. Und auch etwas schockiert", sagte die Wirtin.

„Nicht mehr als ich", antwortete Vidal.

„Ah, die ersten Annäherungen." Sie grinste. „Sie sind gut zu diesem Mädchen, sonst bekommen Sie es mit mir zu tun. Verstanden?"

„Versprochen."

Claudia lachte. „Sie haben sicherlich heute Abend Anlass zum Tratsch gegeben."

„Auch Sie?"

„Natürlich", sagte sie stolz. „Ich kann behaupten, dies alles eingefädelt zu haben."

Vidal lächelte.

Sie plauderten während des ganzen Tanzes angeregt, aber Vidal behielt Rosalind ganz genau im Auge. Kaum hatte die Musik aufgehört, ging sie zu den Bänken, schaute sich kurz um und huschte dann in Richtung Pinienhain. Er folgte ihr nach.

Abgesehen vom Fackellicht war es ziemlich dunkel. Die duftenden Bäume flüsterten im kalten Wind, der schon mehr winterlich als herbstlich war, und Rosalind zitterte. Sie hatte ihren Schal in der Kutsche gelassen, denn sie wusste, die Körperwärme der Gäste würde den Pavillon ausreichend wärmen.

Hinter ihr knackte ein Ast und sie wich zurück. Dann legten sich starke Arme um sie und sie legte den Kopf an Vidals Schulter.

„Was geht hier vor?", fragte sie leise.

„Was meinst du, Liebes?"

„Du weißt schon. Dieser plötzliche Sinneswandel." Sie war verwirrt, was sie nicht davon abhielt, sich enger an ihn zu kuscheln.

„Ich habe entschieden, mein Leben etwas komplizierter zu gestalten."

„Vidal!", schrie sie.

„Ich mache dir den Hof, Liebes", sagte er.

Rosalind blinzelte. „Aber, Vidal, in der Liebe gilt…"

„Ich weiß, was da gilt", antwortete er und legte ihr die Hand auf die Wange.

„Oh, Vidal. Sicher?"

„Nein, aber ich bin sicher, ich finde es raus", gestand er mit flauem Magen.

Rosalind wurde entspannt, aber ihre Freude wurde von Zweifeln getrübt. „Warum ich? Du bist von schönen Frauen umgeben."

„Ich will keine von ihnen, sondern nur dich", antwortete er. „Ich kenne dich schon lange und ich mag alles an dir. Besonders deine Anhänglichkeit."

Er gab mehr preis, als er dachte. Da gelobte Rosalind auf der Stelle, alles zu tun, was sie konnte, immer an diesen Mann zu glauben. *Wie könnte ich nur, wenn sein Wunsch meine kühnsten Phantasien erfüllt?* Sie wand sich in seinen Armen. „Willst du mir wirklich den Hof machen, Vidal, nur zu."

Erleichterung machte sich in ihm breit. *Sie will mich auch.* Er hatte es zwar erwartet, aber es zu hören, war angenehmer, als er gedacht hätte.

Sie legte ihm die Arme um den Hals und hob den Kopf so einladend, dass er nicht widerstehen konnte. Sie umarmten sich leidenschaftlich und ihre Lippen trafen sich. Sie küssten sich ohne Scheu, die Zungen umspielten sich.

Ihr Geschmack hatte ihn im letzten Jahr verfolgt, als er sich immer wach im Bett wälzte, seinem kalten, leeren Bett. *Ach, wie sehr ich mich danach sehne, dieses Bett wieder mit ihr zu teilen. Sollten wir echt heiraten, dann schlafe ich jede Nacht mit ihr.* Der Gedanke, jeden Morgen mit Rosalind in den Armen aufzuwachen, war fast so schön, als der Gedanke daran, wie jede Nacht enden würde.

Bei diesen süßen, sexy Überlegungen wurde Vidal schmerzhaft erregt und drückte sie enger an sich. Sie passten perfekt zusammen.

Sie wand sich vor Sinnlichkeit, sodass er von Lust umströmt wurde. Vidal stöhnte. Seine große Arbeiterhand rutschte zwischen ihre Körper und berührte einen ihrer steifen Nippel. Er drückte ihn sanft.

Diesmal stöhnte Rosalind, krümmte den Rücken und drückte ihre Brust in seine Hand.

„Ach, Liebes. Wie ich mich danach sehnte, dich wieder in den Armen zu halten", murmelte Vidal.

~

Als Antwort biss ihm Rosalind in die Unterlippe und zog sanft. *Er hat so einen schönen Mund, mit vollen Lippen, schon fast zu sinnlich für einen Mann, strahlend weiße Zähnen, und diese Zunge... Was er mit dieser Zunge schon für Sachen mit mir angestellt hat!* Sie erschauerte vor Verlangen und zwischen ihren Schenkeln fühlte es sich feucht an. *Nur Vidal löst solche Gefühle bei mir aus.* Sie erinnerte sich daran, als sie in seinem Bett lag, er sie geneckt, gequält und dann genommen hatte. *Es war wunderbar. Ich will ihn nochmals.*

Bei dem Gedanken

Bei diesem Gedanken, holte sie die Realität wie Eiswasser ein, ihre Leidenschaft verflog augenblicklich. Auch wenn sie ihn so sehr begehrte, sich ihm hinzugeben, das roch schon nach Ärger. Sie hatte, bei Gott, nicht an die Sache vor einem Jahr gedacht und es jetzt zu riskieren, hatte keinen Sinn. Sie fürchtete auch, dass wenn sie sich ihm zu schnell hingab, würde sie Vidal als Mätresse sehen und dies würde ihr nie reichen.

Sie überlegte sich immer noch einen Weg, wie sie ihn darauf aufmerksam machen sollte, als er dann ihre pochende Brust losließ und sanft sagte: „Entschuldige. Du bist eine Dame und verdienst es, so behandelt zu werden. Flüchtige Küsse tun nicht weh, wir sollten aber lieber auf die Party zurück, ehe wir einen Skandal verursachen."

„Ich bin eine Bedienstete, keine Dame, aber stimme dennoch zu."

„Vielleicht, aber du bist kein einfaches Mädchen. Deine

Manieren machen dich zur Dame. Hätte ich etwas Geringeres gewählt?"

„Nein, du hast natürlich Recht", antwortete sie, aber sie bedauerte es gleich darauf. *Das wird nicht einfach.* Sie konnte schon die Kälte spüren, die in ihr hoch stieg, sobald sie sich aus seiner Umarmung löste. *Ich kann ihn noch nicht loslassen.* „Ehe wir zurückkehren, gib mir noch einen Kuss."

„Nichts würde mir mehr gefallen", murmelte Vidal, umarmte Rosalind wieder und küsste sie so sanft und süß auf die Lippen, dass sie Tränen in den Augen hatte. Dann, ohne an ihre traurigen Augen zu denken, legte er die Hand um ihren Arm und sie gingen zusammen zurück zur Lichtung.

Sie merkte es nicht, aber in Rosalinds Gesicht spiegelte sich die pure Freude und diejenigen, die es mitbekommen hatten, sprachen tagelang von nichts anderem. Auch Vidal sah sehr zufrieden aus. Zum Glück waren sie über ein oder zwei Küsse nicht hinausgegangen, sodass keine niederträchtigen Gerüchte die Runde machten.

Sie tanzten zusammen den nächsten Walzer, dann setzte sich Rosalind, trank ein Glas des berühmten Sherrys und sah, wie Vidal mit den schüchternsten und einfachsten Mädchen hier tanzte.

Vidal behielt Rosalind beim Tanzen im Auge, um sicherzustellen, dass sie es nicht störte. Er hätte sich keine Sorgen zu machen brauchen. Jedes Mal, wenn sich ihre Blicke trafen, lächelte sie ihm zu.

Er ging hinüber zu seinem Vorarbeiter, Juan Garcia, und blieb stehen, denn der Mann fragte ihn nach der Fruchtfolge im kommenden Jahr.

Vidal wand sich verärgert. *Ich hasse es, auf Partys über das Geschäft zu reden und Juan, der ja durchaus ein gutherziger Mensch und fleißiger Arbeiter sein mag, muss ausgerechnet dies ansprechen.*

Vidal wollte unbedingt zurück zu Rosalind, war aber außerstande zu gehen, ohne unverschämt auszusehen. Er schaute in ihre Richtung und hoffte, sie würde verstehen, warum er weg war. Sie lächelte aufbauend. *Sie hatte auch vorher schon mit Garcia zu tun.*

Als die Minuten so vergingen, spürte Vidal, wie ihm seltsam unwohl wurde. Nicht Langeweile hielt ihn davon ab, sich auf das Gespräch zu konzentrieren, sondern eher das wachsende Gefühl, dass etwas echt falsch war. *Du benimmst dich albern*, sagte er sich, *indem du das, was letztes Jahr geschah, an dich ranlässt. Natürlich wird nichts passieren.* Dennoch machte sich ein ungutes Gefühl in ihm breit.

Ein ängstlicher Schrei hallte durch die Nacht. Vidal eilte und vergaß Garcia. Auf der Lichtung hatte ein großer Mann mit hellem Haar Rosalind am Arm gepackt und sie mit sich fortgezerrt. Sie kämpfte mit aller Kraft, die sie hatte, zerkratzte ihm die Arme und Hände und rief um Hilfe.

Als Vidal hinsah, starr vor Schreck, riss sie sich von dem Mann los und rannte los. Sekunden später hatte er sie eingeholt. Er griff nach ihrem Haar und zog sie zu sich her.

Rosalind konnte sich nicht mehr wehren und schrie: „Lass mich los!"

Diese Worte klangen seltsam und Vidal brauchte kurz, um zu begreifen, dass sie nicht Spanisch sprach. Erschüttert und perplex rannte er zur Mitte der Lichtung, zwischen die tanzenden Menschen, die ihren Tanz unterbrachten um das Geschehen zu beobachten. Er betete, er würde sie erreichen, ehe etwas Schreckliches passierte.

„Nein, mein Mädchen. Du kommst mit mir." Der Akzent des Mannes war rau und obgleich er die Worte nicht verstand, klang es doch bedrohlich.

„Lass mich los, du Bestie!" Vergeblich kratzte sie und zog an seinem Arm.

„Oh, das tat weh", sagte er sarkastisch und dann noch: „Du hörst besser auf, dich zu wehren, oder ich nehme dich hier und jetzt. Dass all deine kleinen Freunde sehen, zu wem du gehörst."

Vidal verstand die Worte nicht, wohl aber Rosalind. Sie erstarrte und wurde leichenblass. Im Licht der Taschenlampe sah sie aus wie ein Gespenst und die Angst drang ihr aus sämtlichen Poren.

Mittlerweile war Vidal nahe genug, um zu hören wie sie fauchte: „Ich würde lieber sterben, als dass du mich noch einmal berührst, du dreckiger, läufiger Hund."

Ihr Widersacher schlug sie hart, sie fiel auf den Boden, dann kroch er auf sie und drückte sie auf den Boden. Er packte das Mieder ihres Kleides und zog. Der Stoff riss sofort, was man deutlich hörte und alle konnten ihre blasse Brust sehen.

Rosalind schrie und griff nach dem Stoff, um sich zu bedecken, aber er schlug ihre Hand weg.

„Aufhören", schrie sie.

Er lachte, grinste widerlich und holte mit seiner breiten Hand aus. Der Schlag traf sie auf die Backe, sodass ihr Kopf zur Seite flog. Immer wieder schlug er sie mit seiner geballten Faust ins Gesicht.

Ohne lange zu überlegen, zog Vidal den Mann von seiner Frau und schlug ihm wütend in den Bauch.

Sein Gegner war zwar größer, aber weichlich und schwach, außerdem hatte Vidal starke Muskeln bekommen, er hatte ja jahrelang auf seinem Land gearbeitet. Ein Schlag reichte, um den Eindringling außer Gefecht zu setzen. Vidal schleuderte ihn auf den Boden, auf dem er regungslos liegen blieb und nach Luft rang.

Dann ging Vidal zu Rosalind. Er kniete sich neben sie und nahm sie in den Arm. Zitternd klammerte sie sich an ihn. Ihr Gesicht war blutig geschlagen und er konnte die roten und blauen Stellen sehen.

Auch sein Herz pochte, obwohl er versuchte, ihretwegen die Fassung zu bewahren. In diesem Augenblick kam Blas Gongora ihm zur Hilfe und schaute drohend auf den verprügelten Mann am Boden, denn dieser machte Anzeichen, sich zu rühren. Die wütende Visage und die starken Muskeln des Wirts reichten völlig aus, um jegliche versteckte Aggression in dem Kerl abzuwürgen.

„Perfektes Timing, mein Freund", sagte Vidal leise.

„Was soll ich mit ihm machen?" Blas schaute so rasend, dass man Angst bekam.

„Schließt ihn in einen abgelegenen Raum ein. Ich will nicht, dass er den anderen den restlichen Abend verdirbt. Ich bringe Rosalinda heim."

Der ältere Mann nickte und stellte den Eindringling auf die Beine und verschwand mit ihm, ohne viel Aufhebens, in der Nacht.

Vidal half Rosalind auf. Sie wog weniger, als er es in Erinnerung hatte, und zitterte. Sie legte die Wange auf seine Brust. Sanft legte er sein Kinn auf das zerrissene Mieder ihres Kleides, sodass sie wieder anständig bedeckt war, ehe er sie dann zu seiner Kutsche brachte.

Die Gäste standen alle neugierig herum und wollten wissen, was passiert ist.

Da er ihre Fragen nicht beantworten konnte, sagte er: „Señorita Carlisle geht es gut. Sie ist nicht schwer verletzt." *Bitte, Jungfrau Maria, mach, dass es so ist.* „Würde uns jemand zurück zum Anwesen fahren? Sie muss sich ausruhen." Vidal wollte Rosalind nicht alleine lassen.

Ein stämmiger Junge aus dem Ort löste sich aus der Menge und hopste auf den Fahrersitz. Vidal kletterte hinein und nahm Rosalind auf den Schoß. Als die Kutsche losfuhr, setzte sich Vidal erleichtert hin. Rosalind, die in seinen Armen lag, hatte aufgehört, zu zittern.

„Liebes, wie fühlst du dich", fragte er und drehte sie zu sich, sodass er die Verletzungen auf ihrem Gesicht anschauen konnte. Im dumpfen Mondlicht konnte er sehen, dass einige der Prellungen schon dunkler wurden.

„Verängstigt und verletzt, aber doch zutiefst erleichtert, bei dir zu sein", antwortete sie mit ruhiger, unsteter Stimme.

„Bist du schwer verletzt?" Er streichelte sanft ihre Wange.

„Ich glaube nicht. Meine Nase tut weh. Blutet sie?"

„Nein, aber deine Lippe." Er fuhr mit der Kuppe seines Daumens über die Stelle.

Sie schloss die Augen. „Die verheilt schon."

„Ja."

Vidal atmete tief ein. „Liebes, wer war der Mann."

Rosalind seufzte. Ihre Stimme klang nervös und unsicher und sie löste etwas ihre Schulter, die sie fest an ihn presste. „Charles ist der Geschäftspartner meines Vaters", sagte sie beiläufig, aber er konnte sehen, sie hatte grausige Erinnerungen an ihn. Sie schloss die Augen.

Vidal wartete geduldig und zog währenddessen die Nadeln aus ihrer zerzausten Frisur, ehe er dann mit den Fingern in ihre glänzenden, schwarzen Locken fuhr.

Das tat ihr gut und sie fuhr fort: „Ich mochte ihn nie. Ich wusste, er stahl Geld aus dem Geschäft meines Vaters, mein Vater hörte mir aber nie zu. Er sagte, Frauen hätten keine Ahnung vom Geschäft. Dann entschloss sich Charles, mich zu heiraten, warum auch immer. Ich glaube, aus finanziellen Gründen." Sie erschauerte. „Ich würde lieber sterben, als mit so einem Schwein verheiratet zu sein und sagte das meinem Vater, er aber bestand auf die Verbindung."

Sie schwieg wieder, um ihre Fassung zu gewinnen, dann gab sie den Kampf auf. Mit Tränen in den Augen zwang sie sich, weiter zu sprechen.

„Mein Vater sagte ihm, er wolle versuchen, mir ins Gewissen zu reden und ließ uns beide zusammen allein. Statt zu reden, hat er... er..." Sie schluckte schwer. „Hat er mich genommen." Sie seufzte und drückte ihr Gesicht an Vidals Hemd.

„Wieso hast du das zugelassen, wenn du ihn nicht mochtest, Liebes?", fragte er, nicht vorwurfsvoll.

„Zugelassen?", schluchzte sie. „Wer sagt, ich ließ es zu? Er ist stärker, als ich. Das hast du gesehen. Ich konnte ihn nicht aufhalten. Er schlug mich, bis ich mich nicht mehr rühren konnte. Danach war es leicht für ihn, mit mir zu machen, was er wollte."

„Ach, mein Gott, Liebes!", sagte Vidal mitgenommen. Zorn stieg in ihm auf. „Das ist Vergewaltigung. Ein Verbrechen. Dafür sollte er gehängt werden!"

„Ich weiß, es war falsch", weinte sie. „Ich schämte mich so. Ich wusste nicht, was ich tun sollte. Ich musste weg, also nahm ich alles Geld, das ich finden konnte, und fuhr so weit weg wie möglich."

„Bis nach Spanien...", antwortete er und hob ihr Gesicht hoch, so dass sich ihre Blicke trafen. „Du Arme", sagte er sanft, „Was du alles durchmachen musstest, tut mir leid. Und das war das einzige Mal, nicht wahr, bis wir letztes Jahr zusammenkamen? Ich meine, von dir aus hast du nie einen anderen Liebhaber mir vorgezogen?"

„Ja."

Sein Innerstes zog sich noch enger zusammen. *Du hast es also getan. Verdammt, Salazar. Du hast sie nicht nur beschmutzt, du hast sie sogar noch mehr verängstigt. Gracias a Dios, unsere Liebe hat sie gerettet.* Schuldgefühle überkamen ihn. *Du hast eine Dame versaut. Was stimmt mit dir nicht?*

Moment! Was mache ich da? Ich muss aufhören, über mich selbst nachzudenken. Jetzt ist nicht die Zeit für Schuldgefühle. Beichten kann ich später. Nun muss ich mich auf Rosalinda konzentrieren. Er zwang sich, sanft zu sprechen und sagte: „Ich hätte es ahnen müssen. Du hast Liebe gemacht wie eine Jungfrau."

„War ich nicht", protestierte sie.

„Warst du wohl", sagte er sanft aber bestimmt. „Danke Liebes, dass du mir das erzählt hast.

Sie legte ihm die Hand auf die Wange und redete los: „Nein, das war süß. Ich liebte es. Durch dich fühlte ich mich so sicher, so wertgeschätzt. Nie fühlte ich mich sicher, seit...dem Angriff. Außer in dieser Nacht."

Er küsste sie auf die Stirn und wünschte, er hätte mehr Worte gefunden. Er wünschte, er hätte sie trösten können, aber fand nicht die richtigen Worte. Während er noch überlegte, hielt die Kutsche an.

Vidal hob Rosalind hoch. Es kam ihr lächerlich vor, so getragen zu werden, aber sie war so erschöpft, dass sie am ganzen Körper zitterte. Sie bezweifelte, dass sie stehen konnte, selbst wenn sie gewollt hätte. *Außerdem fühle ich mich wohl in Vidals Armen...und sicher. Sicher zu sein, ist ein so seltenes und wertvolles Gefühl.* Sie legte den Kopf auf seine Schulter und er trug sie ins Haus.

Sie wusste nicht, woher er das wusste, aber er trug sie direkt in ihr eigenes kleines Schlafzimmer. Er zog die abgewetzte, blaue Decke zurück und legte sie hin.

Als er ging, hielt sie ihn krampfhaft am Arm. „Geh nicht...bitte", flüsterte sie verzweifelt.

„Ich gehe nicht, Liebes", sagte er mit sanfter Stimme.

Sie entspannte sich vor Erleichterung.

Er machte drei Schritte durch den Raum und tauchte schnell ein Taschentuch in den braunen Porzellankrug mit Wasser, der auf dem Tisch stand. Dann kam er wieder, setzte sich auf das Bett und fing an, ihr das getrocknete Blut von der Lippe und dem Kinn zu wischen. Sie zuckte, wehrte sich aber nicht.

Vidals Verstand raste noch immer, als er ihre Wunden versorgte. *Sie hat was Besseres verdient, ich möchte es ihr geben, weiß aber nicht wie.*

Als er fertig war, legte er den Lappen weg und fuhr ihr mit den Fingern durch die Haare. *Was mache ich nur? Was mache ich nur? Wie tröste ich eine Frau, nach so einem Überfall, einem Überfall, der Erinnerungen an eine noch schmerzhaftere Attacke in ihr auslöste.* Er schaute auf ihr süßes, lädiertes Gesicht und wollte sie küssen, fürchtete aber, es könne ihr weh tun wegen der Verletzung auf ihrer Lippe. Stattdessen beugte er sich zu ihr und küsste sie leicht auf die Stirn.

Rosalind schaute traurig und ihre Lippen zitterten.

Was willst du, Liebes? Wie kann ich dich trösten?

Der gezackte Riss in ihrem Mieder war wieder aufgegangen, sodass er auf eine blasse Brust, Nippel und alles andere sehen konnte. Ein plötzliches Verlangen überkam ihn.

Der Anblick ihrer nackten, blassen Haut weckte wohlige Erinnerungen an ihre Berührung, ihren Geschmack, die wohlige Wärme ihres willigen Körpers. *Sie sah so süß aus. Dann hat sie meine Berührung getröstet.*

Was stimmt mit dir nicht? tadelte er sich. *Das hat keinen Sinn. Sei kein Narr. Sie wird nicht wollen, dass du sie voll sabberst wie ein geiles Tier. Nach einer versuchten Vergewaltigung wird sie heute Nacht Ruhe brauchen.*

Anstatt sie zu trösten, sollte ich gleich gehen, sonst zerstöre ich vermutlich das empfindliche Band, das sich gerade zwischen uns aufbaut. Außerdem hat sie es verdient, wie eine Dame behandelt zu werden, mehr noch, da ich jetzt die Wahrheit kenne. Ich muss gehen, solange ich noch kann.

Er knirschte mit den Zähnen und stand auf.

„Nein!", protestierte sie und nahm sein Handgelenk.

„Ich muss gehen, sonst behandle ich dich sehr respektlos." Er zog sanft seine Hand weg.

„Du bist wütend auf mich." Sie drehte den Kopf zur Seite und löste die Verbindung.

Verwirrt wegen ihres seltsamen Kommentars, legte er ihr die Hand auf die Schulter. „Nein. Natürlich nicht. Warum sollte ich?"

„Wegen...wegen Charles und was er mir angetan hat." Sie schaute ihm beschämt und reumütig in die Augen.

Diese brutale Ehrlichkeit war ein Stich ins Herz und Vidal rief: „Liebes, denk das ja nie. Was dir geschehen ist, ist nicht deine Schuld. Das war ein Verbrechen, das an dir verübt wurde. Ich bin wütend, ja, aber auf ihn. Nicht auf dich. Ich muss gehen, denn ich begehre dich zu sehr Ich will dich nicht entehren, aber ich kann nur schwer widerstehen."

Sie richtete sich auf und nahm seine Hände. „Bitte, Vidal, lass mich nicht allein. Nicht heute Nacht."

Ihr Duft und ihre Nähe schien ihm seine Beherrschung zu nehmen. Sie lag vor ihm wie ein Festmahl. „Ich kann nicht bleiben. Du hast etwas Besseres verdient." Verzweifeltes Verlangen lag in seiner Stimme.

„Ich will nichts Besseres", flehte sie und griff flehend nach ihm. „Ich will dich. Hilf mir, Vidal. Lass mich die heutige Nacht vergessen. Lass mich die Vergangenheit vergessen, wenigstens für eine Weile."

„Bist du sicher, dass du das willst?"

„Würde ich dich sonst darum bitten?", erwiderte sie.

„Aber bevor wir zustimmten..."

„Ich weiß, aber ich brauche dich jetzt."

Vidal kämpfte mit seinem Gewissen. Sie wollte ihn und er sie, wurde aber das Gefühl nicht los, im Unrecht zu sein.

Am Ende entschied Rosalind für ihn. Sie fuhr mit den Fingern über seine Wange, seine Brust, dann tiefer, wo sie seinen steifen Penis in die Hand nahm.

Er verlor die Kontrolle.

Er hob sie auf ihre Knie und küsste sie sanft, sorgsam auf ihre verletzten Lippen achtend.

Sie war bei weitem nicht so sanft wie er.

Sie presste ihren Mund an seinen, als fühle sie keinen Schmerz. Ihr wildes Verlangen entfachte seine eigene ungezähmte Leidenschaft. Sie zog ihm die Kleider aus, als sie sich küssten, riss ihm den Mantel und dann das Hemd vom Leib. Als sie begann, die Knöpfe seiner Hose zu lösen, zog Vidal sich verwirrt weg. *Wo kam dieses willige Wesen nur her?*

Rosalind schlüpfte aus ihrem Kleid und warf es weg, als wäre es giftig. Dann zog sie auch noch schnell ihre Unterwäsche aus, bis sie dann vor ihm kniete, ganz nackt. Vidal zog sich schnell noch seine restliche Kleidung aus und sie zog ihn auf das Bett, er oben, sie unten. Sie umarmten sich, ihr Mund auf seinem.

Ihre Leidenschaft kam für Vidal überraschend und entfachte seine Lust. Er erwiderte ihre heftigen Umarmungen mit seiner eigenen Leidenschaft, stieß seine Zunge in ihren Mund, drückte ihre Brüste und stieß seinen Penis in ihren Bauch.

Er berührte sanft mit dem Mund ihren Nippel, strich ihr mit dem Bart über das zarte Fleisch und saugte fest an der steifen, harten Pracht.

Rosalind stöhnte und drückte ihn fester an sich.

Seine Finger fuhren zwischen ihre Schenkel, teilten ihre feuchte Spalte und liebkosten sie, bis sie sich an ihn presste. Sie drückte ihre Hüfte an ihn und wollte innig empfangen, was er ihr unbedingt schenken wollte.

Rosalind spreizte die Beine weit, bereit, dass er eindrang. Vidal sprang darauf instinktiv an und schob seinen erregten Penis in ihre engen Tiefen. Sie war noch nicht ganz bereit, aber er ignorierte ihr Unwohlsein. *Das brauche ich, dieses Gefühl der Verbindung, mit diesem Mann auf die intimste Weise verschmolzen. Nur hier kann ich den Schmerz vergessen. Er weiß, was passiert ist, will mich aber trotzdem. Er gibt mir nicht die Schuld.*

Leidenschaft durchströmte sie und ließ sie nicht mehr rational denken, sondern nur noch fühlen Sie rammelten wie Tiere und gaben sich ihrer körperlichen Lust hin. Vidal stieß hart und tief in sie und Rosalind stöhnte. Seine Hand schob er in die Mitte und streichelte ihre Klitoris.

Er war kurz davor, ganz kurz. Sie konnte es an seinen gefletschten Zähnen sehen und an seiner flachen Atmung hören.

Er stieß schneller und härter. Sie schlang die Beine um seine Hüfte, dass er tiefer stoßen konnte. Sie spürte, wie sich ihre Muskeln anspannten und nach dem versprochenen Höhepunkt lechzten.

„Ja, Liebes. Jetzt!"

Sie beugte den Rücken über das Bett, während sie, von Krämpfen gebeutelt, schrie. Als sich ihr heißes, feuchtes Geschlechtsteil zusammenzog, konnte Vidal nicht mehr und sie pressten sich aneinander, als die unerträgliche Lust sie wie eine Sturzflut überkam.

Befriedigt und bewegungslos lagen sie sich in den Armen, erstaunt über ihr kraftvolles Liebesspiel. Vidal wollte bestürzt sein über das Geschehene und wäre es auch gewesen, hätte sie das nicht so offensichtlich befriedigt. *Nie habe ich eine Frau so schnell oder so hart genommen. Niemals musste ich um Kontrolle oder Beherrschung kämpfen, geschweige denn, beides völlig über Bord werfen. Ich brüstete mich immer damit, ein beherrschter, großzügiger Liebhaber zu sein. Was hat Rosalind, dass dieses niedere Tier in mir weckt, das nicht zufrieden ist, ehe es ihr zartes Fleisch kostet.*

Rosalind war ihr übermütiges Verhalten zwar peinlich, konnte aber ein Lächeln nicht verkneifen. Das Liebesspiel war wild, fast schon gewalttätig, sie hatte aber nie Angst. *Vidal würde mir nie wehtun.* Sie wollte ihm sagen, dass sie ihn liebte, hielt sich aber zurück, denn sie wusste nicht, wie er darauf reagieren würde. Sie dachte nach und merkte dann, dass sie müde wurde, von der heißen Begegnung.

Vidal küsste sie sanft und fuhr dann mit den Fingern durch ihr Haar, bis sie ihre Augen schloss. „Schlaf gut, Liebes und träume was Schönes", sagte er leise.

KAPITEL 6

Die Sonne fiel durch das Fenster, als Rosalind aufwachte, ein Luxus, der ihr jahrelang nicht zuteilgeworden war. Vidal war weg, natürlich. Er würde um jeden Preis ihren guten Ruf erhalten.

Sie streckte sich und zuckte zusammen, als ihre angestrengten Muskeln versagten. Nackt stieg sie aus dem Bett und rutschte über quietschende Holzdielen zum Waschbecken, um sich das Gesicht mit kaltem Wasser zu waschen. Sie schaute sich im Spiegel, erleichtert, dass ihre Verletzungen nicht ganz so schlimm waren. Ihre Lippe war dunkel und geschwollen, wo Charles' Ring sie getroffen hatte. An ihrem verletzten, linken Auge war ein gelbliches Hämatom, das aber nur von der Verletzung zu kommen schien. An weiteren Stellen konnte sie die Spuren, wo Vidals Bart über ihre Haut gekratzt war, sehen. Sie grinste.

Sie zog sich rasch ihr ältestes Arbeitskleid an und ignorierte das Korsett. *Das brauche ich nicht, damit das Kleid passt, und ich bin so mitgenommen von den Schlägen, ich könnte etwas Zärtlichkeit vertragen.* Sie band sich mit einer ausgebleichten Schleife die Haare nach hinten und eilte in die Küche.

Allen gefiel das Erntedankfest sehr, aber danach gab es immer viel aufzuräumen und viel zu spülen. Tatsächlich hatte das Sauber-machen bereits begonnen. Zwei Frauen mit Kopftüchern kratzten die Speisereste in einen Eimer neben der Tür. Später würden das die Schweine bekommen. Vor einer großen, metallenen Spüle voller Seifenwasser stand ein kleines Mädchen und schrubbte. Auf dem Holztisch, der neben ihr stand, wartete ein Stapel Teller. Auf einem zweiten Tisch, der sich auf der anderen Seite befand, trockneten zwei Frauen mit Küchentüchern das saubere Geschirr ab und wieder andere stellten das saubere Geschirr zurück in die Schränke.

Das Gemurmel hörte jäh auf, als sie Rosalinds Schritte hörten, die auf den blauweiß gemusterten Bodenfliesen klapperten. *Sie sprechen sicher über die unvorhergesehenen Ereignisse des gestrigen Abends. Ich hoffe, den interessantesten Teil werden sie nie erfahren.* Die Erinnerung an diesen angenehmen Schmerz stärkte ihre Weiblichkeit.

„Sieh an, Dornröschen beehrt uns endlich mit ihrer Anwesenheit", spottete Lucia und stemmte die Faust in die Hüfte.

Alle lachten, auch Rosalind. „Ja, ich bin so faul. Wieso hat mich keiner geweckt?"

„Don Vidal hat uns gebeten, dich schlafen zu lassen", sagte Maria und reichte ihr einen Lappen. „Er sagte, da du so eine lange Nacht hattest, könntest du so lange schlafen, wie du willst."

Vidals Freundlichkeit überwältige Rosalind aufs Neue und sie verbarg ihre Emotionen, indem sie ihre Hände in das heiße Seifenwasser tauchte. Den Tellern, nicht der Liebe, galt an diesem Morgen ihre Aufmerksamkeit.

„Stimmt es, dass er dir den Hof macht?"

Rosalind ließ fast die Schüssel fallen, als Maria das fragte. „Ja", sagte sie nach einer Weile. „Schätze schon."

„Wieso wäschst du dann das Geschirr?"

Rosalind überlegte sich eine Antwort. „Es muss getan werden", sagte sie schließlich.

Maria schien das zu akzeptieren und sie arbeiteten jetzt alle ernsthaft. Rosalind gab die Teller Maria, die sie abspülte und abtrocknete. „Wieso hat dich dieser Mann angegriffen?", fragte sie unvermittelt.

Rosalind wusste, was immer sie sagte, würde für Klatsch und Tratsch sorgen, also wählte sie ihre Worte mit Bedacht. „Er ist der Mann, den ich geheiratet hätte, wäre es nach meinem Vater gegangen. Ich mochte ihn nicht, also floh ich nach Spanien. Gestern Abend hat er mich gefunden, ich weiß nicht, wie. Er war wütend, weil ich ihn verlassen hatte."

„Ich verstehe jetzt, wieso du ihn nicht heiraten wolltest."

„Ja", stimmte Rosalind zu.

„Wirst du Don Vidal heiraten?"

„Ich hoffe es." Rosalind konzentrierte sich darauf, den Teller richtig sauber zu schrubben, ehe sie ihn weiterreichte und den nächsten nahm.

Selbst, wenn viel geredet wird, geht beim Abwasch die Zeit langsam vorbei und gegen Mittag taten Rosalind die Füße und der Rücken weh.

„Entschuldigt mich, meine Damen", sagte sie und warf ihr Küchentuch in die Spüle. „Zeit für meine Korrespondenz. Ich muss gehen."

Maria kicherte und ein paar andere grinsten, als sie hinausging und die Eingangshalle hinunterschlenderte.

Das muss von meinem albernen, aufgeregten Gesichtsausdruck kommen, aber gut. Wieso mein Glück verstecken?

Ihr Herz pochte, als sie daran dachte, ihrem Geliebten entgegenzutreten, nach...allem, was passiert war. Sie öffnete die Tür zu seinem Arbeitszimmer und spähte hinein.

Er war nicht da.

Enttäuscht ging Rosalind durch den leeren Raum und setzte sich an den kleinen Schreibtisch, an dem sie arbeitete. Ganz oben auf dem Stapel mit Briefen lag ein Zettel in Vidals großer, unleserlicher Handschrift.

Liebes, stand da, *ich muss für ein paar Tage nach Cádiz. Bitte mache deine übliche Arbeit. Sollte mich etwas Dringendes erreichen, benachrichtige mich. Ich bin im Posada Gongora. Hasta Luego. Vidal.*

Außer der netten Anrede war der Brief nicht emotional. *Wieso nur ging er nach Cádiz? Ich führe seinen Terminkalender und weiß, dort stand nichts davon.* Rosalind sagte sich immer wieder, dass er nicht versuchte, sich ihr zu entziehen, aber sie hatte so ein Gefühl im Magen, dass das nicht stimmte.

Anstatt sich verrückt zu machen, stürzte sie sich in die Arbeit. Zumindest eine Weile würde sie sich mit Arbeit ablenken können.

Geoffrey Carlisle schaute von seiner Tasse Tee hoch und schaute den pickligen Botenjungen sauer an. „Du kannst gehen."

„Gibt es ein Antwortschreiben, Sir?", fragte der Junge mit leiser Stimme.

„Wenn ja, mache ich es selbst", keifte Geoffrey, denn er wollte nicht zugeben, dass er nicht das Geld hatte weder für die Nachricht noch den Boten.

Der Junge verstand die Nachricht und eilte davon.

Geoffrey raunte und las das kurze Telegramm erneut.

Habe sehr wichtige Geschäfte zu bereden. Das Schiff Peresphone läuft morgen Mittag aus. Die Überfahrt ist bezahlt. Don Vidal Salazar.

Geoffrey schaute noch finsterer. „Dieser Monat war die Hölle und heute sieht es auch nicht besser aus. Das Letzte, was ich jetzt gebrauchen kann, ist mich um ein Telegramm eines Mannes zu kümmern, den ich überhaupt nicht kenne und von Spanien sowieso nicht.

Geoffrey setzte sich auf sein blaues Samtsofa und seufzte. *Das Geschäft läuft schrecklich,* sagte er sich. *Die Einnahmen decken diesen Monat noch nicht einmal annähernd die Ausgaben, und ohne Gehalt hat die Haushälterin gekündigt.* Er fuhr mit dem Finger über den Staub auf dem Sims neben ihm. Ohne Mrs. Murphys harte

Hand, hätten die Bediensteten herumgestanden und geplaudert, anstatt zu arbeiten.

Vor ihm lag ein großer Stapel unbeantworteter Korrespondenz. *Ohne Charles kann ich nicht weitermachen. Wo, um alles in der Welt, kann er nur sein und wie kann es sein, dass alles so schlecht läuft, obwohl er erst zwei Wochen weg ist?*

Ich wünsche mir so, Rosalind wäre hier. Bevor sie ging, war sein Haushalt immer reibungslos gelaufen, die Geschäfte liefen ebenfalls besser, obwohl sie damit nichts zu tun hatte.

Aber seine Tochter war jetzt fünf Jahre weg. Sie hatte nur eine kurze Nachricht hinterlassen, von ihrer Scham und Angst, die er nicht verstehen würde. *Ich hoffe, es geht ihr gut* und schluckte zum tausendsten Mal seinen Ärger über ihr Verschwinden runter. Er wurde kurzatmig und schaute das Telegramm nochmals an.

„Ein Schiff nach Spanien", murmelte er und versuchte, sich einen Reim darauf zu machen, während er überlegte, was er dagegen tun konnte.

Wenn sonst nichts hilft, dann täte mir ein Tapetenwechsel vielleicht gut. Ich bezweifle, dass mein Geschäft während meiner Abwesenheit mehr leidet, als ohnehin schon. Ich muss den Tatsachen ins Auge sehen. Meine Reederei steht kurz vor dem Konkurs und nur ein Wunder kann sie noch retten.

Geoffrey rief seinen Stewart zu sich und plante sein ungewolltes Abenteuer.

KAPITEL 7

*D*as ist also die dringende Nachricht, von der Vidal sprach, dachte Rosalind ein paar Tage später, als sie den vorsichtig formulierten Brief in ihrer Hand las.

Verehrter Don Vidal,

Mein Vater und ich brauchen Ihre Hilfe.

Wie Sie wissen, baut er seit Jahren gesundheitlich merklich ab und hat mehrere Entscheidungen getroffen, die unseren Kundenstamm verkleinert haben. Schließlich gab er zu, dass er nicht weitermachen könne und sich zur Ruhe setzen müsse, wodurch ich in eine prekäre Lage kam.

Wir schulden jemandem viel Geld für Schweine, die noch nicht geliefert werden können, weil sie zu jung und klein sind. Der... Hier sah Rosalind ein ausgekratztes Wort, von dem sie sich sicher war, dass es sich um einen Fluch handelte. *Die Garzas gewähren keinen Zahlungsaufschub. Ich glaube, sie wollen unseren Betrieb aufkaufen, der schon seit vielen Generationen in Familienbesitz ist.*

Es schmerzt, das zugehen zu müssen, Don Vidal, aber dieser Kampf ist aussichtslos. Sollte ich auf ihr Angebot eingehen, dann beschmutzen sie unseren Namen, indem sie ein minderwertiges

Produkt herstellen, und ich kann nichts dagegen tun. Unser Name wird in den Schmutz gezogen.

Meinen Sie, sie könnten den Betrieb von uns kaufen, mit mir als Geschäftsführer? Ich weiß um ihre hohen Standards. Sollten Sie zustimmen, so müssen Sie sich beeilen. Diesen Monat sind unsere Kredite fällig, dann sind wir verloren.

Bitte helfen Sie uns, Don Vidal. Übermorgen werden wir in Cádiz sein für ein Treffen. In dieser schweren Stunde bete ich, dass Sie uns helfen.

Hochachtungsvoll,

Doña Eugenia Martinez

Rosalind ging ins Dienstwohngebäude in der Hoffnung, dass sie einen Jungen fand, der Vidal diese Nachricht überbrachte. Plötzlich hielt sie an. *Wieso gehe ich dort eigentlich nicht selbst hin? Es ist nicht weit von Vidals Anwesen, zwischen Jerez und Cádiz. Heute Nachmittag könnte ich dort sein. Zwischenzeitlich wird schon nichts Außergewöhnliches passieren. So kann ich Vidal sehen und mich selbst davon überzeugen, ob er mir aus dem Weg ging.*

Rosalind eilte in ihr Zimmer, um zu packen.

La Posada Gongora, in Cádiz ist ein gemütliches Fleckchen, dachte Vidal, als er am Schreibtisch saß, Kaffee trank und die Akten vor ihm ansah. *Müde Reisende haben Glück, wenn sie hier rasten können.*

Er bemerkte die penible Sauberkeit des zweistöckigen Gebäudes. Außen waren im Erdgeschoss Steine, darüber grüne Bretter. Der Hof war umgeben von einer Steinmauer, oben mit einem Eisenzaun. Innen gab es kleine Schlafzimmer und einen Speisesaal.

Die Betten sind weich, die Matratzen sind bequem und Claudias Küche ist einfach, aber bekömmlich. Was Gasthäuser angeht, so ist diese hier schon fast das Paradies.

Ich will nach Hause.

Eine halbe Woche war schon vergangen, seit er Rosalind zuletzt sah, und er vermisste sie. Er fühlte sich noch immer unwohl wegen der wilden Nacht, die sie zusammen verbracht hatten und konnte seine Schüchternheit nicht überwinden, weswegen er noch nicht nach Hause gegangen war. *Was sagt man zu einer Frau, die keine Mätresse ist, aber mit der man bereits zügellosen, leidenschaftlichen Sex hatte? Fortwährend habe ich mich mit meiner Geduld und Mäßigung gebrüstet, aber bei Rosalind habe ich weder das eine, noch das andere. Nicht einmal dann, wenn ich weiß, dass ihre einzige andere Erfahrung ein gewalttätiger Missbrauch ist.*

Dieser Gedanke weckte in ihm gleichzeitig Stolz, Besitzgier und Schuld.

Ich bin der einzige Mann, dem sie sich freiwillig hingab. So gesehen, habe ich sie wohl entjungfert. Das sagte ich ihr und meinte es auch so. Nun weiß ich nicht, wie ich mich deswegen fühle. Es war eine herrliche Nacht, als ich sie liebte und dann, nach diesem ersten Mal, fiel ich über sie her wie ein wildes Tier. Nie zuvor hatte ich eine so übermächtige Lust verspürt. Nicht mal bei Carmen.

Er fühlte sich schuldig. *Auch wenn sie es offenbar gewollt hatte, so hätte ich doch verlangen sollen, dass wir etwas langsamer vorgehen.* Herrliche Erinnerungen quälten ihn. *Es ist wohl das Beste, wenn unsere Affäre nur kurz anhält. Heilige Jungfrau, gib mir Kraft.*

Er richtete seine Aufmerksamkeit nun wieder auf die Akten, die vor ihm lagen. Der winzige Tisch stand in der Ecke des Raumes, nahe der Außenwand. Dort konnte man die Steine, die dem Gebäude seine Form gaben, innen und außen sehen.

Er wurde durch ein leises Klopfen unterbrochen.

„Herein", rief er. Zu seinem Erstaunen kam die Frau, an die er eben dachte, über die Schwelle gelaufen, senkte scheu den Kopf und streckte ihm einen Brief hin.

„Was ist das?", fragte er überrascht und ruppig.

Rosalind senkte den Kopf.

Er bereute seinen Tonfall schon, ehe er aber etwas sagen konnte, sagte sie: „Das ist ein Brief von Don Alarico Martinez und seiner Tochter."

„Oh". Er nahm ihn an sich. „Ich dachte, du schickst einen Boten."

Rosalind blinzelte und Tränen stiegen ihr in die Augen. „Ich wollte dich sehen, aber offenbar du mich nicht", sagte sie mit zitternden Lippen.

Sie rannte davon. Herzerweichende Seufzer hallten durch den Gang.

Vidal schaute ihr hilflos hinterher. *Frauen sind so sensibel. Ich wollte sie nicht verärgern. Ich war nur überrascht. Was soll ich jetzt nur tun?*

„Claudia?"

Die ältere Frau schaute vom Eintopf, den sie gerade zubereitete, auf. Rosalind fuhr mit der Hand über die roten Fließen an der Küchenwand.

Si, mijita. Que necesitas?" Claudia trat vom Herd weg. Sie schaute sie mit großen Augen an und Rosalind wusste, es hatte nichts gebracht, sich die Tränen aus dem Gesicht zu wischen.

Rosalind ließ sich ungelenk auf einen rustikalen Stuhl mit passendem Tisch fallen, an dem man gewöhnlich das Essen zubereitete. Er war voller Schalen und Kerne. „Wie macht man einen Mann auf sich aufmerksam?"

„Stimmt etwas nicht? Das letzte Mal, als ich ihn sah, schienst du Vidal schon zu haben."

„Hatte ich auch, aber ich befürchte, ich habe es versaut", schniefte sie. Um von ihrem Elend abzulenken, nahm Rosalind die Reste, die noch auf dem Tisch lagen und warf sie in den Abfallkübel.

Claudia schaute sie an und drängte sie leise, weiterzuerzählen.

Rosalind versuchte, nicht rot zu werden und sagte kleinlaut: „Weißt du, nach allem, was auf dem Fest passierte, war ich aufgeregt. Ich war ziemlich…stürmisch zu ihm, fast fordernd."

„Was hast du getan?"

„Ihn geküsst." Sie spürte, wie ihr heiß wurde.

Claudias Gesichtsausdruck wurde keck. „Nur geküsst?"

Rosalinds Wangen wurden heiß und dann ihr ganzes Gesicht. „Nein."

„Willst du damit sagen, was ich denke?", fragte Claudia.

„Bitte, sag es keinem." Peinlich berührt nahm Rosalind einen Lappen aus der Spüle und wischte den Tisch.

„Natürlich nicht."

„Am nächsten Morgen ging er und heute tadelte er mich. Nie zuvor hat er in solch ernstem Ton mit mir geredet. Ich glaube, er geht mir aus dem Weg." Sie ließ den Lappen fallen und drehte sich weg. „Ach Claudia, habe ich Vidal für immer verloren, gerade als ich hoffte, ich könnte mit ihm zusammenkommen?" Sie legte den Lappen auf den Tisch und vergrub das Gesicht in ihren zitternden Händen.

Claudia ging durch den Raum und umarmte sie. „Er war vermutlich verwirrt und ist wegen dem, was geschah, noch immer beschämt, fühlt sich deswegen vielleicht sogar schuldig. Du musst auch bedenken, dass er schon einmal in der Liebe enttäuscht wurde. Er ist nervös, bis er sich sicher ist, dass er dich liebt und du ihn. Hast du ihm von deinen Gefühlen erzählt?"

„Noch nicht", antwortete Rosalind.

„Warum?"

„Ich glaubte nicht, dass er bereit war, es zu hören", kicherte Claudia. „Oh, ich glaube schon, dass er das ist. Sage ihm das so bald wie möglich und so oft du kannst."

„Bist du sicher, das wird klappen?", fragte Rosalind und schaute ihrer Freundin in die Augen.

„Das wird es, denn ich kenne die Männer", antwortete Claudia schelmisch. Sie klopfte Rosalind auf die Schulter und zeigte dann wieder zum Flur.

Rosalind ging zurück in Vidals Zimmer. Er war schon zu seinem Treffen mit der Familie Martinez unterwegs, so setzte sie sich auf das Bett und wartete. Sie versuchte, die blaue Decke nicht zu zerknüllen, lag aber schon darauf, ehe sie sich's versah. Bald darauf schlief sie ein, erschöpft vom Weinen.

„Señora Gongora?", Vidal schlenderte in die Küche auf der Suche nach einem Imbiss. Es waren anstrengende Verhandlungen gewesen und sein klarer Verstand hatte wie immer seine ganze Konzentration erfordert. *Sieht so aus, als bin ich jetzt nicht nur im Besitz von Obst-gärten, sondern auch noch von einem Schweinemastbetrieb.*

Claudia schaute Don Vidal missbilligend an.

„Was ist los?", fragte er.

„Wieso warst du so hart zu Rosalinda?", wollte sie unbedingt wissen.

„Hat sie mit dir geredet?" *Gut. Vielleicht kann die Wirtin erklä-ren, was schiefgelaufen ist.*

„Ja", blaffte Claudia. Ihre nassen Hände hinterließen dunkle Spuren auf ihrem blauen Kleid. „Sie fürchtet, du begehrst sie nicht mehr."

Vidal wich verwirrt zurück. „Was? Das stimmt nicht. Ich war überrascht. Nicht mehr. Ich wollte sie nicht aufregen."

„Echt?" Sie hob eine schwarze Augenbraue, so dass ihre Stirn tiefe Falten warf. „Und meinst du nicht, nachdem…du ihr das angetan hast, dass sie sich verletzt fühlt?"

Der Mund blieb ihm offenstehen. *Rosalinda verriet so viel?* „Was ich getan habe? Sie hat es dir erzählt?"

„Sí. Sie wollte meinen Rat. Wie oft hattet ihr Sex?"

„Zweimal", gab er zu und wurde rot.

„Wieso?", fragte die Claudia.

„Das wollte sie", antwortete er schelmisch.

„Don Vidal, also wirklich." Claudia schüttelte missmutig den Kopf.

„Ernsthaft. Ich weiß nicht recht, an was es liegt, kann ihr aber einfach nicht widerstehen."

Claudia schaute noch finsterer. „Haben Sie sie entjungfert?"

„Ähm." Er schaute weg.

Claudia schüttelte den Kopf. „Nun müssen Sie sie wirklich heiraten."

Vidal nickte ernst. „Ich weiß. Ich will es."

„Fragen Sie sie heute."

So einen tollen Vorschlag habe ich lange nicht gehört. „Werde ich", versprach er.

Vidal überraschte es nicht, dass Rosalind in seinem Zimmer war, als er zurückkam. Sie sah unwiderstehlich süß aus, wie sie da so schlief, ihre vollen, schwarzen Wimpern über ihren blassen Wangen. Er konnte nicht widerstehen, setzte sich neben sie und küsste sie auf ihre blassrosa Lippen. „Wach jetzt auf, Liebes", sagte er leise. „Ich will deine schönen Augen sehen."

Sie blinzelte.

Er strich ihr sanft über die Wange, bis sie wach war.

„Vidal." Sie murmelte mehr seinen Namen und tiefes Verlangen spiegelte sich in ihren grünen Augen.

„Entschuldige meinen ruppigen Ton von vorhin. Ich war überrascht, bin aber natürlich echt froh, dich zu sehen. Es war umsichtig von dir, dass du mir den Brief gebracht hast und ich bin beeindruckt, dass du erkanntest, wie wichtig er ist."

Sie lächelte, setzte sich auf und nahm seine Hand.

Er führte ihre zarten Finger an die Lippen und küsste sie sanft. „Dürfte ich etwas fragen, Liebes?"

„Alles", antwortete sie.

„Ich habe dich mal gefragt, wieso du so nett zu mir bist, du hast aber nicht geantwortet. Du sagtest, ich sei nicht bereit. Denkst du, ich bin es jetzt?"

„Ist dein Herz frei?"

„Das wird es nie wieder sein... Nein, weine nicht. Lass es mich erklären. Einst schenkte ich einem schönen spanischen Mädchen mein Herz, sie aber hat es mir gebrochen. Ich wusste, selbst würde ich aus diesem Tief nicht rauskommen. Letztes Jahr war alles wieder gut, aber mein Herz war seither nie mehr frei. Mein Herz wird immer der Frau gehören, die es geheilt hat."

Rosalind lächelte unter Tränen.

„Ich schulde dir mehr, als ich je zurückgeben kann, Rosalind. Du hast mir ein zweites Leben geschenkt. Wieso bist du so gut zu mir?"

„Ganz einfach, Vidal", sagte sie. „Da gibt es nur einen Grund. Ich habe alles getan, was ich konnte, um dich glücklich zu machen, denn dein Glück ist meine einzige Freude. Ich liebe dich, Vidal. Ich habe dich immer geliebt. Bevor du Carmen getroffen hast, liebte ich dich von ganzem Herzen. Ich hasste mich, dass ich froh war, dass sie weg war, denn dass sie gegangen war, hat dir so weh getan, ich konnte aber nichts dafür. Es hätte mir das Herz gebrochen, dich zu verlieren." Sie zitterte und Tränen liefen ihr über die Wangen.

Vidal griff nach ihr. Sie umarmten sich innig. Wie aus dem Nichts, lagen sie auf der Matratze, die Münder zu einem feurigen Kuss verwoben.

„Ach, Liebes!", stöhnte Vidal, als Rosalind mit den Händen unter sein Hemd fuhr und seine Brust streichelte. „Ich wollte für dich was Besseres."

„Was könnte es Besseres geben?", fragte sie. „Ich bin glücklich, wenn ich dich in den Händen halte."

Das schrie nach einem Kuss und Vidal zögerte keine Sekunde. Dann schob er seine Zunge fest in ihren Mund und belohnte ihre Süße mit einer dominanten Besessenheit. „Heirate mich", sagte er, als sie nach Luft schnappte.

„Das kommt hoffentlich nicht, weil du dich schuldig fühlst", sagte sie.

„Nein", versicherte er. „Weil wir es beide wollen."

„Bist du sicher?"

„Sí", sagte er.

Rosalinds Lächeln verschlug ihm den Atem. „Dann ja, Vidal, es wäre mir eine Ehre, dich zu heiraten."

„Gut, denn ich will es dir gerade wieder besorgen."

Rosalind schwieg.

„Was ist los?", fragte er und hoffte, dies könne schnell beredet werden. Sein steifer Penis schmerzte, denn er wollte in sie eindringen.

„Es geht um diese eine Nacht...", begann sie.

„Was ist damit?", fragte er.

„Bist du wütend auf mich?" Sie schaute ihn wehmütig an.

Die Frage verwirrte ihn. „Was? Warum sollte ich?"

„Ich weiß, es war nicht, was du wolltest und..."

Er legte ihr den Finger auf die Lippen. „Nein, Rosalind, ich bin nicht wütend. Ich dachte, denke immer noch, dass du etwas Besseres verdient hast, scheine mich aber nicht unter Kontrolle zu haben. Ich bin überrascht, dass du nicht wütend auf mich bist."

„Niemals!" Sie übersäte ihn mit feurigen, feuchten Küssen.

Vidal legte seinen Mund auf ihren. Plötzlich dämmerte ihm alles, was zwischen ihnen passiert ist wie ein aufgehender Sonnenstrahl. *Das ist wunderbar. Sie liebt mich. Sie erwählt mich! Was könnte es besseres geben?* „Zieh deine Kleider aus, Liebes. Ich muss dich anschauen."

Rosalind wurde rot, hob dann langsam den Saum ihres Kleides an, zog es über den Kopf und warf es auf die Seite. Ihre erregten Nippel drückten sich gegen den dünnen Stoff ihres Nachthemds. Er wollte sie streicheln.

Sie zog seine Hand weg. „Noch nicht, Geliebter. Ich will dich auch sehen."

Hastig zog er sein Hemd und seine Hose aus. *Sie macht mich wild, diesmal will ich sie aber wirklich Genießen.*

Schließlich lag Vidal nackt da. Sein erregtes Glied stand an ihm hoch. Rosalind kroch auf ihn und legte mit ihren zierlichen Fingern die steife Pracht frei. So etwas hatte sie noch nie gesehen. Obwohl er ganz dick und hart war, fühlte sich die Haut seidig an. Sie streichelte ihn immer wieder und er stöhnte erregt, was sie heißer machte.

Noch immer schwer zu glauben, dass etwas, das mich bei einem anderen Mann nur gequält hatte, mir bei Vidal so viel Freude bereitet. Unvermittelt beugte sie sich runter und küsste ihn.

Vidal stöhnte.

Sie fragte sich, ob sie noch weitergehen konnte. *Wenn Vidal mich mit dem Mund verwöhnen kann, kann ich das erst recht.* Sie hielt nicht inne, überlegte nicht lange, sondern umspielte mit der Zunge seine Eichel, ehe sie ihn ganz in den Mund nahm.

Vidal machte seltsame Geräusche, als ihre feuchten Lippen ihn umschlossen, sie schaute kurz in sein Gesicht und sah, er hatte keine Schmerzen. Sie fuhr runter, um zu sehen, wie weit sie ihn in den Mund brachte. Nicht weit, stellte sie bald fest, nahm sich aber vor, so weit hinunter zu fahren, wie sie konnte. Dann ließ sie locker, nur um dann sein restliches Glied mit Zungenschlägen zu bearbeiten.

Vidal stöhnte voller Lust. Eine Lust, die ihn ergriff, wie noch nie etwas in seinem Leben, nagte qualvoll an ihm. *Wie lange werde ich es noch zurückhalten können?* Sein Samen schrie schon danach hinaus zu schießen.

Schnell zog er sich von ihr weg und sie fiel auf den Rücken. Er gab ihr nicht die Chance, sich zu entziehen, sondern spreizte ihre Beine und leckte mit der Zunge über ihre feuchten Schamlippen. Sie krümmte sich und kreischte. Er fuhr ihr mit zwei Fingern in die Scheide, dehnte sie weit und fuhr dann hinein, gleichzeitig leckte und saugte er an ihrem steifen Nippel. Sie wand und krümmte sich und flehte, aber Vidal kannte keine Gnade. Er quälte sie, bis sie explodierte und unter ekstatischen Krämpfen ihre Finger eng zusammenpresste. Ihr lustvolles, angestrengtes Stöhnen war wie Musik in seinen Ohren. Nach einer Weile rutschte er hoch und küsste sie auf die Lippen.

„Liebes, ich muss in dich eindringen", flehte er.

„Ja, Geliebter, nimm mich jetzt." Sie spreizte weit die Beine, ganz ohne Scheu.

„Nein, so." Er zog sie auf sich.

„Vidal…was?"

„So." Er führte sein Glied in sie ein und streichelte sanft ihre geschwollenen Schamlippen. „Lehn dich zurück.", sagte er. „Ja, nimm ihn ganz auf."

Gemeinsam führten sie seinen steifen Penis ein. Sie wimmerte, als ihre Scheide weit gedehnt wurde. Als er seinen Penis eingeführt hatte, schob er sie sachte, bis sie sich um ihn schlang. So tief, dass seine Eichel den Unterleib berührte, war er noch nirgends eingedrungen. Sie wand sich und Vidal stöhnte. Die Hände legte er an ihre Hüften und führte sie.

Als sich ihre Bewegungen harmonisch anfühlten, griff er nach ihren Brüsten. Sie trug das Nachthemd noch immer und durch den Stoff hindurch spielte er mit ihren Nippeln. Wie er sie da so sanft liebkoste, ritt sie ihn noch härter und fester.

Er wolle ihren Körper unbedingt sehen und zog ihr das verschwitzte Kleid aus, warf es zur Seite und nahm je eine Brust in die Hand. Dann drückte er sie runter, nahm dann zuerst eine rosa Spitze, dann die andere, in den Mund.

¡Si, Si! Dios mío, ich komme gleich. Noch ein richtig harter Stoß und Vidal konnte nicht mehr und spritzte in ihren Unterleib ab, während sie sich, ekstatisch zitternd, um ihn schlang.

Sie fiel erschöpft auf seine Brust.

Er wartete, bis sein Puls erschlaffte und streichelte solange Rosalinds Rücken. Ihr tiefer Blick machte ihn glücklich. *Unser Ehebett wird ein wunderbarer Ort.*

„Vidal?", fragte sie atemlos.

„Liebes?"

„Wann willst du heiraten?"

Eine ausgezeichnete Frage, die nach einer Entscheidung verlangt. „Bald, meine ich, denn von uns scheint keiner mehr an sich halten zu können."

Sie grübelte und bekam Stirnfalten. „Wie wäre es um die Weihnachtszeit?"

„In drei Monaten? Schaffen wir das so schnell?"

„Ist das zu früh?", fragte sie in besorgtem Ton.

Ich muss meine Worte vorsichtiger wählen. Sie kriegt alles in den falschen Hals. „Nein, ich schätze nicht."

Lächelnd legte sie sich an seine Brust.

„Nur die Planung machte mir Sorgen, aber, wenn wir es im kleinen Rahmen halten, dann sollte es gehen", antwortete er.

Rosalind kuschelte sich noch enger an ihn. „Nichts wünschte ich mir mehr, aber...", sagte sie und zog sich weg.

„Was ist los?"

„Nichts." Aber an ihrer Stimme hörte er, dass doch etwas war.

„Du kannst es mir sagen", drängte er. „Hab keine Angst."

„Es ist nur...Ich habe...", stammelte sie.

Er umarmte sie innig und küsste sie auf den Kopf.

„Liebst du mich?", brach es schließlich aus ihr heraus und dann schaute sie hoch und wurde rot.

Tue ich das? Könnte man dieses Gefühl von zügelloser Leidenschaft so bezeichnen? So etwas habe ich noch nie erlebt. Ich glaube, es könnte... rechtzeitig. Er nickte langsam.

„Könntest du mir das bitte sagen?"

Er versuchte es, aber seine Lippen wollten nicht. „Vertraust du mir nicht?"

Sie senkte den Kopf. „Natürlich, aber dennoch will ich es hören."

Sie verlangt nicht viel, sagte er sich. Er kämpfte mit den Worten, zögerte, sich so verletzlich zu geben und schwieg lange. „Gibst du mir bitte etwas mehr Zeit, Liebes? Das kommt mir nicht so leicht über die Lippen."

„Aber du bist dir sicher, du meinst es so?", wollte sie wissen.

„Ja." Selbst das brachte er nicht so leicht raus.

Ihre dunklen Augenbrauen krümmten sich, als sie ihn lange und still ansah. „Vor der Hochzeit musst du es sagen können. Ich will keinen Mann heiraten, der nicht sagen kann, dass er mich liebt."

Sicher kann ich es rechtzeitig. „Versprochen."

„Auf diesen Tag freue ich mich." Sie küsste ihn.

Sie lagen still da und genossen minutenlangen ihre Zweisamkeit. *Es ist so angenehm, sich nach dem Liebesakt in den Armen zu liegen und sich nicht sorgen zu müssen, jemand könnte einen erwischen. So wird es nach der Hochzeit sein*, dachte sie. *So ungezwungen.* Sie küsste seine Brust.

Er lachte leise. „Ziehen wir uns an, Liebes. Bald schon ist es Zeit, zu essen. Soll ich zwei Tabletts hochbringen lassen?"

„Das wäre wohl am besten, oder?", antwortete sie.

„Angst, Claudia zu sehen?", neckte er sie.

Sie wurde rot. „Claudia weiß bereits Bescheid, aber..."

„Ich weiß. Dennoch ist es peinlich, solche Vertraulichkeiten zu zeigen. Er streichelte ihre Wange und seine Finger fühlten sich kühl an auf ihrer Haut.

„Außerdem, wenn ich aus dem Zimmer gehe, wird sie vermutlich darauf bestehen, mir anstandshalber mein eigenes Zimmer zu geben", meinte Rosalind.

„Dann würdest also lieber hierbleiben?", fragte er und hob die Augenbraue.

Sie scheute sich, es so offen zuzugeben und antwortete: „Geht das?"

„Nichts lieber als das, aber die Leute werden reden", gab er zu bedenken.

„Wir sind weit weg von daheim, Geliebter", erinnerte sie ihn.

„Nicht so weit, wie du denkst."

„Das ist mir egal. Wir heiraten sowieso."

Vidal lächelte schuldbewusst. „Du bist keine sehr zurückhaltende Dame, oder?"

„Nicht mehr, als du ein ruhiger, besonnener Herr. Du kannst vielleicht die anderen täuschen, Geliebter, aber ich kostete deine Leidenschaft."

Vidal wurde rot.

„Nein, das gefällt mir", sagte sie schnell. „Hältst du mich in den Armen, fühle ich mich so sicher, dass ich nicht mehr loslassen will."

Er lächelte. „Ich bin so froh, Rosalinda. Dennoch gehen wir morgen, nach Hause."

„Ich weiß, aber lass mich noch etwas länger in dieser Phantasie leben", seufzte sie.

„Bald wird sie Realität."

Oh, dieser Gedanke gefällt ihm so sehr wie mir. Er hat Recht, wenn er sagt, es ist Liebe. Aber ich will es dennoch hören. „Nicht bald genug." Sie stützte sich auf, küsste ihn und fuhr dabei mit der Zunge über seine Lippen.

Vidals Penis, der unter ihrem Becken erschlafft war, wurde wieder steif. „Gnade, Liebes. Ich bin keine 19 mehr."

„Nein, keine Gnade, Vidal." Damit führte sie ihn einfach wieder ein.

Vidal stöhnte. „Ich hoffe, das überlebe ich bis zur Hochzeit."

„Wehe, wenn nicht", erwiderte sie und ritt ihn, bis er wieder zitternd zum Höhepunkt kam.

KAPITEL 8

"Señora Sánchez?", rief Rosalind, als sie zur Tür der Posada hinausging. *Welch glücklicher Zufall, dass sie hier draußen auf einem Eisenstuhl sitzt und sich sonnt, neben dem passenden Tisch mit ihren Musterbüchern darauf.*

Die Schneiderin schaute vom Taufkleid hoch, das sie nähte. „Hola Rosalinda", grüßte die Frau, lächelte herzlich dabei und winkte. Ihr goldbraunes Haar glänzte in der Sonne und ihr Fingerhut glänzte. „Was kann ich für dich tun? Und nenne mich bitte Julia."

„Na dann, Julia." Rosalind erwiderte mit einem netten Lächeln. „Hast du Zeit, ein Hochzeitskleid zu nähen?", fragte sie und bei der Frage klopfte ihr Herz vor Freude schneller.

„Glückwunsch!" Die Schneiderin klatschte freudig in die Hände. „Bis wann brauchst du es?"

„Bis zum 15. Dezember."

Julia blieb der Mund offenstehen. „So bald?"

„Sí", antwortete Rosalind lächelnd. Ihre Wangen wurden ganz heiß.

Die Schneiderin nahm ihren Fingerhut zwischen die Zähne.

„Wenn es schlicht ist, kriege ich es hin. Vor Weihnachten muss ich noch zahlreiche andere Kleider nähen, weißt du."

„Etwas Schlichtes schwebt mir vor", antwortete Rosalind.

„Wen heiratest du?", fragte die Frau und beugte sich neugierig vor.

Als ob das ein Geheimnis wäre. Soll es jeder wissen. „Don Vidal."

Julia glotzte sie kurz an, fing sich dann aber schnell wieder. „Du Glückliche. Er ist ein wunderbarer Mensch."

Sie sieht aus, als wäre sie selbst etwas in ihn verknallt und der Altersunterschied ist geringer, auch wenn sie etwas älter ist. Rosalind verspürte etwas Stolz, dass ein solch begehrter Mann sie wählte. „Ich weiß." Rosalind lächelte noch breiter.

„Was schwebt dir vor?", fragte Julia, plötzlich wieder ganz beim Geschäft.

Rosalind dachte kurz nach. „Ich weiß nicht." *Nach allem, was passierte, hätte ich eine Hochzeit nicht mehr für möglich gehalten. Nun lebe ich in Spanien und heirate einen reichen Gutsbesitzer. Ich weiß nicht, was er erwartet.*

„Hier sind ein paar Kataloge." Die Schneiderin sammelte ihre Stoffkataloge zusammen und breitete sie auf dem Tisch aus. „Vielleicht ist da ein passendes Muster drin."

Rosalind hob einen Katalog hoch, dieser war so schwer, dass sie fast das Gleichgewicht verlor. Schnell setzte sie sich auf einen Stuhl. Eine kühle Brise wehte über den Hof. Der Duft der Orangen und die erfrischende Luft versetzten sie in leidenschaftliche Tagträume, sie riss sich aber zusammen. *Wenn du in drei Monaten heiratest, muss Julia mit der Arbeit beginnen können.*

Langsam blätterte sie die Bücher durch. Alles erschien ihr zu aufgesetzt, die Stapel von Perlenketten, Seidenrosen, die Schleifen und die gigantischen Bögen. *Und erst diese Röcke. Lage um Lage mit Rüschen besetzt. So dünn, wie ich bin, trägt diese Kleidung mehr mich, als ich sie. Ein Mann, der so wichtig ist wie Vidal, muss auch eine entsprechende Hochzeit haben, ich will aber nicht eingepackt sein wie eine Mumie. Ich brauche etwas Elegantes, aber*

Schlichtes, was meine Vorzüge hervorhebt...Was ist nur das Beste an mir?

„Julia, all diese Kleider sind schwarz.“

Die Schneiderin nickte. „In Spanien ist es üblich, dass die Braut ein schwarzes Kleid trägt. Was trägt man in deinem Heimatland?“

„Ähm, das ist egal“, antwortete Rosalind. „Weiß wird immer beliebter aber die Frauen wählen ihre Lieblingsfarbe. Ich habe noch nie gesehen, dass seine Braut schwarz trägt.“

„Jetzt schon“, antwortete Julia freundlich grinsend.

"Buenos días, Señorita Sánchez", sagte Vidal, der wie aus dem Nichts auftauchte und sie auf die Schläfe küsste. „Liebes, können wir bald aufbrechen?“

„Ich bin schon fertig“, sagte sie und schaute ihm tief in die schwarzen Augen. „Ich mache nur noch das hier fertig, dann bin ich soweit.“

„Was machst du da?“, fragte er und schaute auf die umgekehrten Zeichnungen.

„Ich schaue nach einem geeigneten Kleid, das Señorita Sánchez für mich näht.“

„Du bestellst neue Kleider?“, fragte er und hob die Augenbrauen.

„Ich bestelle ein Hochzeitskleid.“ Sie legte ihm die Hand auf den Arm. „Uns bleibt keine Zeit, zu warten.“

„Du solltest noch mehr bestellen“, sagte er und nahm ihre Hand. Eine wohlige Wärme schien ihre Seele zu durchströmen.

„Ich bin nicht sicher, ob Señora Sánchez Zeit hat.“

„Oh, nein!“, unterbrach Julia. „Für Don Vidal habe ich immer Zeit.“

„Sie müssen aber bald zu uns kommen“, sagte er. „Ich kann doch meine Frau nicht wie eine Hausangestellte herumlaufen lassen, oder?“

„Natürlich nicht!“, antwortete Julia zustimmend.

„Ähm“, ergriff Rosalind das Wort, „wir müssen wegen des Kleides jetzt gleich eine Entscheidung treffen. Was meinst du, Geliebter? Was wäre dir recht?“

„Dich am Altar zu sehen."

„Ernsthaft, Vidal", sagte sie und wurde rot.

„Ich bin ernst", sagte er und nahm seine Hand vor den Mund. „Solange ich dich für immer behalten kann, ist es mir egal, was du trägst." Vidal grinste, schaute dann aber ernst. „Liebes, du siehst für mich immer schön aus, aber wenn du wirklich wissen willst, was mir gefällt, dann verstecke dich nicht, sondern wähle was Auffälliges."

„Genau dasselbe dachte ich auch gerade!", sagte Julia. „Du bist so lieblich und schlank, da wäre es doch ein Jammer, dich in lauter Stoff zu hüllen."

Rosalind blätterte die Seiten um, schaute immer mal wieder hinein und hielt dann inne.

„Da hätten wir es. Das ist das perfekteste Kleid, das ich je sah", meinte sie.

„Ich hole schon mal die Kutsche. Ich kann es kaum erwarten, dich darin zu sehen." Vidal schmachtete sie an, küsste wieder ihre Hand und ging.

„Du hast mehr Glück, als du ahnst", sagte Julia.

Rosalinds Wangen wurden blasser, als ihr bewusst wurde, was für eine persönliche Unterhaltung sie vor einer fast ganz Fremden, die auf dem Stuhl saß, führte. Dennoch war ihr ganz heiß, weil Vidal seine Liebe öffentlich zeigte. *Julia hat Recht. Ich bin eine Frau, die echt Glück hat.*

„Lass mich dieses Buch sehen", drängte die Schneiderin.

Rosalind reichte es ihr.

„Ja, das Kleid wird dir echt gut stehen. Ich weiß auch schon, wie ich es nähen werde. Du wirst die schönste Braut aller Zeiten sein. Don Vidal wird seinen Augen nicht trauen."

KAPITEL 9

Vidal war noch nie so aufgeregt gewesen. Eine Woche waren zwischen seinem Telegramm und der Antwort vergangen. Ein Brief aus Cádiz kam, in dem stand, dass alles bereit war. Die Persephon war vor ein paar Stunden angekommen, alles lief nach Plan und er nicht wusste ehrlich nicht genau, was als nächstes kam.

Ich hoffe, mein Gast ist vernünftig, aber man weiß ja nie. Nicht, ohne die Überraschung zu verraten. Plötzlich schien die Überraschung keine so gute Idee mehr zu sein wie zu Beginn. *Ein vernünftiger Mann hätte auf seine Tochter gehört. Sie floh. Floh ans andere Ende Europas und ja, um von dem Bastard weg zu kommen, der in mein Lagerhaus eingedrungen war, aber auch vor ihrem Vater. Sie versuchte noch nicht einmal, es zu erklären und Rosalind ist eine vernünftige Frau. Sie hätte es ihrem Vater anvertraut, wenn sie geglaubt hätte, er höre ihr zu. Hoffentlich mache ich keinen Fehler.*

Er ließ seine halb fertigen Akten auf dem Schreibtisch liegen und ging los, um Rosalind zu suchen. *Ich frage mich, wie sie ihre Zeit verbringt, ehe sie die nachmittägliche Schicht bei mir anfängt und meinen Papierkram übersetzt.*

Ihr Zimmer war leer, also verbrachte sie ihre Freizeit nicht damit zu faulenzen. Sie war nicht in der Bibliothek, um seine englischen Bücher zu lesen. Sie war nicht im Esszimmer, um ein spätes Essen einzunehmen. Vidal packte eine Magd, die gerade vorbei kam am Arm und fragte: „Wo ist Señorita Rosalinda?"

„In der Küche, Señor."

„Gracias", murmelte er das Mädchen an und eilte in die Küche. *Was macht sie nur hier?* Vidal war sich nicht sicher, was er erwartet hatte, zu vorzufinden, wenn er die Küche betrat, aber sicher nicht seine Verlobte, die bis zu den Ellbogen in Seifenwasser lehnte.

Er trat hinter sie und legte ihr die Arme um die Hüfte. „Rosalinda, was machst du hier?"

Sie legte ihre nassen Hände auf seine Schultern und sagte grinsend: „Den Abwasch."

„Das sehe ich", antwortete er. „Wieso machst du den Abwasch?"

„Es muss getan werden."

Diese Antwort genügte zwar dem Küchenpersonal, nicht aber ihrem Geliebten. „Ich habe viele Bedienstete, Liebes. Meine zukünftige Braut muss nicht abwaschen."

„Deshalb wurde ich eingestellt, mein Lieber", erinnerte sie ihn.

„Das ist fünf Jahre her. Bist du die ganze Zeit eine Spülmagd geblieben, selbst dann, als du schon mit mir gearbeitet hast?", fragte er scharf und wollte es nicht glauben.

„Klar", antwortete sie, als wäre dies das Normalste auf der Welt.

Schätze, so ist es, denn hier steht sie, nass vom Seifenwasser. „Das musst du aber nicht mehr."

„Entlässt du mich, Vidal?"

Er musste heftig blinzeln, ob dieser komischen Frage, aber sie meinte es ernst.

„Wohl kaum, aber du bist die Dame des Hauses. Niemand verlangt von dir, dass du Hausarbeit verrichtest."

„Ich bin noch nicht die Dame, Vidal, und bis ich es bin, arbeite ich weiter." Sie schaute ihm störrisch in die Augen.

Er gab es auf. „Schön, Liebes. Arbeite, wenn du musst. Jedoch muss ich dich für heute aus der Küche entführen. Wir haben einen sehr wichtigen Gast und ich meine, dass du ihn wohl nicht in solch einem Aufzug treffen willst.

Sie schaute sich das graue, unscheinbare Kleid an. „Du hast Recht. Das hatte ich mir unter meiner Gesellschaft nicht vorgestellt. Wer ist es?"

„Überraschung. Gegen ein Uhr müsste er ankommen."

„Bis dahin bin ich fertig."

Sie drückte seine Hand und eilte dann ins Dienstwohngebäude.

Ich sollte sie in eines der Gästezimmer schaffen, oder vielleicht sogar in den Damentrakt, aber ich befürchte, sie wird das auch ablehnen. Er seufzte. *Zumindest sind wir bald verheiratet...hoffe ich. Sollte es heute schlecht laufen, dann wird sie vielleicht nie wieder mit mir sprechen wollen. Es war schon ein Tanz auf dem Vulkan, das zu tun, ohne sie vorher zu fragen,* merkte er und stöhnte bei dem Gedanken, wie anmaßend er gewesen war. *Das war vielleicht ein Fehler.*

„Don Vidal", sagte seine Haushälterin, um seine Aufmerksamkeit zu erlangen.

„Si, Señora Marquez?"

„Das Gästezimmer ist fertig", sagte sie zu ihm.

„Danke, Señora."

Es ist passiert und ich kann es jetzt nicht ungeschehen machen. Ich kann nur das Beste hoffen. Er verließ die Halle und ging dann die Treppe hoch in sein Schlafzimmer, wo ihn sein Kammerdiener mit seinem besten frisch gebügelten Anzug erwartete. Seine Sorge, weil er so dreist gewesen war, wich nun dem Wunsch, bei seinem zukünftigen Schwiegervater einen guten Eindruck zu hinterlassen. Kaum war er angezogen, ging er zur Vordertür hinaus und wartete dort.

Am frühen Morgen war die Kutsche von Vidals Anwesen weggefahren, Richtung Cádiz, um den sehnlichst erwarteten Ankömmling abzuholen. Sie würde jede Minute zurück sein... und da war sie auch schon, tauchte hinter den Weinbergen auf. Die trockenen Blätter raschelten im Wind, zwischen den großen spanischen Tannen, die mit ihren scharfen Spitzen den Himmel zu

berühren schienen. Die Korkeichen verloren schon die ersten
Blätter.

Die Kutsche bog in die Einfahrt und ein erschöpfter, faltiger
Herr tauchte auf.

Vidal erkannte Rosalinds Vater sofort. Der ehrenwerte Geoffrey
Carlisle und seine Tochter sahen sich sehr ähnlich, hatten dasselbe
schulterlange Haar und dieselben Gesichtszüge.

„Mr. Carlisle", sagte er, versuchte dabei eine gute Aussprache
und streckte die Hand zum Gruß aus. „Ich bin Vidal Salazar. Danke,
dass Sie gekommen sind. Hoffentlich hatten Sie eine angenehme
Reise."

„Die Fahrt verlief ziemlich gut, abgesehen vom schlechten
Wetter", antwortete der ältere Mann. „Eure Einladung ehrt mich,
Don Vidal, um was geht es genau? Was ist das für ein wichtiges
Geschäft, das Sie mit mir bereden wollen?"

„Kommen Sie in mein Haus, Sir, dann erkläre ich Ihnen alles,
was Sie wissen wollen."

Sie betraten die Villa und Vidal ging voraus in Richtung Wohn-
zimmer. Dort bot er seinem Gast einen Platz auf einem der braunge-
polsterten, zum Sofa passenden, Holzstühle an. „Ich schätze, Ihr
fragt euch, warum ich Euch gebeten habe, zu kommen", sagte Vidal
und wählte seine Worte gut.

„Schon", meinte Geoffrey und runzelte die Stirn.

„Ich habe etwas gefunden, das Euch gehört", fuhr Vidal absichtlich vage fort.

„Was?"

Sein Gast klang langsam verärgert, sodass Vidal direkt zum
Punkt kam. „Eure Tochter."

„Rosalind!?", fragte Geoffrey und sprang fast aus seinem Stuhl
hoch „War sie die ganzen Jahre hier?"

„Ja", bestätigte Vidal. „Sie war bei mir angestellt."

Der Mund des Mannes verengte sich missbilligend. „Wieso
warteten Sie so lange, ehe Sie mich kontaktierten?"

Vidal setzte sich leise hin und überlegte, wie er eine Antwort formulieren sollte. „Entschuldigen Sie, Sir. Mein Englisch ist nicht das beste."

Geoffrey schien noch eine Minute mit seinen Launen zu kämpfen, ehe er erwiderte. „Im Gegenteil, Sie sprechen sehr gut."

„Dank Rosalinda", antwortete Vidal und lächelte freundlich, wobei er so frei war, sie bei ihrem Vornamen zu nennen. *Schließlich halte ich ja um ihre Hand an. Das ist nicht unangemessen intim.* „Sie hat es mir beigebracht. Und ich habe Sie nicht kontaktiert, weil ich bis vor kurzem nicht einmal bemerkte, dass sie überhaupt hier war. Selbst als sie anfing, mich zu unterrichten, fragte ich sie nichts Persönliches und sie hat mir auch nichts von sich aus gesagt. Bis kürzlich wusste ich noch nicht, wer sie ist."

Geoffrey schien das erst einmal sacken lassen zu müssen. Er trat zu einem Fenster und schaute sich Vidals Anwesen an. Schließlich drehte er sich mit verdächtig roten Augen um. „Geht es ihr gut?"

„Sí."

„Ist sie auch glücklich?"

„Scheint sie zu sein. Sie sagt, sie ist es." Vidal kämpfte mit sich, nicht an all die Male zu denken, wo er sah, wie glücklich sie war... und nackt in seinen Armen schnurrte. Er zwang sich, damit aufzuhören, denn sein roter Kopf verriet zu viel.

„Wissen Sie, wieso sie fortgegangen ist?", fragte sein Gast.

Konzentriere dich auf das Gespräch, Mann „Ja."

„Können Sie es mir sagen?"

Vidal dachte nach. „Das wird sie Ihnen wohl selbst sagen müssen."

„Meinen Sie, sie wird es?" Geoffrey lehnte sich vor und war plötzlich so entschlossen.

„Ich werde sie ermutigen, dass sie es tut."

Der Mann nickte. „Hat sie Sie gebeten, Kontakt mit mir aufzunehmen?"

Vidal schüttelte den Kopf. „Nein, sie weiß nicht, dass Sie hier sind."

Der alte Herr senkte den Blick. „Wieso haben Sie nach mir geschickt? Was soll ich für Sie tun?“

„Geben Sie uns ihren Segen.“

„Was?“ Geoffrey schaute auf seinen Gastgeber und war perplex.

„Ja, ich möchte sie heiraten.“ Ein ungewolltes Lächeln umspielte Vidals Lippen.

KAPITEL 10

„Sie wollen was?" Geoffrey sprang auf und dass er Vidal nicht anschrie, war auch alles.

„Ich möchte Ihre Tochter heiraten", antwortete Vidal knapp und versuchte, Augenkontakt zu halten.

„Warum?"

„Aus den üblichen Gründen." Vidal begann zu schwitzen und schaute Geoffrey aber in die Augen, ohne zu straucheln.

„Sie sind sich natürlich darüber im Klaren, dass sie mit einem anderen Mann liiert ist", betonte Geoffrey. „Er hat einen Vertrag."

Vidal wurde wütend bei dem Gedanken an den früheren Freund seiner Verlobten. „Er ist auch ein...ein...ich weiß nicht, wie es auf Deutsch heißt. Ein böser Mann."

Geoffrey schaute zur Decke. Er legte eine Hand hinter den Rücken, schlenderte lange durch den Raum und hielt schließlich am Fenster. „Hat Ihnen das Rosalind erzählt? Sie mochte ihn nie wirklich."

„Und das aus gutem Grund." Vidal ballte die Fäuste. „Er kam unangemeldet auf ein Fest in meinem Haus und griff sie an. Ich sperrte ihn ein", schniefte Geoffrey. „Kein Wunder, dass ich nichts von ihm hörte. Geht es ihm gut?"

Vidal schüttelte den Kopf. *Weiß denn dieser Mann nicht, was für eine Bestie sein Geschäftspartner ist? Vermutlich hatte Rosalinda allen Grund abzuhauen. Heilige Jungfrau, lass das nicht in eine Katastrophe münden.* „Er bekam Essen und Obdach und man fügte ihm keine Schmerzen zu, ich konnte es aber nicht zulassen, dass er ihr weh tat."

„Was wollen Sie dann von mir?" Der Gedanke, dass Charles Rosalind Schmerzen zugefügt hatte, schien ihren Vater nicht zu scheren. „Bitten Sie mich darum, dass ich einen Vertrag breche, denn ich mit Charles habe und stattdessen mit Ihnen einen mache?"

„Ich möchte nur um die Hand ihrer Tochter bitten", antwortete Vidal mit langsamer, deutlicher Stimme, als wäre er sich nicht sicher, ob er ihn verstanden hatte. *Das habe ich ihm gerade gesagt. Hat er das bereits vergessen? Ist das für ihn so eine Art Spiel?* „Mir ist dieser alte, ungewollte Vertrag egal."

„Und wenn ich mich weigere?", fragte Geoffrey und stellte sich herausfordernd hin.

Das begriff er nur zu gut. Vidal weigerte sich, diesen Köder zu schlucken, obwohl die Wut in ihm hochstieg. Er versuchte, gelassen zu wirken, zuckte mit den Schultern und antwortete: „Señorita Carlisle ist 23. Sie wird wohl kaum ihr Einverständnis brauchen."

„Aber der Vertrag ist rechtskräftig", protestierte Geoffrey.

Zu Hölle mit diesem Vertrag. Das hier ist keine Kolonie und Rosalinda ist keine Sklavin. Wie kann jemand einen Vertrag über sie ausarbeiten, ohne ihr Einverständnis. Obwohl seine Zähne knirschten, weil er den Kiefer so fest zusammendrückte, schaffte es Vidal, doch wieder ruhig zu klingen. „Ich muss dieses Dokument sehen. Haben Sie es?"

„Nein. Er hat es."

Aber nicht mehr lange. So oder so, seine Forderung wird enden. „Dann ist hoffentlich alles bald beigelegt."

„Ging er wirklich auf sie los?" Endlich schienen Vidals Anspielungen bei Geoffrey zu fruchten. Sein Tonfall wurde lauter, weniger geschäftlich und mehr zögernd.

Ihr habt schließlich kurz hintereinander haufenweise Bomben auf ihn geworfen, erinnerte sich Vidal und war erleichtert, dass Geoffrey seine Anspielungen nicht einfach ignorierte. „Sí. Er warf sie auf den Boden, zerriss ihr Kleid und schlug sie. Gott sei Dank konnten wir ihn aufhalten, ehe er sie wegschaffte."

Geoffrey schwieg und kaute auf seinem Daumennagel, während er sich die Situation durch den Kopf gehen ließ. Vidal schaute neugierig zu. ~ Rosalind und ihr Vater sahen sich ähnlich und hatten ähnliche Eigenheiten. *Wie oft hatte ich sie an ihrem Daumennagel kauen sehen, während sie an einer schwierigen Übersetzung saß?*

Vidal beobachtete Geoffrey, wie er sich die teure Möblierung ohne Kommentar oder Reaktion ansah.

Ich erinnere mich daran, als Carmens Vater zum ersten Mal mein Anwesen sah. Er schwärmte von allem. Fest steht, Rosalindas Vater ist Wohlstand gewöhnt. Er fragte sich, wie viele Privilegien sie gewohnt war und wie sie sich an das Leben einer Dienstmagd gewöhnte, nachdem sie als verwöhnte Tochter eines wohlhabenden Mannes aufgewachsen war. Ich bewunderte immer Rosalindas starken Charakter und ihre Entschlossenheit, je mehr ich jedoch über sie erfahre, desto mehr beeindruckt sie mich. Armes süßes Mädchen. Sie hat so viel durchgemacht. Ich hoffe inständig, dass von jetzt an ihr Leben besser verläuft. Dazu möchte ich beitragen, was immer in meiner Macht steht.

Vidal instruierte einen Dienstboten, nach Rosalind zu schicken.

Geoffrey ging im Zimmer auf und ab. Vidal wollte ihn bitten, sich zu setzen, merkte dann aber, dass er wohl zu nervös dafür war. Aus Zuneigung blieb er also stehen.

Ein paar Minuten später, die Geoffrey vorgekommen sein mussten wie eine Ewigkeit, ging die Tür auf. Rosalind sah hinreißend aus in ihrem schlichten, weißen Kleid mit der rosa Schleife, die sie sich ausgeliehen haben musste. Die Größe kam gut hin, aber offenbar war es für eine Frau von breiterer Statur geschneidert worden. Der Stoff hing etwas an ihrer

Brust herunter. Dennoch bot sie eine einladende Erscheinung, die sein Herz höher schlagen ließ...bis sie dann merkte, um wen es sich bei dem „wichtigen Gast" handelte. Sie erstarrte und keuchte dann: „Papa?"

„Rosalind", krächzte der Mann.

„Was...warum...was machst du hier?", stotterte sie mit ihren großen, grünen Augen.

„Ähmmm...", unterbrach Vidal. „Ich habe ihn eingeladen."

Sie schaute in mit großen Augen an. „Warum?"

„Um ihn um seinen Segen zu bitten, natürlich."

Dazu sagte sie nichts, was er auch nicht erwartet hatte. Stattdessen schaute sie von Vidal zu ihrem Vater, dann wieder zu Vidal, schloss und öffnete dabei immer wieder den Mund. Er hatte keine Ahnung, wie er diesem seltsamen Moment entfliehen konnte. Glücklicherweise musste er es nicht. Rosalind schüttelte den Kopf, als wolle sie ihn frei bekommen und fiel dann ihrem Vater in die Arme, der sie fest an sich drückte.

„Prinzessin", flüsterte er mit erstickter Stimme. „Schön, dich zu sehen."

„Ach, Papa, du hast mir so gefehlt!"

Gott sei Dank. Mein Spiel hat sich ausgezahlt. Leise verließ er den Raum, denn er wollte das Wiedersehen nicht stören. Dort rief nach einem weiteren Dienstboten, dem er kurz etwas ins Ohr flüsterte.

Rosalind und ihr Vater hatten es sich auf dem Sofa bequem gemacht und hielten sich gegenseitig die Hand. Sie redeten schnell, sodass Vidal mit seinen kargen Englischkenntnissen nicht mehr folgen konnte. Er setzte sich auf einen Stuhl und fragte sich, was wohl als nächstes passieren würde. Ihm wurde flau im Magen. *So viele Sachen sprechen dagegen, dass ich Rosalind heirate. Nun, da ich mich an den Gedanken gewöhnt habe, will ich nichts ändern. Mir gefällt der Gedanke, den Rest meines Lebens mit meiner schönen, lustvollen Geliebten zu verbringen. Mit jedem Tag nimmt meine Liebe für sie zu und eines Tages werde ich ihr sagen wie sehr.*

Schließlich fragte Rosalind Vidal: „Du sagtest, du brachtest Vater her, dass er uns seinen Segen gibt, aber ich spüre, da steckt mehr dahinter, als das. Was ist los?"

„Nichts, ehrlich", antwortete er. „Ich will echt um seinen Segen bitten. Ich dachte auch, du würdest ihn gerne wiedersehen. Zugegeben es war ein riskantes Spiel, denn ich wusste ja nicht, ob du noch immer wütend auf ihn warst."

„Auf mich wütend?", fragte Geoffrey und schaute Rosalind neugierig an. „Wieso bist du wütend auf mich?"

„Bin ich nicht", antwortete sie. „Nicht mehr."

„Wieso liefst du weg, Prinzessin. Ich schaute überall nach dir, aber du warst verschwunden. Was ist geschehen?"

Rosalind schluckte, schaute zu Vidal und seufzte: „Muss ich es ihm sagen?"

„Du musst überhaupt nichts, Liebes, außer was du für richtig oder gerecht hältst", antwortete Vidal. „Verdient er es, die Wahrheit zu erfahren?"

„Ja, ich schätze, das tut er, aber ich weiß nicht, ob mir das über die Lippen geht."

„Ich weiß, du kannst es. Du bist eine starke Frau. Du bekommst alles hin."

Sie schloss die Augen, als denke sie nach. Dann nahm sie Vidal und schob ihn auf die andere Seite des Sofas. Sie drückte seine Hand so fest, dass er Angst bekam, sie würde ihm das Blut abschnüren und sagte leise: „Der Grund, warum ich ging, war der, dass du mich zwingen wolltest, Charles zu heiraten."

„Was war daran verkehrt?", fragte Geoffrey erstaunt.

„Eine Heirat sollte nicht nur dem Geschäft dienen", meinte sie. „Außerdem mag ich ihn nicht. Der Gedanke, den Rest meines Lebens mit ihm zu verbringen...ein Bett mit ihm zu teilen...seine Kinder zu gewähren", sagte sie zitternd.

Vidal wollte diese Geschichte wirklich nicht nochmal hören, hatte aber keine Wahl. *Rosalinda braucht mich.* Sanft löste er ihre verkrampften Finger und streichelte sie. „Weiter, Liebes. Du schaffst das."

„Ich hätte fast alles getan, um eine Hochzeit mit ihm zu verhindern, schon wegen seiner skrupellosen Geschäftspraktiken. Er hat dich von Anfang an betrogen, Geld unterschlagen, die Arbeiter bestohlen, die Gewinne kleiner gerechnet. Wäre er nur ein Dieb gewesen, dann hätte ich vielleicht geheiratet, aber ich lief weg, weil er...er...", stotterte sie.

„Er hat was getan?"

„Er hat sich mir aufgedrängt." Rosalind presste die Augen zusammen und versuchte die Tränen zu unterdrücken. Vidal legte ihr seine warmen Hände auf die Schultern. Er hatte es gut gemeint, aber dadurch verlor sie völlig die Beherrschung. Sie seufzte. Er nahm sie in die Arme und streichelte ihr sanft den Rücken.

Geoffrey schaute weiterhin ganz hilflos drein. *Ich hörte Gerüchte über Charles' Verhalten unseren weiblichen Angestellten gegenüber, also kommt das nicht überraschend, aber meine eigene Tochter?*

Plötzlich und unerwartet überkam ihn eine große Wut. *Der Bastard wagte es, mein kleines Mädchen anzufassen. Dafür bringe ich ihn um. Wie konnte ich so blind sein, sie zu drängen, ihn zu heiraten? Es wäre gut für das Geschäft gewesen, aber was spielt das für eine Rolle?*

Er schaute wieder zu Rosalind, die sich an ihren Verlobten kuschelte und der sie tröstend umarmte. *Sicher, sie hat diesen Mann erwählt und er kann ihr auch einiges bieten. Ganz zu schweigen davon, wie zärtlich er sie tröstet. Meine Versuche, einen Ehemann für sie zu finden, liefen nicht gut. Ich muss glauben, was sie sagt.* Hier und jetzt entschied er, dass Rosalind Vidal haben konnte, wenn sie wollte.

Vidal hatte nie erfahren, wie sehr man leiden konnte, wegen der Trauer eines anderen Menschen. Nun begriff er, wieso Rosalind das Bedürfnis verspürt hatte, ihm in seiner dunkelsten Stunde beizustehen. Als Zeichen ihrer Liebe zu ihm. Nun war es ein Zeichen seiner Liebe zu ihr.

Es stimmt. Ich liebe Rosalinda und muss es ihr bald sagen. Die Tage bis zu unserer Hochzeit verstreichen. Ihm wurde flau im Magen. *Bald, sehr bald, werde ich ein verheirateter Mann sein.* Das war ein herrlicher, aufregender, sinnlicher, aufregender Gedanke.

Schließlich trockneten Rosalinds Tränen. Sie hob ihr verweintes Gesicht, schaute Vidal tief in die Augen und er konnte ihre Liebe in ihren grünen Augen sehen. Er holte ein sauberes Taschentuch hervor und tupfte sanft ihre Wangen ab. Sie keuchte und Tränen stiegen ihr in die Augen, aber sie riss sich zusammen.

Ich freue mich. Ich habe über die Vergangenheit, seine und meine, schon genug geweint. Wir sind hier, um zu feiern, nicht um zu trauern.

Mit einem schweren Seufzer drehte sich Rosalind zu ihrem Vater.

Verblüfft nahm der alte Mann die Hand seiner Tochter. „Ich wünschte du wärst zu mir gekommen, Prinzessin. Dann hätten wir uns sofort um alles gekümmert und dich vor einem gebrochenen Herzen bewahrt."

„Du willst sagen, du glaubst mir?", fragte sie und klang erstaunt.

Ich glaube nicht, dass es ihr je in den Sinn kam, dass er es tun könnte. Kein Wunder, dass sie floh.

„Ja, und ich würde gerne glauben, dass ich es damals auch schon tat."

„Mir täte es ja leid, weggegangen zu sein, hätte ich Vidal nicht kennen gelernt." Sie drückte seine Hand und ihm wurde warm ums Herz.

„Er ist ein sehr wichtiger Mensch für dich, oder?", fragte Geoffrey.

„Ja, Papa. Ich liebe ihn", sagte sie, ohne zu zögern.

Vidal drückte ihre Hand noch fester. Er streichelte ihren Daumen.

Geoffrey saß so aufrecht, wie er konnte und atmete tief ein. „Du brachtest mich hierher, weil du hofftest, ich würde der Hochzeit zustimmen." Er schwieg kurz, was aber wie eine Ewigkeit schien.

Vidals Herz pochte.

„Das tue ich hiermit." Er wandte sich an Vidal. „Ich gebe dir für die Hochzeit mit meiner Tochter meinen Segen. Zunächst müssen wir aber das Problem mit Charles' Vertrag ausräumen und entscheiden, was mit ihm geschehen soll.

Rosalind zitterte.

„Keine Sorge, Liebes", sagte Vidal schnell. „Wir kümmern uns darum. Du bist in Sicherheit."

Sie drückte seine Hand und er drückte sanft zurück, denn er wollte ihr helfen, es zu verstehen. *Niemand wird meiner Lieblichen Rose was tun. Nicht, solange ich atmen kann.*

KAPITEL 11

„Ach Julia, wie schön." Rosalind fuhr mit den Fingern über die schöne, schwarze Seide. Es kam ihr immer noch seltsam vor, in einer solch dunklen Farbe zu heiraten, aber in Spanien war dies Tradition und sie musste zugeben, die Farbe stand ihr.

„An dir wird es noch schöner aussehen", schwärmte Julia. „Probiere es an."

Rosalind fühlte sich wie eine Prinzessin und zog das Kleid über den Kopf. Der schimmernde Stoff reichte ihr bis zu den Füßen und umhüllte ihre Brüste.

„Es ist zu groß", sagte sie und versuchte, nicht niedergeschlagen auszusehen. *Sicher ging Julia davon aus, ich hätte eine größere Brust.*

„Wir sind nahe dran", sagte die Schneiderin freundlich. „Hier und da kleine Änderungen und dann natürlich den Saum kürzen, dann ist es perfekt."

„Das Mieder nicht vergessen." Rosalind zog am überstehenden Stoff.

„Oh, ja. Es ist etwas locker, aber ich mache es etwas enger. Don Vidal wird richtig verzaubert sein."

Rosalind lächelte. *Julia ist so nett.*

Die Schneiderin eilte umher, steckte es ab, plauderte dabei, bis das Mieder ihre Brust perfekt umschloss. „Das hätten wir. Du wirst die schönste Braut aller Zeiten sein. Ist dein Vater schon aufgeregt? Ich hörte, er sei auch hier."

„Ja. Vidal hat ihn eingeladen und ich wusste gar nichts davon. Er war leichter zu überzeugen, als ich dachte. Ich bin ja kein kleines Kind mehr. Er muss sich gefragt haben, ob ich je heirate."

„Du bist noch jung." Julia winkte schnell ab, ungeachtet dieser Worte. „Vidal ist doch zehn Jahre älter als du, oder?"

„Zwölf, aber das passt", antwortete Rosalind. „Das heißt einfach, er ist erwachsen. Männer Mitte 20 sind noch immer kleine Jungen."

„Das stimmt." Sie half Rosalind, das Kleid über den Kopf zu ziehen.

„Halt, ich stecke fest!", rief Rosalind, als das Kleid an ihrer Unterwäsche zog.

„Was ist passiert?"

„Ich glaube, du hast mir das Mieder an die Taille gesteckt", erklärte sie.

„Oh nein. Ich muss es neu abstecken."

Sie zog das Kleid wieder über Rosalinds Körper und entfernte alle Stecknadeln um ihre Brüste. Dann arbeitete sie alles wieder ein und bemühte sich, den dünnen Stoff darunter nicht zu erwischen. Wenig erfolgreich.

„Ach!", schrie Julia schließlich und streckte die Hände hoch. „Was soll's. Es braucht eh nur einen kleinen Saum." Sie zog das Kleid aus und legte es über eine Stuhllehne. Dann holte sie einen Ballen dunkelroten Satin, den sie Rosalind über die Schultern legte.

„Was machst du?"

„Ich versuche, mich zu entscheiden, was ich daraus machen soll", nuschelte Julia mit neuen Nadeln im Mund.

„Warum?"

Julia spuckte die Nadeln in die Hand und begann, den Stoff zu einem Kleid zu formen. „Don Vidal sagte, du bräuchtest neue Sachen."

„Das kann ich mir aber nicht leisten!", protestierte Rosalind.

„Er und ich haben schon darüber gesprochen", erklärte die Schneiderin und ging auf die Knie, um den Saum abzustecken. „Er wird für alles aufkommen, was du brauchst...angefangen mit einer Änderung.

Rosalind schwieg. Als Julia weiterarbeitete, sagte sie nichts. Ein paar Minuten später klopfte es an der Schlafzimmertür. Sie sprang auf und kreischte, als unvermittelt eine Nadel in ihren Po stach. Offenbar war Julia auch aufgesprungen.

„Es tut mir so leid", entschuldigte sich die Schneiderin.

„Nein, schon gut. Wer ist da?", rief Rosalind.

„Claudia."

Rosalind seufzte. Kaum war ihr Vater hier, hatte er darauf bestanden, dass seine Tochter eine Anstandsdame erhält. *Er hatte Recht, bedenkt man, wie oft wir uns unanständig verhielten; aber ich hasse Zwang. Es ist beschämend, eine geheime Liebesbeziehung zu haben...und so frustrierend, sich daran zu erinnern.*

Seit ihrer Ankunft nahm Claudia ihre Arbeit sehr ernst, so dass Rosalind und Vidal keine ruhige Minute hatten. *Ich liebe Claudia wie eine Mutter, aber wie die meisten Mütter neigt sie dazu, sich in alles einzumischen.* Was noch viel weniger Sinn machte, weil Claudia bereits wusste, dass sie und Vidal mehrmals miteinander intim wurden. Ganz klar, die Anstandsdame war nur zur Tarnung und wegen ihres Vaters. *Ich möchte nicht, dass er alles weiß, was vor sich ging, also muss ich Claudias Unsinn würdevoll ignorieren.*

Bei diesen Gedanken, kam Claudia auch schon zur Tür herein und wedelte mit dem schwarzen Taft. „Wie läuft's bei euch so...¡Dios mío! Du nähst ihr doch kein *rotes* Hochzeitskleid, Julia?", fragte sie.

„Nein, Señora. Natürlich nicht. Ich habe das Hochzeitskleid schon abgesteckt. Nun arbeite ich an etwas Anderem."

„Ach, gut." Julia machte drei Kreuze und legte dann melodramatisch eine Hand auf die Augenbraue.

„Komm schon, Claudia", sagte Julia mit gespielter Bestürzung. „Ich weiß es besser."

Claudia grinste, ehe sie sich an Rosalind wandte. „¿Y tú, mijita? ¿Como estás?"

„Gut", antwortete Rosalind.

„Nervös?"

Sie zuckte. „Nicht wirklich."

„Und nur noch zwei Wochen bis zur Hochzeit. Ausgezeichnet."

Rosalind lächelte. *Nur noch zwei Wochen, dann bin ich Vidals Frau. Seine Frau! Das hätte ich mir in meinen kühnsten Träumen nicht vorstellen können.*

„Pass auf, Julia. Wenn sie so schaut, dann beginnt sie zu turteln", spottete Claudia.

„Ich finde es süß", antwortete Julia mit sehnsüchtiger Miene. „Außerdem hast du mit deinem Mann auch hin und wieder geturtelt."

„Das würde ich jedoch nie zugeben." Claudia kicherte. Sie holte ihren Fächer raus und wedelte damit wild vor dem Gesicht herum.

„Ich würde es", sagte Rosalind spröde zu ihnen. „Ich bin stolz, Vidal zu haben. Jeder soll wissen, dass ich ihn liebe."

„Es gibt in ganz Andalusien keinen, der es nicht weiß", erinnerte sie Claudia.

„Gut", antwortete Rosalind, wusste aber, weil ihre Wangen so heiß wurden, dass sie rot wurde.

„Hör auf, sie zu quälen, Claudia", sagte Julia, legte ihren roten Stoff beiseite und holte einen Ballen grün glänzender Seide. Sie hielt ihn unter Rosalinds Kinn und hielt plötzlich inne.

„Claudia, sieh dir das an!"

Claudia kam her, um zu sehen, was der Wirbel zu bedeuten hatte. Auch sie starrte einfach.

„Was ist los?", fragte Rosalind.

„Wenn das Licht so auf deine Augen fällt, sehen sie außerge-wöhnlich aus", sagte Claudia. „Ich habe nie bemerkt, wie grün sie sind."

„Schau in den Spiegel", drängte Julia.

Rosalind gehorchte. „Schaut für mich normal aus", sagte sie. „Ich sehe nichts."

„Du vielleicht nicht, aber ich bin sicher, Don Vidal. Ich weiß schon, was ich daraus mache", sagte Julia.

„Was?"

„Ein besonderes Nachthemd...für deine Hochzeitsnacht. Wenn Vidal schon von dem Hochzeitskleid angetan sein sollte, dann wird er dahin schmelzen, wenn er dieses Nachthemd sieht. Diese Hochzeitsnacht wirst du nie vergessen!"

Rosalind sah in den Spiegel und sie wurde rot, vor Scham.

„Geht das für dich in Ordnung Rosalind?", fragte die Schneiderin.

„Ja...ja...das passt mir", stotterte Rosalind. „I...ich möchte, dass Vidal mich attraktiv findet.

„In diesem Nachthemd wird er dich unwiderstehlich finden!", versprach Julia und blinzelte heftig mit den Augenbrauen.

„Warte, Julia, lass mich das bezahlen", unterbrach Claudia. „Das ist ein Hochzeitsgeschenk für dich."

„Danke", sagte Rosalind. „Überaus großzügig."

„Würde deine Mutter noch leben, würde sie das für dich tun. Hoffentlich stört es dich nicht, dass ich es an ihrer Stelle mache."

„Sie starb, weil sie mir das Leben schenkte. Ich kannte sie nie. Claudia, du bist das, was meiner Mutter am nächsten kommt." Rosalinds Augen fühlten sich so feucht an und Claudias Nase war gerötet.

Julia nahm einen Rest feines weißes Leinen und legte es Rosalind über den Körper. „Eine neue Passform, das sage ich nochmals, war bitternötig", sagte sie.

„Danke, Julia", sagte Claudia. „Wärst du nicht hier, dann würden wir alle schrecklich rührselig."

„Tue ich doch gern", antwortete die Schneiderin und alle drei Frauen lachten laut.

Wieder klopfte es an der Tür.

„Wer ist da?", rief Rosalind und wischte sich die Tränen weg.

„Vidal", kam zur Antwort.

„Eine Minute", sagte sie und sprang vom Stuhl, auf dem sie stand. Dann zog sie sich das Hochzeitskleid über den Kopf, während Julia und Claudia es verhüllten.

„Herein", sagte Rosalind

Die Tür ging auf und ihr Geliebter kam rein. „Ah, eine neue Kleiderbestellung, wie ich sehe", meinte er.

„Ja." Wie immer war es für Rosalind unmöglich, den Blick von ihrem Geliebten abzuwenden.

Señora, ich hoffe, Sie wissen es zu verhindern, dass sie zu sparsam ist. Ich möchte nicht, dass meine Braut gekleidet ist wie eine Dienstmagd." Während er das sagte, starrte er die ganze Zeit Rosalind an.

„Nein, mein Herr. Nur das Beste, für Señorita Rosalinda."

„Gut. „Was muss noch alles getan werden?", fragte er.

„Ich bin mit Abmessen fertig, aber es liegt noch viel Arbeit vor uns...und wir haben nicht mehr viel Zeit."

„Nichts liegt mir ferner, als Sie bei der Arbeit zu stören, aber ich muss mit Rosalind kurz unter vier Augen reden.

Claudia starrte ihn mit durchdringendem Blick an.

„Por favor, Señora", flehte Vidal. „Es ist sehr wichtig."

Claudia schaute ihn prüfend an, warf dann Julia einen Blick zu, ging aus dem Zimmer und schloss die Tür hinter sich.

Als sie Vidals Stärke wahrnahm, ging sie auf ihn zu. Er nahm sie in die Arme und drückte sie ganz fest.

„Was ist, mein Schatz", fragte sie alarmiert.

„Ich wollte nur sagen, dass wir uns um Señor Dalton gekümmert haben. Er wird dich nie wieder bedrohen."

Rosalind musste schwer schlucken. „Und die Urkunde?", fragte sie.

„Abgelaufen. Seit vier Jahren schon ungültig. Rechtlich hatte er nichts."

Rosalind nickte und atmete zitternd. „Was ist passiert?"

Vidal schaute grimmig. Sein Kiefer spannte sich und er machte eine Faust. Rosalind nahm seine Hand und merkte, dass seine Knöchel geschwollen und mehrfach gebrochen waren. Sie schaute ihm in die Augen.

„Stell keine Fragen, Liebes. Vertraue mir einfach. Er ist tot. Er kommt nie wieder."

Sie schaute ihn lange an und kam dann zu dem Schluss, dass er Recht hatte. *Am besten, ich kenne die Einzelheiten nicht. Sicher wurde Charles auf ein Schiff in einen weit entfernten Ort verfrachtet. Ich will in dem Glauben bleiben.* Sie nahm Vidals Wange und zog ihn runter, um ihn zärtlich zu küssen. „Ich vertraue dir", sagte sie zu ihm.

Er nickte und wechselte dann das Thema. „Oh, und ich habe mit deinem Vater gesprochen. Ich werde seine Firma kaufen und ihm helfen, sie wieder erfolgreich zu machen. Sie ist in England alteingesessen, braucht aber eine bessere Leitung. Ich denke, wenn wir an einem Strang ziehen, können wir sie wieder erfolgreich machen. Er wird noch eine Weile hierbleiben, denn wir müssen die Details besprechen."

Rosalind wurde rot und verdrängte die düsteren Gedanken. Sie küsste ihren Verlobten wieder, da traten Claudia und Julia in die Tür.

„Auf frischer Tat ertappt!", rief Claudia spöttisch und das Paar ging mit schuldigem Gesichtsausdruck auseinander, „Schluss mit dem Unsinn, auf zum Abendessen."

Vidal nickte. „Señora Sánchez, hoffentlich haben Sie Zeit, mit uns zu dinieren."

„Oh, Don Vidal, wie nett von Ihnen, mich zu eurem gemeinsamen Essen einzuladen, aber es ist nicht nötig. Ich weiß, wo ich hingehöre, Sir" antwortete die Schneiderin.

„Was soll das heißen?", fragte Vidal mit zusammengekniffenen Augenbrauen. „Ich pflege keine Standesunterschiede. Es wäre mir eine Ehre, wenn Sie an meiner Tafel speisen, wann immer Sie wollen."

„Danke, Sir." Diesmal wurden Julias Wangen richtig dunkel.

„Lass uns gehen, meine Damen?"

„Auf jeden Fall", antwortete Claudia. „Ich gehe voraus."

Vidal nahm Rosalinds Arm und führte sie aus dem Zimmer. Die ältere Dame folgte ihnen. Sie versammelten sich an der Garderobe, wo Geoffrey auf sie wartete und an einem Sherry nippte. Vidal schenkte jedem einen Sherry ein. Still nippten sie am Glas und keiner wusste, was er sagen sollte.

Rosalinds Vater ergriff als erster das Wort. „Buenas tardes, Señora Gongora." Sein Akzent war verbesserungswürdig, sie lächelte aber freundlich.

„Guten Abend, Mister Carlisle", antwortete sie, in einem fast ebenso schlechten Englisch.

„Don Vidal, Rosalind." Er nickte beiden zu. „Wie geht es euch, heute Abend?"

„Gut, Vater", antwortete seine Tochter.

Vidal lächelte. „Es ging uns nie besser"; sagte er zu ihm und achtete darauf, dass er die Finger seiner verletzten linken Hand in ihre gelegt hatte.

Geoffrey schaute das Paar erst höhnisch an und grinste dann breit. *Sie haben eine schöne Beziehung. Ich hoffe irgendwie, das entschädigt Rosalind für alles, was sie durchmachen musste.*

Er schaute sich im Raum um, als symbolisiere dieser, was Rosalind bald als Lohn winken würde. *Alles, was Don Vidal besitzt, ist liebreizend und teuer, aber trotzdem nicht so übertrieben, wie man es von Neureichen eben kennt.* Dieses Zimmer, mit den warmen Stoffen und den gemütlichen Stühlen, war echt einladend. Es roch nach Zigarrenrauch und Leder, welcher der Luft einen männlichen, trotzdem aber angenehmen, Duft verlieh. *Selbst ohne eine Frau brachte es Vidal fertig, sein Haus geschmackvoll und attraktiv einzurichten.*

Eigentlich gefiel Geoffrey vieles an Vidal. Er war freundlich, höflich und vernünftig, besonders beim Geschäft. Seine Weinberge und die Exportfirma florierten. *Es ist etwas peinlich, mit solchem Erfolg umgeben zu sein, denn mit meiner eigenen Firma habe ich so kläglich versagt.* Glücklicherweise machte sein angehender Schwiegersohn ihm keine Vorwürfe deswegen.

Neben Vidal stand Claudia, die eigens gekommen war, um auf Goeffreys Tochter aufzupassen. Er nickte ihr zu. Heute war noch eine fünfte Person zum Abendessen erschienen, eine Frau, die er noch nie zuvor gesehen hatte. Sie war älter als Vidal, aber jünger als Claudia, vermutlich um die 40. Ihre ruhige, unscheinbare Art, machte sie charmant. Sie hatte weiches, dunkelblondes Haar, das hinten zu einem festen Knoten gebunden war, runde, rosa Backen und ein schüchternes Lächeln. Um die Augen hatte sie Lachfältchen.

Er hatte diese Fremde nicht gegrüßt und seine ungewohnte Rauheit war ihm peinlich. „Rosalind, wärst du so nett, mich deiner Bekannten hier vorzustellen", sagte er etwas ruppig zu seiner Tochter.

„Sicher Papa. Das ist Julia Sánchez. Julia, das ist mein Papa, Geoffrey Carlisle."

In diesem Moment sprudelte sein ganzes begrenztes Spanisch aus ihm raus. Er nahm ihre Hand und küsste sie sanft auf den Handrücken.

Sie wurde rot, lächelte aber noch immer.

Er lächelte zurück. Da ging eine Tür auf.

Ein schrecklich formeller älterer Mann, in einem Anzug bat sie zum Abendessen. Ohne nachzudenken, reichte er Julia den Arm. Sie nahm ihn. Vidal hielt an einen Arm Rosalind, im anderen Claudia.

Sie gingen einen gefliesten Gang entlang. Die Wände schimmerten weiß, sodass der Raum kühler aussah, obwohl er nicht so gut belüftet wurde.

Der Gang führte in einen langen, schmalen Speisesaal, in dem ein polierter Mahagonitisch stand, auf dem wiederum standen silberne Kerzenleuchter und Kerzen. Blaue und weiße Teller, die aussahen, wie Blätter und Vögel, glänzten im schwachen Licht und die filigranen Weingläser aus Kristall funkelten. Glastüren, vor denen scharlachrote Samtgardinen hingen, führten in den Garten.

Obwohl Julia sich beim Abendessen leicht unwohl fühlte, entspannte sie sich, als sie das einfache, leichte Essen sah. Als die freundliche Konversation ihren Lauf nahm, schaute sie immer wieder zu Rosalinds Vater. *Er ist ein echt gutaussehender reifer Herr. Würde er nur Spanisch sprechen.* Sie schaute wieder hin und sie fand Gefallen an seinem leicht grauen Haar und seinem freundlichen, markanten Gesicht.

Leuchtend grüne Augen, die genau die gleiche Form hatten wie Rosalinds Augen, schauten in ihre. Sie wurde rot im Gesicht, als sie merkte, man hatte sie erwischt, aber sie konnte nicht wegschauen. Er schaute sie fortwährend an und sie zitterte etwas. *Er konnte Spanisch lernen,* stellte sie fest. *Ich frage mich, wie lange er wohl bleibt...sicher bis nach der Hochzeit. Alle Stoffe für Weihnachten wurden geliefert, also kann ich vielleicht Don Vidal davon überzeugen, dass ich hier nähen kann, anstatt nach Cádiz zurückzukehren.*

Ein alberner Gedanke. Seinen verehrten Gästen ist es doch egal, ob ich hier bin oder nicht. Geoffrey Carlisle war ein wohlhabender Unternehmer wie Vidal und sicherlich hätte er eine einfache Schneiderin kaum bemerkt.

Sein Gesichtsausdruck belehrte sie eines Besseren. Er war bewundernd, wie bei einem Mann, der eine Frau begehrt. Nie zuvor hatte Julia jemand so angesehen und sie merkte, dass ihr seine freimütige Wertschätzung besser gefiel, als gedacht. Es fühlte sich etwas unangemessen an, als sollte sie es nicht zulassen, aber er schaute wirklich nur. *Wie könnte ein Blick schaden?*

Geoffrey blinzelte überrascht, als er die nette Fremde sah, die ihm gegenübersaß. Es kam ihm seltsam vor, dass seine lange erschlaffte Männlichkeit ausgerechnet jetzt und wegen dieser Frau belebt wurde. Sie sprachen noch nicht einmal dieselbe Sprache, schienen aber dennoch ganz gut zu kommunizieren. *Ich frage mich, ob sie noch zu haben ist. Eine verheiratete Frau wäre von der Anziehungskraft eines anderen Mannes vielleicht angetan, aber sie, mit dieser unschuldigen Aura in den großen Augen? Sie scheint nicht einmal zu begreifen, was ich tue. Gut möglich, dass sie wegen ihres Alters total unerfahren war.?*

Rosalind sah dem Treiben interessiert zu. *Also hat Vater Julia bemerkt.* Die Schneiderin, für ihren Teil, schien ihn nicht entmutigen zu wollen. Sie lächelte scheu und spielte mit ihrem Abendessen.

Unter dem Tisch legte Vidal eine Hand auf Rosalinds Schoß und drückte leicht ihren Schenkel. Sie unterdrückte den Drang, aufzuspringen und drehte sich zu ihrem Auserwählten. „¿Qué pasó, mi amor?" sagte sie leise.

„Iss was", sagte er zu ihr.

Sie hob die Gabel an ihren Mund und legte sie dann wieder ab. „Ich habe keinen Hunger", sagte sie zu ihm. Eigentlich fand sie es immer schwerer, ihren Appetit zu finden, als die Tage mehr und mehr ins Land zogen. Zum Teil, so meinte sie, war es die Nervosität vor der Hochzeit, aber da war noch etwas Anderes. Sie hatte nicht nur keinen Appetit, ihr wurde auch von bestimmten Speisen flau im Magen, die sie sonst ohne weiteres essen konnte. Sie konnte die perfekt zubereitete Seezunge nicht riechen. Der fischige Geruch machte ihr Probleme.

„Du musst essen, Liebes", sagte er zu ihr.

Claudia schaute über den Tisch zu ihr, stimmte zu und nickte immer wieder. „Ja, du bist schon viel zu dünn."

Rosalind neigte den Kopf und ihre Wangen wurden rot. *Ich weiß, dass ich dürr bin, wieso muss es mir aber jeder auf die Nase binden? Werde ich schon bald selbst Vidal abweisen.* Ihre Gedanken drehten sich um sich selbst und sie wusste es, sie konnte aber den Wirbelsturm in ihrem Kopf nicht aufhalten.

Vidal nahm ihre zitternde Hand und streichelte sie. Seine Berührung schien ihr neues Leben einzuhauchen.

Sie zitterte und atmete tief ein, dann sah sie ihm in die Augen. Seine warmen Augen beruhigten sie. Sie lehnte die Stirn an seine Schulter und atmete tief ein.

„Alles in Ordnung?", fragte Geoffrey verwirrt.

„Ich fühle mich nicht wohl", stöhnte sie mit zitternder Stimme.

„Kommt vermutlich vom leeren Magen", sagte Vidal. „Wie lange hast du nichts mehr gegessen?"

„Heute Morgen hatte ich etwas Brot..."

„Und dann Sherry auf nüchternem Magen. Kein Wunder, dass dir übel ist. Hier." Er hob ihr die Gabel an den Mund.

Rosalind schloss die Augen und betete, dass es kein Fisch war. Glücklicherweise handelte es sich um gebratenes Gemüse, leicht gesalzen, ölig. Äußerst erfrischend. Kaum hatte sie es hinuntergeschluckt, fühlte sie sich besser. *Vidal hat zweifellos Recht. Alkohol auf nüchternem Magen, das war sicher der Grund für mein Unwohlsein.* Sie entspannte sich und nahm dann noch einen zweiten Bissen vom Gemüse, dann einen dritten.

„Prinzessin, musst du das Essen noch immer hinunter würgen", fragte ihr Vater.

„Manchmal", gab sie zu und schaute auf ihren Teller. Sie konnte Vidals fragenden Blick im Nacken spüren.

„In der Hinsicht du deiner Mutter sehr ähnlich", meinte Geoffrey.

„Echt?" Sie hob den Kopf. *Er spricht nicht oft über sie.*

„Ja. Du erinnerst mich so an sie. Dieselbe Figur, derselbe Appetit, dieselben Manieren." Sein Lächeln sah nett und zugleich wehmütig aus.

„Ich denke, ihre Manieren sind den ihren ähnlich", sagte Vidal respektvoll.

„Vielleicht in gewisser Hinsicht, sie aber ist empfindsamer und vernünftiger, als ich es je war.

„Oh, so vernünftig ist sie nicht immer", spottete Vidal, was sie etwas zum Lachen brachte.

„Qué pasó?", fragte Claudia, ohne dem Gespräch folgen zu können.

Vidal dolmetschte, worauf sie und Julia freundlich lächelten.

Julias liebreizendes Lächeln zog Geoffrey erneut in seinen Bann. Rosalind schenkte er keine Beachtung mehr.

Julia fing seinen Blick auf, sie wurde ruhig und wandte sich dann ab.

Ihre teilnahmslose Reaktion traf ihn. Es war noch nicht lange her, da hätte sie seinen Blick genossen. Offenbar hatte sie ihre Meinung geändert.

Plötzlich konnte Geoffrey Rosalind verstehen. Er hatte den Appetit verloren.

Danach plätscherte das Gespräch so vor sich hin bis das Essen vorbei war. Vidal nahm Rosalinds freie Hand und streichelt ihren Handrücken. Dass er sie fütterte, schien ihr zu gefallen, sie aß fast alles Gemüse und nahm auch viel vom Fisch, ehe sie ihren Teller weg schob.

Beim Dessert versuchte Claudia mit Geoffrey zu sprechen, so gut es mit ihren begrenzten Sprachkenntnissen ging. Den Blick auf Julia gerichtet, fragte sie: „Señor, wie gefällt Ihnen Spanien?"

„Ganz gut", antwortete er. „Obwohl es fast Winter ist, ist es nicht so schrecklich kalt wie in England und die Sonne scheint öfters.

Sie verstand davon nicht alles, den Kern aber schon. „Sie wollen sagen?"

„Bleiben Sie? Um hier zu leben?"

„Sí."

„Schätze, das könnte ich. Dann müsste ich aber Spanisch lernen."

Claudia schaute Vidal mit Unverständnis an.

Er dolmetschte.

Die Bedeutung von Geoffreys Worten brachten sie zum Lachen. „Wir bringen es dir bei."

„Wir?"

„Ich mache das. Mit Señora Sanchez' Hilfe."

Julia hörte ihren Namen und schaute hoch. Ihre Augenwinkel verengten sich und sie flüsterte ein paar Worte. Claudia antwortete sachlich. Das Gespräch hatte einen echt unfreundlichen Unterton.

Verblüfft schüttelte Geoffrey den Kopf und konzentrierte sich wieder auf seine Mousse au Chocolat.

Das Abendessen verlief nicht wie erhofft, dachte Vidal. *Dennoch war es nicht ganz sinnlos, denn Rosalind hat endlich was gegessen.* Als niemand hinsah, fütterte er sie mit ein paar Löffeln Mousse und versuchte, die romantische Stimmung für sie einzufangen.

Er sehnte sich danach, sie zu küssen, sie dann die Treppe hoch zu tragen und es die ganze Nacht mit ihr zu treiben. *Sie wird sich darauf einlassen, das weiß ich.* Im Stillen verfluchte er diese neugierigen Augen.

Noch zwei lange Wochen, bis sie endlich ganz mein ist. Ich dachte, ich wollte sie wie eine Dame behandeln und warten, aber jetzt, da mir nichts Anderes übrigbleibt, ist es schrecklich. Wann immer er in diese grünen Augen schaute, zehrte das an seiner Selbstbeherrschung. *Jeder Tag zwischen jetzt und später, fühlt sich an wie eine Ewigkeit.*

Die Gespräche wurden wenigen, Claudia und Julia schauten sich nur an, Geoffrey blickte teilnahmslos auf seinen Teller und Rosalind wirkte noch immer schwach, als Vidal sagte: „Liebe Freunde, das Abendessen ist vorbei. Kommt doch ins Arbeitszimmer auf einen Brandy. Es steht euch aber auch frei, durch die Felder zu schlendern, oder die Bibliothek zu nutzen. Amüsiert euch."

Rosalind dolmetschte und nahm dann seine Hand, die er ihr hinstreckte und schmiegte sich an ihn, während er sie aus dem Haus führte.

Hinter ihm verteilten sich die anderen Gäste.

Vidal brachte Rosalind in die Bibliothek und sie kuschelten sich auf einem gemütlichen Ledersessel aneinander. Im gemauerten Kamin brannte ein Feuer, das den Raum wärmte und sein Licht auf das Bücherregal warf.

Nach einem langen Zungenkuss, öffnete Vidal Rosalind das Haar und fuhr ihr mit den Fingern durch das weiche Haar. Dann flüsterte er ihr ins Ohr: „Denk mal, Liebes. Heute in 13 Tagen, gehörst du mir, für immer."

Sie zitterte vor Freude. „Das hätte ich mir in meinen kühnsten Träumen nicht vorstellen können, Vidal."

„Es ist kein Traum, es ist Wirklichkeit." Er beugte sich wieder zu ihr und presste seinen Mund auf ihren.

Geoffrey ging langsam in die Bibliothek und suchte sich ein Buch zum Lesen. Er öffnete die Tür und sah Vidal und seine Tochter in leidenschaftlicher Umarmung auf dem Sofa. Leise zog er sich zurück. Er fühlte sich, mehr denn je, wie das dritte Rad am Wagen.

Nach Elizabeths Tod war er vor Trauer fast verrückt geworden. Einzig der Anblick seiner kleinen Tochter bewahrte ihn davor, seinen Verstand völlig zu verlieren. Rosalind hatte ihn vor Not und Unheil bewahrt. Jahrelang hatte sie ihm Gesellschaft geleistet, ihn mit ihrem Witz unterhalten und ihn mit ihrem traurigen Blick in ihren Bann gezogen. *Sie war meine ganze Welt. Als sie davonrannte, wäre ich fast zerbrochen.* Nur seine Arbeit hatte ihm dabei geholfen, in seinem Leben eine Spur Normalität zu wahren. *Nun sind wir wieder vereint, aber mein Kind ist mit den Jahren, in denen wir getrennt waren, erwachsen geworden und wird einen wunderbaren Mann heiraten.*

Rosalind braucht mich nicht mehr. Mein Unternehmen ist weg. Ich soll den Leiter einer Reederei spielen, die ich selbst aufbaute. Erbärmlich. Er fühlte sich nutzlos und alt. *Kein Wunder, dass eine hübsche Frau wie Julia kein Interesse an mir hat.*

Er schlenderte ziellos den Gang hinunter, ohne der Richtung, in die er ging, Beachtung zu schenken. Unvermittelt stand er in der halb geöffneten Tür eines spärlich beleuchteten Zimmers. Das Zimmer war leer. Er ging hinein. Im flackernden Licht einer schwächer werdenden Lampe sah er ein paar Bücher auf dem Tisch liegen. Er schaute sich die schönen ledernen Umschläge an und suchte nach etwas, dass ihn ablenkte.

Alles war auf Spanisch geschrieben.

Auch wenn es für Geoffrey nicht überraschend kam, zog ihn diese Tatsache noch weiter runter. Er ließ sich in einen Stuhl sinken und schlug die Hände über seinem schmerzenden Kopf zusammen.

„Señor?", flüsterte ihm eine sanfte Stimme ins Ohr.

Verwirrt schaute er hoch. Julia schaute ihm mit ihren unergründlich braunen Augen an.

Er sagte: „Ach gute Frau, ich weiß, Sie können mich nicht verstehen, ich wünschte aber, sie könnten es. Dann wäre ich vielleicht nicht so einsam."

Sie schaute ihn verwirrt an.

Niedergeschlagen schloss er die Augen. „Was soll's."

Sie nahm seine Hand. „Mano", sagte sie sanft.

„Was?"

Sie zeigte auf seine Hand und er verstand. „Mano."

Jetzt begriff er, was sie vorhatte: Ihm ihre Sprache beizubringen. Er antwortete freundlich: „Hand."

„Hand." Fast.

„Mano." Seine Aussprache war schlechter. Die Aussprache klang etwas anders, er wusste aber nicht genau, wie.

Sie betonte es ganz langsam und zeigte ihm, wie sie beim „N"
ihre Zunge zwischen die Zähne nahm.

Wieder versuchte er es und diesmal klappte es schon besser.

Sie schenkte ihm ein schüchternes Lächeln und fuhr dann fort,
ihm von Kopf, Augen, Fingern, Zähnen und Haaren zu erzählen.

Jeden kleinen Erfolg würdigte sie mit einem warmen, reizenden
Lächeln.

Nachdem sie ein paar Worte gesprochen hatten, sagte er eines,
das er kannte: „Hermana linda."

Julia wurde rot, ihr Augen glänzten aber erfreut. Geoffrey nahm
ihre Hand und versuchte, sie näher her zu ziehen.

Sie zog sich weg und die Nervosität sah man ihr an.

Sie hat natürlich Recht. Kein Grund zur Eile. Er ließ sie los und
lächelte entschuldigend.

Sie schaute ihn skeptisch an, ging aber nicht.

*Der Anfang ist gemacht. Hoffentlich kommen noch mehr
Spanischstunden und ich sehe mehr von Julias Lächeln.*

KAPITEL 12

$\mathcal{I}$n der Küche wurde getratscht, aber da das Gerede nicht sofort aufhörte, als sie hereinkam, wusste Rosalind, dass sie nicht über sie redeten. Nun, da ihr Vater hier war, hatte man ihr streng verboten, Geschirr zu spülen, aber sie verbrachte noch immer Zeit mit den Hausangestellten. So konnte sie sich auf einfach Weise auf dem Laufenden halten.

„Habt ihr schon gehört?", fragte Maria und rannte zu ihr. Das fettige Spülwasser tropfte ihr von den Händen und auf die Fliesen.

„Was gehört?"

Aufgeregt quietschte sie: „Ooh, ihr werdet nie ahnen, wer in der Stadt ist.

„Nein. Wer?"

„Carmen Flores Medrano."

Das waren keine wirklich interessanten Neuigkeiten, aber Rosalind fing an zu frösteln. „Und? Besucht sie ihren Vater? Hat sie wieder ein Kind? Warum die Aufregung?"

„Ihr Mann ist tot. In Cádiz erkrankte er an Fieber."

Rosalind blinzelte überrascht und ließ sich auf den nächsten Stuhl fallen. *Wenn Esteban tot ist, dann ist Carmen wieder Single, zu* haben und allein mit einem kleinen Kind. Diese Verletzlichkeit könnte für alle Männer anziehend sein...vielleicht sogar für Vidal!

Sie hasste den Gedanken, Vidal könnte sie für seine frühere Geliebte verlassen, aber musste diese Möglichkeit in Betracht ziehen. Sie verloren zu haben, hatte ihn erschüttert. Obwohl es mir sehr gelegen kam, dass Carmen mit jemand anders verheiratet war, könnte mein eigener Charme neben ihrer Schönheit und ihrem perfekten Spanisch verblassen.

Ich schätze, Vidal könnte sich verpflichtet fühlen, mich trotzdem zu heiraten. Dieser Gedanke machte Rosalind krank. Ich wäre lieber allein, als einen Mann zu heiraten, der eine andere liebt. Wieso, wieso nur, hätte Carmen nicht einfach bleiben können?

Wie versteinert stand sie da und bekam die Bemerkungen ihrer Freundinnen nicht mit, so verwirrt war sie. Ich muss allein sein.

Ganz konzentriert setzte sie einen Fuß vor den anderen, denn sie befürchtete, wenn sie zu schnell ginge, würde sie stolpern.

Schließlich fand sie sich in ihrem Zimmer wieder, verloren in Gedanken, derer sie nicht Herr wurde. Völlig verzweifelt fiel sie auf ihr Bett, das Gesicht in den Händen vergraben.

Die unerwarteten Neuigkeiten lähmten Rosalind, Claudia wurde dafür umso aktiver. So schnell sie konnte, packte sie ihre Sachen und ging zurück nach Hause, denn sie spürte ein Unheil aufziehen.

„Hola, Liebes. Was kann ich für dich tun?", fragte Vidal und schaute vom Schreibtisch auf. Das warme Sonnenlicht fiel auf ihn und er glänzte wie ein bärtiger Engel mit schwarzen Haaren.

Mein Engel... aber wer kann ein himmlisches Wesen halten? Ich sicher nicht. Rosalind grüßte ihren Geliebten mit verfinstertem Herz.

„Alles in Ordnung?", fragte er.

„Carmen ist wieder da."

Vidal hob die Augenbrauen. „Und..."

115

„Esteban Medrano ist tot", sagte sie so emotionslos wie möglich.

Wie traurig", antwortete er und widmete sich wieder seinen Akten.

„Was gedenkst du jetzt zu tun?", fragte sie, denn sie war ganz verwirrt von seiner Reaktion. *Nicht ein Blick.*

„Was denn?", fragte er, hob wieder den Kopf und senkte verwirrt den Blick.

Er schaut verwirrt aus wie ich auch. „Ich weiß nicht, vielleicht mit ihr reden...so etwas?"

„Wieso sollte ich?", antwortete er sanft und zuckte ablehnend. „Das ist vorbei. Sie hat sich entschieden."

„Das ändert alles, Vidal", antwortete sie und nahm seine Hand. „Verstehst du nicht? Sie ist jetzt wieder zu haben." *Du Närrin, warum bohrst du nach.* Sie wusste aber, warum. Sie konnte nicht so weitermachen, wenn sie wusste, dass sein Herz noch immer an Carmen Flores Medrano hing.

„Das verstehe ich nicht." Er küsste sie auf den Handrücken und legte ihre Hand auf seine Wange.

„Bist du nicht einmal neugierig?", fragte sie und versuchte es ein letztes Mal, selbst dann, als sie fast verging, als sie seinen Backenbart auf der Haut spürte.

„Nicht wirklich. Es überrascht mich aber", antwortete Vidal, ganz natürlich, nicht im Geringsten ablehnend. Wieso, um alles in der Welt, willst du so unbedingt, dass ich sie spreche? Hast du es dir anders überlegt und willst mich nicht mehr heiraten?" Entsetzen steht ihm ins Gesicht geschrieben.

Kann ich denn nicht einmal was richtig? Sofort wollte sie ihm wieder Mut machen. „Ich habe es mir nicht anders überlegt, Vidal. Ich will nur sichergehen, dass du mich liebst. Ich könnte es nicht ertragen, wenn du später unsere Hochzeit bereust."

„Ach Liebes, unsere Hochzeit könnte ich niemals bereuen", sagte er, entspannte sein besorgtes Gesicht und ergänzte: „Zu hören, dass Carmen wieder zu haben ist, bedeutet nicht, dass ich mich wieder in ihre Arme werfe."

Ihrer Miene sah er an, dass sie noch immer nicht überzeugt war. *Die Schönheit dieser Frau hat mich so weit zurückgeworfen.*

Er stand von seinem Schreibtisch auf und zog sie auf seinen Schoß. „Durch ihre Hochzeit hat sie sich nicht von mir entfremdet. Es war die Tatsache, dass sie ihn wählte, ohne noch einmal darüber nachzudenken, ohne noch einmal zurückzuschauen. Dass sie nie wirklich an mir interessiert war, glaube ich nicht. Zwischen uns kann aber auch nie mehr sein."

„Bist du sicher?", fragte Rosalind unsicher.

„Ja, Liebes. Du bist die einzige Frau für mich", sagte er und drückte sie fest an sich.

Einen Augenblick blieb sie ganz starr und schmolz dann, in Vidals warmen Armen, dahin. Sie schaute ihm voller Liebe an. Dieser süße Gesichtsausdruck zerstreute nach einer Weile Vidals Selbstzweifel. Dennoch fühlte er sich unsicher. *Wieso nur meint Rosalind, dass ich wieder etwas mit Carmen anfangen könnte? Das ist doch schon lange vorbei. Wie kann sie nur an meinen Gefühlen zweifeln?*

Seine Erinnerungen an Carmen verblassten neben der herzlichen, lebendigen Frau, die er heiraten würde. Carmen war Illusion. Sie wirkte so himmlisch und perfekt…in seiner Phantasie. Im echten Leben hatte sie sich als launisch und egozentrisch erwiesen. Rosalind dagegen war offenherzig, ehrlich und echt leidenschaftlich.

Er beugte sich zu ihr und küsste sie auf den Mund.

Sie schloss die Augen, schmiegte sich an ihn, sog den Geschmack seines Mundes ein und drückte ihre Brüste gegen seinen Brustkorb.

Ohne zu überlegen, drücke er seine Männlichkeit an sie.

Stöhnend presste sie sich an ihn.

„Vorsicht, Liebes", sagte er. „Jetzt nur nicht ungezogen werden. Claudia kann nicht weit sein und wir wollen doch nicht, dass sie uns in einer lasziven Position vorfindet."

„Als könnte ich noch lasziver werden, als ich schon bin.

Außerdem ist sie weg. Heute Morgen reiste sie zurück nach Cádiz. Wir könnten jetzt alles machen." Schamlos schmiegte sie sich an ihn. „Unseren Sex hatte ich so schrecklich vermisst."

„Nein, Rosalinda. Diesmal benehmen wir uns wirklich. Nicht einmal mehr zwei Wochen, dann heiraten wir. Ich weiß, so lange kannst du warten. Außerdem, was wäre, wenn dein Vater reinkäme?"

~

Rosalind erstarrte, bei der Vorstellung an diese Demütigung. Sie schüttelte den Kopf, küsste Vidal nochmals innig und rutschte von seinem Schoß.

Akten, die sie nicht bearbeitet hatte, weil sie die Hochzeit plante, lagen auf ihrem Schreibtisch verstreut, aber jetzt, da das alles lief, konnte sie nachholen, was ihr schon gefehlt hatte. *Ich sollte mich nicht komplett entbehrlich machen, nur, weil ich ihn heirate.* Ihr war ganz leicht ums Herz und sie setzte sich an den gemütlichen, kleinen Schreibtisch, neben den Mann, den sie liebte, und machte sich an die Arbeit.

~

„Du gehst nicht. Das verbiete ich dir", Claudias wütende Stimme hallte durch die Küche der Gaststätte.

„Du bist nicht meine Mutter, Claudia", schrie Carmen zurück und lehnte sie an den Schrank. „Du hast kein Recht, mir etwas zu verbieten. Will ich ihm einen Besuch abstatten, tue ich es und du kannst nichts dagegen tun."

„Du hast immer zugehört, wenn ich mit dir redete", keifte Claudia. „Damals warst du vernünftiger."

„Ich bin kein kleines Mädchen mehr", schrie Carmen zurück. „Damals wusste ich nicht, was ich wollte und ließ mich herumschubsen, wie ein angeleintes Hündchen. Nun weiß ich, was ich will und ich verfolge es."

„Nicht Vidal", erwiderte Claudia. „In Cádiz gibt es viele Männer. Wieso der ganze Aufwand, um den Mann, den *du abge-wiesen hast*, zurückzugewinnen. Er wird dich nicht mehr haben wollen und du quälst dich nur unnötig."

„Hast du vergessen, wie sehr er mich liebte? Er sagte, ich bedeute ihm alles im Leben. Er wird mir alles verzeihen." sagte Carmen und grinste.

„Das hat er vielleicht mal, aber das ist Jahre her", meinte Claudia. „Seitdem hat sich vieles geändert."

Carmen verengte verdächtig die Augen. „Was soll sich geändert haben?"

„Nichts." Claudia schaute nervös weg.

„Lügt mich nicht an", zischte Carmen. „Es gibt einen Grund, warum du deine Meinung so drastisch geändert hast. Früher wolltest du nichts mehr, als dass ich Don Vidal heirate. Nun willst du, dass ich mich von ihm fernhalte. Was ist los?"

Claudia seufzte. „Don Vidal hat sich in eine andere verliebt. In ein paar Tagen wollen sie heiraten. Nein, Carmen. Schau mich nicht so an. Ich werde es nicht zulassen, dass du dich zwischen Vidal und Rosalinda drängst. Sie passen perfekt zusammen. Sie tut ihm so gut."

„Das werden wir sehen."

„Carmen, tu das nicht", flehte Claudia.

Die Witwe scherte das kein bisschen. „Er gehört mir. Sie darf ihn nicht bekommen."

„Er gehört nicht dir. Das war mal, er hat sich aber für eine andere entschieden", sagte Claudia. „Finde dich damit ab."

„Mir ist, als hätte ich eine zweite Chance bei ihm. Das sollte ich ausnutzen. Überlege mal, Claudia. Er ist ein äußerst wohlhabender Mann. Bin ich mit ihm verheiratet, muss ich mir keine Sorgen mehr machen. Meine kleine Maria und ich...werden für den Rest unseres Lebens abgesichert sein."

„Ich fasse es nicht!", schrie Claudia mit erhobenen Händen. „Du willst ihn wieder ausnutzen. Zuerst, um Esteban eifersüchtig zu machen. Jetzt wegen seines Geldes. Es geht dir überhaupt nicht um ihn, oder?"

„Es ging ihm doch auch nie um mich. Er hielt mich für schön und wollte mit mir vor seinen reichen Freunden angeben."

„Also? Ihr beide wart nie füreinander bestimmt. Rosalinda ist nicht seine Trophäe. Sie passt perfekt zu ihm. Sein Geld ist ihr weniger wichtig als sein Herz."

„Sag, was du willst, Claudia. Ich gehe und du kannst mich nicht aufhalten."

KAPITEL 13

„Ich kann nicht glauben, dass Claudia einfach so davonlief!
Was ist mit ihr los?" raunte Geoffrey, schloss das Buch,
legte es auf einen kleinen runden Tisch und ließ sich dann auf einen
Ledersessel in der Bibliothek fallen.

„Nichts, mein Herr. Sie hat zu Hause große Probleme." Julia
setzte sich neben ihn und legte ihm die Hand auf den Arm.

„Du musst mich nicht Herr nennen, Julia", sagte er in sanfterem
Ton.

„Wie soll ich sonst sagen", fragte sie.

„Einfach Geoffrey"

Sie bekam große Augen. „Das ist nicht richtig", sagte sie
überstürzt.

„Warum nicht? Meine Freunde nennen mich so. Du gehörst
doch zu meinen Freunden, oder?"

Sie antwortete in schnellem Spanisch, dem er nicht so recht
folgen konnte. Er schloss die Augen. *Manchmal fühle ich mich so alt.*
Meine eigene Tochter lernte diese Sprache recht schnell, aber ich tue
mir schrecklich schwer.

Sie berührte wieder seinen Arm und er schaute sie an. „Sir, Sie sind ein Patrón...ein Herr, wie Don Vidal. Ich...ich bin eine...", stotterte sie und suchte nach dem Wort. „Näherin. Wir können keine Freunde sein."

„Ach Julia, sag nicht so was!" Er nahm ihre Hand. „Es ist mir egal, dass du eine Schneiderin bist. Ich bewundere dich, weil du allein deinen Lebensunterhalt bestreitest. Es wäre mir eine Ehre, mit dir befreundet zu sein."

Wenigstens ein bisschen davon verstand sie und lächelte ihn schüchtern an. Er nahm ihre Hand.

Sie zuckte etwas zurück und da erinnerte er sich, wie er vorhin an ihr gezerrt hatte. *Sie vertraut mir nicht wirklich. Aber das kann ich ändern.* Er verschlang seine Finger mit ihren, streichelte sanft und innig ihren Daumen und sie entspannte sich bald darauf. Dann führte er ihre Hand an den Mund, drehte sie sanft um und küsste sie auf das Handgelenk.

Sie schaute ihn verwirrt an und fragte: „Was machst du?"

Er antwortete sanft: „Ach Julia. Du erkennst doch sicher, dass ich mit dir flirte. Ich mag dich als Freundin...y más. Verstehst du?"

„Sí, pero niemand hat je...", sie griff das Wort auf, das sie gelernt hatte. „...mit mir geflirtet."

„Niemand?"

Sie schüttelte den Kopf.

Er stand auf, ging einen Schritt auf sie zu und legte ihr dann die Hände auf die Schultern. Er gab ihr viel Zeit, seinen Versuch zu deuten und beugte sich dann runter.

Sie atmete tief ein und schloss die Augen. Er küsste sie sanft und flüchtig auf die Lippen. Als er sich wegzog, seufzte sie

„Hat dir das gefallen, Julia?"

„Sí, Chef...Geoffrey." Ihre Wangen wurden ganz rot.

Er nahm ihr Gesicht in seine Hände und streichelte mit dem Daumen ihre weiche Haut. „Dürfte ich dich nochmal küssen?"

Als Antwort streckte sie ihren Mund ihm entgegen und schloss die Augen.

Geoffrey lächelte. Plötzlich fühlte er sich nicht mehr so alt, sondern sehr jung. Seinen Mund senkte er wieder. Diesmal war die Umarmung wilder. Er fuhr mit seiner Zungenspitze über ihre Lippen, die sie leicht öffnete. Als sie nicht antwortete, drückte er leicht, umspielte ihre Lippen und versuchte, zwischen ihre Zähne zu kommen.

Verwirrt zog sie sich weg. „Señor, was soll das werden?"

Wie es scheint unterscheiden sich die Frauen in Spanien nicht so sehr von den englischen. Ich erinnere mich noch, als ich zum ersten Mal versuchte, meine Frau so zu küssen. Sie hatte gleich reagiert. Kummer überkam ihn. *Wieder nutzte ich meinen Vorteil aus. Wann werde ich mir je über die Folgen im Klaren, wenn ich eine Frau dränge?* Beschämt wandte er sich von ihr ab.

Zögerlich berührte sie seine Hand.

„Julia, es tut mir leid", sagte er müde. „Ich wollte dich nicht erschrecken."

„Sie erschreckten mich nicht, Señor. Das kam unerwartet...Ich verstehe nicht. Wieso sie...so was machen?"

„Das ist eine andere Art Kuss, intimer. Ich sehe, du bist noch unreif. Entschuldige, dass ich so drängte." Er schaute sie ernst an und wollte, dass sie seine Entschuldigung annahm.

„Was bedeutet ‚intim'?", fragte sie und schien seine stille Bitten nicht zu bemerken.

„Leidenschaftlich...romantisch...diese Worte kennst du sicher nicht."

Julia runzelte die Stirn und es sah aus, wie eine kleine Elf. „Verzeihung. Ich verstehe nicht."

„Was soll's." Er ließ sich auf das Sofa fallen.

Nach kurzem Zögern setzte sie sich neben ihn. „Geoffrey?", sagte sie vorsichtig.

„Sí, Señora?", antwortete er und wollte, als Zeichen, dass er sie respektierte, formell sprechen.

Sie schaute ihn verwirrt an, als er sie nicht beim Vornamen ansprach. „Dieses...Intime...fühlt es sich gut an?"

Er hob die Augenbraue. „Ich meine schon."

„Warum?", fragte sie und beugte den Kopf seitlich.

„Es...ähm... Ich", stammelte er, frustriert über ihren kleinen Wortschatz, und lehnte seinen Kopf wieder an die Polster. „Das kann ich nicht erklären."

„Rosalinda soll es mir erklären."

Ach Gott, das wird nicht funktionieren! Er musterte sie schnell. „Nein. Das kann man nicht in Worte fassen."

„Zeigen." Sie hob die Augenbraue und sah ihn trotzig an.

„Was?", keuchte er erschlagen.

„Zeig mir, dass es sich schön anfühlt."

„Echt?" *Ist sie echt so leicht zu haben?*

„Sí." In ihren Augen spiegelten sich Schüchternheit und Aufregung.

Offensichtlich ist sie das. Er wollte keine Zeit mehr verplempern, legte ihr einen Finger unter das Kinn, hob ihr Gesicht und küsste sie wieder. Diesmal öffnete sie ihren Mund. Er fuhr ihr über die Lippen. Sie atmete tief ein, zog sich aber nicht weg. Ermutigt, genoss ihren süßen Mund. Bald schon ging sie darauf ein, erst zögerlich, dann immer inniger. Als er schließlich den Kuss beendete, atmeten beide tief durch.

„Ich muss mein Spanisch verbessern", sagte er lässig.

„Porqué?", fragte sie und schaute verwirrt.

„Weil ich denke, dass ich lange in Spanien sein werde."

Julia hielt den Atem an, während sie diese Information aufnahm.

Stimmt, schöne Frau. Glaube mir. Das ergab keinen Sinn. Sie konnten sich kaum verständigen, aber ihn störte das nicht. Plötzlich schien die Vernunft über ihre gegenseitigen Gefühle zu triumphieren.

Sie lächelte breit. „Solltest du *más Español,* lernen wollen, Geoffrey, bringe ich es dir bei."

„Und solltest du mehr über das Küssen lernen wollen, bringe ich es dir bei."

KAPITEL 14

Rosalind war in den Papierkram vertieft, den sie aufgeschoben hatte, als ein Dienstbote ins Büro kam.

„Don Vidal, da ist eine junge Dame, die Sie sprechen möchte", sagte der Junge.

„Ich komme gleich, Vega", antwortete er und schickte ihn hinaus. „Komisch. Ich hatte niemanden erwartet. Ich frage mich, was das alles zu bedeuten hat."

„Das wirst du bald erfahren", antwortete Rosalind.

Vidal trat an Rosalinds Schreibtisch und küsste sie sanft auf die Lippen. Sie lächelte. *Nur noch eine Woche, bis wir heiraten, und ich kann es nicht abwarten. Bald werde ich für immer seine Frau sein und jede Nacht in seinem Bett schlafen. Unsere Ehe wird so voller Liebe sein und ich kann es kaum erwarten.*

„Bin gleich wieder da", sagte er und er sah ihr Verlangen in ihren Augen.

„Ich liebe dich, Vidal", sagte sie leise und er lächelte.

Er ging durch die Tür in die Eingangshalle und fragte sich, wer dieser unerwartete Besucher war. Sie stand mit dem Rücken zu ihm und schaute zum Fenster hinaus auf seinen Obstgarten. Sie hatte wallendes, schwarzes Haar, das zu einem festen Knoten gebunden war, und frauliche Rundungen.

„Señora?"

Sie drehte sich um und Vidal schaute direkt in die schwarzen Augen von Carmen Flores Medrano.

„Vidal. ¿Cómo estás?"

Er schluckte. *Das ist nicht gut.* „Muy bien, gracias. ¿Y usted?"

„Warum so formell, mein Lieber? Das brauchst du mir gegenüber nicht zu sein. Wir waren doch schon einmal verlobt." Sie fuhr mit dem Finger über ihre volle Unterlippe, als wäre sie in Gedanken, aber er sah die einstudierte Bewegung und konnte sofort erkennen, dass sie ihn manipulieren wollte.

Plötzlich kam sie ihm nicht mehr schön vor und dass sie ihn verlassen hatte, überschattete ihren Liebreiz. „Nein, waren wir nicht", antwortete Vidal, hob das Kinn und schaute ihr kalt in die Augen. „Wir waren nur fast zusammen, aber in dieser Nacht bist du mit einem anderen durchgebrannt. Nun sind wir nicht mehr als alte Bekannte."

„Sag wenigstens Freunde", flehte sie und machte ihm schöne Augen.

Vidal schaute zu Boden. „Freunde behandeln sich gegenseitig nicht so."

Carmens Lippe begann auf seltsame Weise zu zittern. „Oh, ja, ich weiß, ich war grob. Ich bedaure, dass ich dir weh getan habe."

Davon unberührt raunte Vidal: „Das wage ich zu bezweifeln. Ich glaube nicht, dass du bis vor kurzem überhaupt an mich gedacht hast."

Er sah ihr an, dass er ins Schwarze getroffen hatte und sie wechselte schnell das Thema. „Ich weiß nicht, ob du es gehört hast, aber mein Mann ist tot."

„Mein Beileid", sagte er formell passend zu seiner Laune. „Würdest du mich jetzt entschuldigen, ich habe eine Menge Arbeit vor mir und weiß nicht, ob du es gehört hast, aber in einer Woche heirate ich."

„Ja, ich hörte Gerüchte über das dürre Mädchen aus England, die scheinbar dein Herz erobert hat." Sie schaute sich auf die Nägel, als wäre Rosalind nichts.

Vidal knirschte mit den Zähnen. „Du wirst nicht weit kommen, wenn du meine Verlobte beleidigst, meine Gute. Rosalinda ist schön und sehr nett. Sie hat einen großen Vorteil, dir und anderen Frauen gegenüber."

„Und der wäre?", fragte Carmen, breitete ihren Fächer aus und wedelte damit wütend unter dem Kinn.

„Sie liebt mich", antwortete Vidal ungeniert. „Sie ist mir treu. Für ihre Zuneigung muss ich mit niemandem konkurrieren. Das möchte ich nicht aufgeben."

„Wie...süß." Carmen versuchte noch immer, eiskalt zu tun, er konnte aber ihr Angst sehen. „Jedoch irrst du dich, wenn du meinst, sie sei die einzige, der du etwas bedeutest, Vidal. Es war ein Fehler, dich zu verlassen. Das bereue ich sehr."

Ja, so sehr, mein Geld und Gut aufgegeben zu haben. Was für eine käufliche Schlampe. „Zweifellos, aber du hattest die Wahl. Du musst damit leben. Ich bin froh, mit meiner leben zu können."

„Bitte, Vidal." Ihre Stimme zitterte, diesmal richtig emotional. „Sage nicht, dass es zu spät ist. Ich möchte dich so unbedingt zurück."

Vidal antwortete unberührt: „Nein, Señora Medrano. Sie sind eine schöne Frau. Sie sollten keine Schwierigkeiten haben einen Mann zu finden, wenn es das ist, was Sie brauchen, aber ich werde es nicht sein. Ich liebe Rosalinda." *Dios mio! Habe ich das je laut gesagt? Warum hört es Carmen als erstes?*

Sie schaute ihn abschätzig an und nickte dann. „Also hattest du Sex mit ihr? Kein Wunder, dass du es so eilig hast zu heiraten. Sie ist nicht nur deine Dienstmagd. Und wenn du mit einer Bediensteten das Bett geteilt hättest? Da wärst du wohl kaum der erste. Das ist kein

Grund, dein restliches Leben mit ihr zu verbringen. Du solltest eine deines Standes gemäße Frau heiraten."

„Rosalinda ist nicht meine Dienstmagd. Sie ist meine Frau", keifte er. „Sie ist außerdem meiner Schicht näher, als du, denn ihr Vater ist ein wohlhabender englischer Unternehmer. Und selbst wenn sie nur eine kleine Bedienstete wäre, so ist ihre Liebe doch ein größerer Schatz für mich, als du dir vorstellen kannst. Ich werde Rosalinda heiraten, weil ich es will und ich sie liebe. Nicht, weil es meine Pflicht ist. Verstehst du, Carmen? Hier hast du nichts zu suchen. Geh nach Hause. Suche dir einen anderen zum Flirten. Ich habe kein Interesse."

Sein Tonfall hätte Beweis genug sein müssen, aber Carmen war scheinbar verzweifelt. Mit aller Raffinesse, die sie sich in ihrer kurzen einjährigen Ehe angeeignet hatte, warf sie sich in Vidals Arme, küsste ihn innig und streichelte sinnlich und gekonnt seinen Körper. Er war verwirrt und so stieß er sie nicht sofort weg und in dieser einen Sekunde ging die Tür langsam auf, so langsam, dass keiner von ihnen es hörte und so schnell ging sie auch wieder zu.

Was für ein Unglück, dass Rosalind gerade in diesem Moment kam. Nur für einen Augenblick ließ er Carmen gewähren. Er kam wieder zu Sinnen, nahm sanft aber bestimmt ihre Arme und schob sie von sich weg.

In all den Monaten, hatte er sie nicht einmal geküsst. Hätte er es vielleicht einmal getan, hätte er das schon früher beendet. In seinem Leben hatte Vidal viele Frauen geküsst, aber noch nie war er so wenig davon angetan.

Verglichen mit der kleinsten Berührung von Rosalinds rosa Lippen, die ihn für Stunden heiss machten.

„Gehen Sie heim, Señora", sagte er ernst. Er packte sie am Arm und führte sie zur Tür hinaus. „Vega", rief er.

„Ja, Don Vidal?", fragte der junge Mann draußen vor der Tür.

„Führe die junge Dame raus, bitte und sorge dafür, dass sie sicher in ihre Unterkunft kommt."

„Ja, mein Herr. Hier lang, meine Dame."

Carmen schaute sie beide wütend an und stürmte hinaus.

Vidal zuckte und ging zurück in sein Büro, denn er wollte seine Geliebte sehen. *Ich habe zu lange gewartet, ihr meine Gefühle zu gestehen, aber Carmens unerwarteter Besuch heute hat mich darin nur bestärkt.* Rosalinds bedingungslose Liebe und Treue mussten belohnt werden. Sie liebte ihn und seine Liebe würde ihr alles bedeuten. *Jetzt sage ich es ihr. Das wird sie glücklich machen und ich fühle mich nicht mehr nervös, das zu sagen.*

Das Büro war leer. *Normalerweise erledigen wir um diese Zeit unsere Korrespondenz, also sollte sie gleich wieder hier sein.* Vidal setzte sich an den Schreibtisch und kümmerte sich um weiter den Papierkram.

Oben im Schlafzimmer zitterte Rosalind unter Tränen. *Ich hatte angenommen, dass Vidal das Interesse an mir verliert, wenn er Carmen nur einmal sieht, aber das ist noch schlimmer, als ich gedacht hatte.* Sie war so benommen, dass sie fast auf den Boden fiel. Sie rang nach Luft und zwängte sich aus ihrem Korsett, dass sie zur Seite legte mit quälenden Bildern im Kopf. Diese Tür zu öffnen, die knackige spanische Frau in den Armen ihre Verlobten, ihre kleinen Hände, die Intimitäten, war das Schlimmste in ihrem Leben. Selbst der Schmerz und die Erniedrigung von Charles' Beleidigung war nichts gegen den Schmerz zu wissen, dass Vidal sie verlassen hatte. Bei diesem Gedanken wurde ihr schlecht. So schlecht, dass sie auf die Knie fiel und sich in ihren Nachttopf übergab.

Als ihre Lähmung vorbei war, ließ sie sich auf den Boden fallen und zog ihre Knie an die Brust. Ihr ganzer Körper zitterte, sie hatte Angst, sie könnte nie wieder aufstehen. Nicht einmal, als sich die harten Bodendielen gegen ihre Schulter und ihre Hüfte drückten.

Schließlich kam sie durch den schrecklichen Geschmack im Mund wieder zu sich, und musste sich gleich wieder übergeben.

Als sie ihre Zähne putzte, dachte sie nach. *Was soll ich nur tun?*

Ich kann unter keinen Umständen hierbleiben. Ich bin sicher, Vidal wird darauf bestehen, mich zu heiraten. Das muss er jetzt, aber ich kann es nicht, jetzt, da er eine andere liebt. Kein Wunder, dass er mir nie sagte, dass er mich liebt. Sein Herz war nie wirklich frei. Vielleicht ist es eine Arte Vorsehung, dass Carmen gerade jetzt zurückkam. Nun muss ich nicht neben meinem geliebten Ehemann aufwachen und das Bedauern in seinen Augen sehen. Ich kann ihn ziehen lassen. Ich muss.

Sie stand auf und zog sich das Mieder zurecht, dann nahm sie ein paar Kleider aus dem Schrank und stopfte sie in den Koffer. Dann ging sie langsam den Gang hinunter, in das Schlafzimmer, das ihr Vater benutzte.

Sie klopfte. Da niemand antwortete, öffnete sie die Tür und sah Schockierendes. Ihr Vater saß auf dem Bett, Julia streichelte seinen Schoß, das Kleid hatte sie ausgezogen, sodass die Schultern frei lagen. Ihr Rock war nach oben gerutscht, sodass man ihre Strümpfe bis zum Schenkel, sah. Geoffrey positionierte ihren Kopf, die eine Hand hatte er an ihrem Hinterkopf, kostete ihre Lippen und streichelte mit der anderen Hand ihren Rücken.

Sie stöhnte heftig und presste sich an ihn.

Rosalind schloss leise die Tür. Sie schüttelte den Kopf. *Heute habe ich weit mehr gesehen, als mir lieb ist.* Zu sehen, wie ihre Freundin entjungfert wird, war mehr als sie ertragen konnte. Besonders, als sie sich daran erinnerte, wie leidenschaftlich Vidal sie geliebt hatte. Langsam liefen ihr Tränen über die Wangen.

Jetzt gehe ich, entschied sie, *nach Cádiz, zu Claudia. Dort kann ich eine Weile bleiben und entscheiden, was als nächstes kommt.*

Ein kühler Windhauch kam durch das offene Fenster und Rosalind zitterte. *Ich sollte meinen Schal aus dem Büro holen.* Sie hatte den Knauf schon in der Hand und öffnete die Tür.

Vidal saß am Schreibtisch. Ihr rutschte das Herz in die Hose, als sie sein geliebtes Gesicht sah. *Warum nur ist Gott so grausam und zwingt mich, ihm in die Augen zu schauen?* Sie hatte erwartet, dass er immer noch mit Carmen flirtete.

Seine Anwesenheit erfüllte den Raum und ihre Sinne. *Er ist so schön, so perfekt und viel zu gut für mich. Ich muss geträumt haben, zu denken, es würde funktionieren.*

Er schaute hoch und hatte so ein Feuer in den Augen. „Hola, Liebes. Komm her, bitte."

Sie schüttelte den Kopf.

Er senkte den Blick und sah den Koffer, ihren Gesichtsausdruck und die Tränen auf ihren Wangen. „Was ist das? Was machst du, Rosalinda?"

„Ich gehe", sagte sie kalt und emotionslos.

„Was?" Vidal schlug mit den flachen Händen auf den Schreibtisch und sprang auf. Er schaute sie bestürzt an. „Nein, wieso?"

„Ich werde nicht bleiben", sagte sie bestimmt. „Ich werde dich nicht heiraten, wenn du eine andere Frau liebst. Ich kann nicht die zweite Geige spielen. Auch ich habe meinen Stolz."

„Zweite Geige?" Vidal lehnte über seinem Schreibtisch. „Das ergibt keinen Sinn, Rosalinda. Du weißt, du bist die Einzige für mich. Das sagte ich dir."

Sie rieb sich mit dem Handrücken die Tränen von der Wange und es machte ihr nichts aus, dass er ihre Qual sah. *Was könnte jetzt noch erniedrigender sein?* „Lüge mich nicht an, Vidal. Ich habe dich gesehen. Ich sah, wie du sie geküsst hast. Du liebst sie noch immer. Zumindest in dieser Hinsicht solltest du ehrlich sein."

„Du hast es gesehen?" Vidal fuhr sich mit den Fingern durch die Haare, bis die fein gestriegelte Frisur zerzaust war. „Nein, das verstehst du falsch, Liebes. Ich habe sie nicht geküsst. Sie hat mich geküsst."

„Was macht das für einen Unterschied?", schluchzte Rosalind.

Er seufzte und erklärte: „Einen großen. Hättest du eine Sekunde länger gewartet, dann hättest du gesehen, dass ich sie wegstieß und nach Hause schickte. Ich will nichts mehr von Carmen. Ich will nur dich."

Sie schüttelte den Kopf. „Ich glaube dir nicht. Wie kannst du mich wollen, wenn sich so eine schöne Frau in deine Arme wirft?"

„Du bist die Frau, der mein Herz gehört, nur dir. Die Gefühle, die ich für sie hegte, existieren schon lange nicht mehr. Ihr Kuss berührte mich kein bisschen. Ich dachte nur an dich, meine Verlobte, meine Braut."

Sie löste den Blickkontakt und schaute weg, noch immer ungläubig.

„Verlass mich nicht, Liebes. „Bitte", flehte Vidal.

„Ich muss. Was habe ich für eine Wahl? Du hast niemals gesagt, dass du mich liebst." Eine Träne lief ihr über die Wange. „Ich sagte dir, ich heirate dich nicht, es sei denn, du liebst mich."

„Du weißt, dass ich das tue", sagte er. *Tu nicht so, Rosalinda. Du weißt es. Du musst!*

„Tue ich das?" Sie schaute hoch und ihre glasigen, grünen Augen glitzerten vor Stolz.

Ihre Unsicherheit verletzte ihn. „Das solltest du. Liebe ist nicht in Worte zu fassen, Rosalinda."

„Aber die Worte sind auch wichtig. Adios, Vidal." Sie wandte sich zum Gehen.

„Halt, bitte." Sie hielt nicht an. *Oh Gott, sie geht wirklich.* Verzweifelt rief er ihr nach: „Rosalinda, halt, bitte! Te amo."

Rosalind hielt an, atmete schnell und ungleichmäßig. Sie drehte sich langsam um. „Wiederhole das."

Diesmal sagte er in Deutsch: „Ich liebe dich, Rosalind."

Sie atmete ungleichmäßig. „Echt?"

Gracias a Dios, endlich hört sie zu. „Sí. Entschuldige, ich wartete zu lange. Ich liebe dich. Schon das ganze Jahr liebte ich dich. Ich wusste nur nicht, wie ich es sagen sollte. Ich hatte…Angst."

„Vor was?"

„Das das vielleicht nicht reicht. Dass das, was meine Beziehung zu Carmen zerstörte, eine Schwäche in mir, durch die sie *ihn* mir vorzog, schließlich auch das mit uns zerstört."

Ihr verständnisvoller Gesichtsausdruck sprach Bände. „Oh nein, nie!", rief sie. „Das wird nie passieren, Vidal. Carmen hat dich nie geliebt. Was es bei euch zerstört hat war, dass ihr nie zueinander gehört habt. Sie hat dich benutzt. Du hast etwas Besseres verdient."

„Und nun habe ich dich. Bitte sag mir, du verlässt mich nicht, Liebes. Ich liebe dich. Ich will dich nicht verlieren." Er streckte ihr die Hand hin und flehte sie ihm Stillen an, ihm zu vertrauen.

Sie trat langsam vor, ging um seinen Schreibtisch und reichte ihm die Hand. Bei dieser sanften Berührung verloren sowohl Rosalind, als auch Vidal völlig die Kontrolle. Sie ließ den Koffer auf den Boden sinken, als sie sich in quälender Leidenschaft umarmten. Sie legte ihm die Arme um den Hals und küsste ihn.

Sie stöhnte in seiner Umarmung. Er verschlang sie, als wäre er von Sinnen. *Ich muss ihren Körper haben.* Seine Hände wanderten zum Verschluss ihres Kleides, aber sie versagten, denn er war vor Lust ganz benommen. Also nahm er den Stoff und zog, sodass der Stoff riss und die Knöpfe sich im Raum verteilten.

Sie keuchte, die Augen weit offen, verwirrt.

„Ich muss dich haben, Liebes, jetzt gleich."

„Oh ja, Geliebter. Ja, jetzt!" Sie zog ihr kaputtes Kleid über die Schultern und ließ es auf den Boden fallen. Eine Sekunde später hatte er ihr auch die Unterwäsche ausgezogen, was leicht war, denn sie hatte ihr Korsett im Schlafzimmer liegengelassen. Stöhnend drückte sie ihren nackten Körper an seinen. Sie drückte sich an den Stoff seiner Kleidung und er verschlang sie in einem innigen Kuss.

Rosalind zog sich an Vidal, kroch dann hinter seinen Schreibtisch, er hinterher. Er knöpfte sein Jackett auf und warf es weg, so damit er sein Hemd öffnen konnte.

„Lass mich mal." Er kniete sich hin, knöpfte schnell seine Hose auf und warf sie auf den Boden, während Rosalind mit gespreizten Beinen vor ihm saß, bereit, dass er in sie eindrang. Als er und sie schließlich nackt waren, lag Vidal auf ihrem willigen Körper, die eine Hand hinter ihrem Rücken, die andere in der Luft, als er sie heftig auf den Mund küsste.

Immer wieder sagte er ihr, in seiner Mischung aus Englisch und Spanisch, dass er sie liebte. Seine leidenschaftliche Liebe machte Rosalind nur noch mehr an.

„Ich liebe dich, Vidal. Ich liebe dich." Mit zitternden Händen strich sie über seinen Körper. „Beeil dich, Liebster. Ich brauche dich. Beil dich", sagte sie und liebkoste seine Hüften.

Vidal beeilte sich. Er drückte eine Hand zwischen ihre Schenkel und berührte ihre feuchte Stelle, um sicherzustellen, dass sie feucht genug war, dass er eindringen konnte. Sie wurde noch feuchter, vor Verlangen, und er führte ihr schnell zwei Finger ein und öffnete sie, denn er wollte sie nehmen.

Rosalind stöhnte, als Vidal sie dehnte. In den vielen Wochen, in denen sie sich benehmen musste, war sie enger geworden, dennoch fühlte sie sich noch nie so willig. Er zog die Finger raus und drang mit dem Penis in sie ein, immer tiefer.

Rosalind stöhnte voller Leidenschaft. *Er liebt mich. Das tut er. Oh, Gott. Das tut er.* Sie küsste ihn auf die Stirn, die Backen und die Lippen.

Vidal stieß hart zu, bearbeitete ihr zartes Fleisch und sie liebte jede Sekunde. Mit einer Hand umschloss er ihre Brust und spielte mit dem empfindlichen Nippel, ehe er mit seinen geübten Fingern zunächst ihren Bauch und dann ihr Lustzentrum streichelte.

Wilde Leidenschaft überkam sie und sie seufzte vor Lust, als er sie zu einem glorreichen Orgasmus führte, der schon bald auch ihn überkam. Er biss die Zähne zusammen, um nicht vor Freude laut zu schreien, zitterte und packte sie an den Hüften.

Schließlich verflog der heftige Höhepunkt und Vidal ließ sich auf Rosalinds Körper sinken.

Eine Weile lagen sie keuchend auf dem Boden.

„Liebes, was machst du nur mit mir?" fragte Vidal mit leiser Stimme.

„Ich liebe dich, Vidal. Das ist alles", antwortete sie stöhnend.

„Nichts hat mich je so erregt wie du", sagte er und küsste ihren Hals.

„Gut. So soll es auch sein."

Er lächelte. Er hatte ihr das Selbstvertrauen wiedergeschenkt und auch sie genoss das.

Er umarmte sie und zog sie ganz nah zu sich zu einem leidenschaftlichen Kuss.

KAPITEL 15

Geoffrey spazierte durch Vidals Haus und fühlte sich echt gut. Dass er Julia umworben hatte, zahlte sich endlich aus und zwar auf sehr süße Weise. Nun schlief sie friedlich in seinem Bett, war keine Jungfrau mehr und deswegen sehr aufgeregt. Er dachte stolz: *Es war ihr so peinlich, mit 39 noch Jungfrau zu sein, was sie jetzt aber nicht mehr ist. Nun hat sie Erfahrung und bald mache ich sie noch erfahrener. Wer hätte gedacht, dass ich die Leidenschaft finde, es einer Frau je wieder zu besorgen. Und mehr noch, sie behalten will.* Er musste Vidal finden, um ihn zu fragen, wie ein Mann in Spanien einer Frau den Hof machte. *Ich nehme an, Sex gehört traditionsgemäß nicht zur Gleichberechtigung, wie schade.*

Ohne anzuklopfen, ging er ins Büro. Zuerst schien niemand hier zu sein. Dann tauchte Vidal plötzlich hinter seinem Schreibtisch auf, schaute verwirrt, das Hemd war aufgeknöpft, die Jacke lag auf dem Boden. Er sah aus, als hätte er dasselbe gemacht wie Geoffrey gerade.

Geoffrey senkte den Blick. Er hatte Gerüchte über die schöne Frau gehört, mit der Vidal einmal zusammen war und dass sie zurückkam als Witwe, und heiß war auf ihren einstigen Verlobten. Es wurde viel darüber spekuliert, wie lange Rosalind und Vidal noch zusammen wären, nachdem Carmen ihm so emsig den Hof gemacht hatte. Nun stand er da, auf dem Boden, hinter seinem Schreibtisch, wo er offenbar gerade einen Akt der Leidenschaft vollführt hatte.

Die arme Rosalind hat so sehr gelitten. Sie hat es nicht verdient, so hintergangen zu werden. „Was ist das?", fragte Geoffrey.

Vidal sagte nichts. Er öffnete den Mund und schloss ihn gleich wieder.

„Sprich schon, Mann. Was tust du, zum Teufel? Wer ist dort wieder bei dir? Wen hast du im Bett? Wie kannst du es wagen, meine Tochter so zu betrügen?

„Ich habe sie nicht betrogen", versicherte Vidal, dessen Protest in seinem schlechten Englisch kaum zu verstehen war. „Ich schwöre. Ich liebe Rosalinda."

„Zum Teufel."

„Papa, nein", sagte Rosalind, die neben Vidal auftauchte mit seinem Jackett, das sie fast schon anständig genug bedeckte. Mit der einen Hand hielt sie das Jackett, die andere legte sie um Vidals Hüfte. Er zog sie an sich. Sie waren beide ganz rot im Gesicht.

Der Mund blieb ihm offenstehen. „Prinzessin?"

„Ja."

„Was? Wie? Warum?", stammelte Geoffrey.

„Vidal liebt mich und wir werden heiraten. Entschuldigung. Wir haben die Kontrolle verloren. Wir haben so sehr versucht, artig zu sein, es war aber zu viel."

„Gibt es Hoffnung, dass das eine einmalige Sache war, oder nicht?", schluchzte Geoffrey.

„Überhaupt keine", sagte sie frei heraus. „Wir wurden schon vor über einem Jahr miteinander intim", keuchte Vidal.

Geoffrey meinte besorgt: „Nun ja, dann ist es gut, dass ihr nächste Woche heiratet. Er machte kehrt und eilte hinaus.

„Liebes, das hätte er nicht wissen brauchen", schimpfte Vidal.

„Hätte er", sagte sie ernst. „Ich will nicht, dass er denkt, dass du mir untreu warst."

„Er hat Recht, weißt du", meinte Vidal.

„Wie das?"

„Gut, dass wir nächste Woche heiraten."

„Das meine ich auch."

Sie küssten sich noch einmal innig, und dann half ihr Vidal in ihr zerrissenes Kleid. Mit seinem Jackett bedeckte sie ihren nackten Rücken und eilte dann in ihr Zimmer, ehe es noch jemand sah.

KAPITEL 16

*E*ine Woche später stand Rosalind in ihrem Schlafzimmer, wo ihr Julia ins Hochzeitskleid half. Bald wäre es Zeit für die Hochzeitszeremonie und sie platzte, so nervös und aufgeregt war sie.

Julia lächelte, aber nicht so freundlich, wie Rosalind es von ihr kannte. Sie hatte seit Tagen ein kleines, geheimnisvolles Grinsen im Gesicht. Rosalind erzählte nicht, dass sie die Schneiderin mit ihrem Vater im Bett gesehen hatte. Das ging sie nichts an und sie wollte Julia nicht in Verlegenheit bringen.

Mit einer gekonnten Handbewegung zog Julia die Bänder zurecht und verpasste dem Ganzen den letzten Schliff.

„Ach", sagte Rosalind leicht gereizt, mit den Händen vor der Brust. „Ich glaube, du hast das Mieder zu eng gezogen. Es fühlt sich so eng an."

Verwirrt senkte Julia den Blick. „Eigentlich hatte ich ganz vergessen, das Mieder einzupacken. Weißt du noch, dass wir Probleme mit den Stecknadeln hatten? Das fiel mir gerade ein. Ist es unerträglich?"

Was, um alles in der Welt. War ich so nervös? Man kann es kaum tragen, aber zu versuchen, es jetzt zu ändern, würde zweifellos alles verzögern und das will ich ganz und gar nicht. „Nein, ich glaube, so ist es gut."

„Du siehst echt hübsch aus", sagte Julia. „Komm, sieh selbst."

Sie führte Rosalind zum Spiegel.

Ich sehe echt gut aus, musste sie zugeben. Das schwarze seidene Kleid stand ihr gut. Das rechteckig geschnittene Mieder, im baskischen Stil, wurde an der Hüfte, vorne und hinten, schmaler. Durch die dichten Nähte, wurde der Stoff eng an ihre Brust und die Hüfte gedrückt. Die langen Ärmel lagen eng um ihre Arme und die Ellenbogen und am Handgelenk hatten sie die Form einer Glocke. Der Stoff des Rocks fiel leicht auf den Boden und wurde nur von der silbernen Schnur gehalten, die die Ränder des Mieders zusammenhielt.

Dieser einfache Schnitt betonte ihren schlanken Körper und die schwarze Farbe wurde durch den schwarzblauen Glanz ihrer Haare noch betont. Sie waren zu einem großen festen Knoten gebunden, der von silbernen Bändern verziert und von einem silbernen Kamm gehalten wurde. Die strenge Frisur betonte ihr Gesicht und ihre großen grünen Augen stachen schon fast blendend hervor.

„Denkst du, das gefällt Vidal?", fragte Rosalind zögerlich.

Claudia betrat den Raum und sagte: „Ich glaube, wir werden kein einziges Wort hören, das der Priester sagt." Sie ging schnell zu Rosalind und drückte sie ganz fest. „Wie schön du bist", sagte sie.

„Ach, Claudia, ich bin so froh, dass du hier bist." Als sie ihre Freundin sah, hatte sie Tränen in den Augen.

„Natürlich. Bin ich nicht die Brautjungfer?" Claudia schaute Rosalind in die Augen. Trotz ihres herzlichen Tons, hatte sie ein verdächtiges Funkeln in den Augen.

„Ja, so wie die Dinge laufen, glaube ich, dass Julia bald die Ehre hat." Rosalind lachte und es klang kontrolliert, in keinster Weise hysterisch.

Julia lief rot an. „Dein Vater sieht sehr gut aus und flirtet herzlich, ich glaube aber nicht, dass es soweit kommt."

Ach, wie du die Wahrheit verdrehst, meine Gute, ich weiß doch, wie oft du jetzt mit ihm im Bett landest. „Du hast Unrecht, Julia. Sei bereit. Er wird dich schon bald fragen. Wirst du ja sagen?"

„Ja, wenn er mich fragt.", antwortete Julia und wandte ihren Blick ab.

„Er wird", bekräftigte Rosalind. *Er hat mir gegenüber so eine Andeutung gemacht, dummes Frauenzimmer. Ich weiß, das hat er auch dir gegenüber.*

„Sei dir einer Sache bewusst, Rosalinda", unterbrach Claudia.

„Welcher?", fragte Rosalind.

Die Lippen der Gastwirtin hatten einen ernsten Zug angenommen. „Carmen wird darauf bestehen, zur Hochzeit zu kommen."

Rosalind zuckte zusammen. „Warum? Sie wird doch keinen Ärger machen?"

„Ich glaube nicht. Sie hat sich schon genug in Verlegenheit gebracht. Ich weiß nicht, wieso sie hier sein will, aber Kirchen sind öffentliche Orte und wir können einem Menschen den Zutritt nicht verwehren. Claudia seufzte. Dann strahlte sie. „Du kannst nicht länger leugnen, wie attraktiv du bist, Kleines, wenn Vidal sie des Hauses verwiesen hat, weil er dich mehr begehrt."

„Du hast Recht. Er hatte die Wahl und die fiel auf mich und die Hochzeit ist *heute*. Ich könnte sterben vor Glück." Sie warf sich selig auf das Bett.

„Stirb mir ja nicht", spottete Claudia. „Denk doch nur, wie traurig Vidal wäre."

Alle lachten.

Dann führten sie Rosalind zur Kutsche und fuhren zur Jerez-Kathedrale, zur Hochzeitsfeier

Obwohl Rosalind seit ihrer Ankunft in Spanien schon oft in dieser Kirche war, verschlug ihr dieser Anblick noch immer den Atem. Ein breites Treppenhaus führte in das große, rustikale Mauerwerk. Die Hauptpforte ragte im höchsten Mittelschiff empor, ein grünliches Rosettenfenster lag darüber und zwei elegante Kirchtürme ragten in den Himmel. An den Türen waren rechts und links Unterteile mit Stützpfeilern, die das Gewicht hielten. Runde Fenster waren jeweils rechts und links oben an den Seitentüren.

Rosalind ging auf ihren schwachen Beinen die Treppe hinauf und durch die mittlere Tür in den Innenraum aus weißem Marmor, wo ihr Vater bereits auf sie wartete. Sie zitterte, als er ihren Arm nahm. Claudia legte Rosalind noch eine Mantille aus feinster Spitze über den Kopf, die ihr bis über die Schultern reichte. Alles war nun perfekt. Julia reichte ihr einen Strauß orangefarbener Blumen und die Hochzeit begann. Sie zitterte noch mehr, als sie das lange Mittelschiff zwischen den Stuhlreihen zum Altar entlang schritt, wo Vidal stand.

Als sie den Mittelgang halb durchschritten hatte, fiel ihr Blick auf ihre Rivalin. Carmen saß in der Mitte der Kirche und starrte Rosalind neugierig an. Rosalind schaute nach vorne, wo Vidal stand. Seine Augen strahlten vor Glück, als er seine Braut sah. Keinen Augenblick hatte er seine Ex angeschaut.

Carmen schaute wieder zu Rosalind und nickte einmal, als Zeichen, dass sie es aufgegeben hatte, ihn für sich zu beanspruchen und die Hochzeit billigte.

Rosalind schritt weiter. *Vidal kam aus freien Stücken zu mir. Ich brauche Carmens Erlaubnis nicht.*

Die Vorderseite des Allerheiligsten thronte über ihr und leuchtete rötlich golden in der Sonne. Heiligenstatuen schauten, wie zur Begrüßung, aus geschnitzten Nischen auf sie hinunter. Sie atmete tief ein. Geoffrey küsste sie auf die Wange und führte sie dann zu Vidal, der ihren Arm nahm und dann drehten sich beide zum Priester. *Was bin ich froh, dass ich zum Katholizismus konvertierte, als ich genug Spanisch verstand, um es zu tun. Die Unterschiede zur anglikanischen Kirche, mit der ich aufwuchs, sind gering. Nun kann ich Vidal ohne weiteres heiraten, denn ich bin bereits katholisch.*

~

Später, als das Paar und die geladene Gesellschaft im gediegenen Speisesaal auf Vidals Anwesen versammelten und üppig speisten, während sie edlen französischen Champagner tranken, konnte Rosalind nicht aufhören zu lächeln. Davon taten ihre Wangen schon weh. *Das ist real und wirklich passiert.*

Bis zu ihrem Tod würde sie niemals vergessen, wie sie sich Vidal versprochen hatte, mit Leib und Seele. Er hatte dieses Versprechen erwidert, laut und deutlich. Der Priester hatte sie zu Mann und Frau erklärt.

Sie schlang den Arm um Vidal und legte den Kopf auf seine Schulter. Vielleicht war es nicht die feine Art, dies zu tun, aber Rosalind scherte sich nicht darum. *Das ist mein Hochzeitstag und ich bin so herzlich mit meinem Ehemann, wie es mir passt.* Allein bei dem Gedanken an das Wort Ehemann, kam ihr ein Lächeln übers Gesicht. Sie schaute auf ihren Teller, der voller Schweinebraten, Kartoffeln und Knoblauch war. Es roch himmlisch, sie war aber so vom Glück überwältigt, dass ihr das Essen egal war.

„Iss doch, Liebes", meinte er.

„Ich bin zu verliebt", sagte sie, worauf er lächelte.

Er schnitt ein kleines Stück von der Kartoffel und schob es ihr in den Mund. Als sie kaute, flüsterte er ihr ins Ohr: „Iss, meine Frau. Heute ist dein Hochzeitstag. Du wirst heute Nacht all deine Kraft brauchen."

Sie wurde rot, so glücklich war sie bei dem Gedanken. Als die Gäste ihre roten Wangen bemerkten, lachten die Gäste, die ihr am nächsten saßen. *Es ist etwas peinlich, dass jeder genau weiß, dass Vidal heute Nacht mit mir intim wird.* Natürlich nicht peinlich genug, dass sie wollte, dass er aufhört, aber genug, dass sie rot wurde.

Die Gäste lachten nun lauter.

„Ich kann es kaum erwarten", flüsterte sie.

„Nie habe ich eine willigere Braut gesehen", sagte er beiläufig.

„Vielleicht hast du es nur nicht bemerkt, weil es nicht *deine* Braut war", antwortete sie spöttisch.

„Vielleicht nicht. Und du siehst echt schön aus", sagte er.

Sie war jetzt zwar immer noch rot, aber weniger aus Scham, sie war zufrieden. „Danke, Geliebter."

Er beugte sich hinüber und küsste sie sanft, woraufhin alle Gäste jubelten.

„Te amo, Vidal."

„Ich liebe dich auch, Rosalind."

Als dann das Abendessen vorbei war, führte Vidal Rosalind wieder in das Séparée, das sie wohl nur als Rumpelkammer nutzen würde und wo all ihre Habseligkeiten, die sie für ihr neues Leben als Braut brauchte, lagerten. Eigentlich waren sie alle im Kofferraum, denn sie wollten am nächsten Morgen in die Flitterwochen fahren, aber für heute Nacht lag schon ihr grünes Nachthemd auf dem Bett. Sie brauchte es nur noch anzuziehen, dann zu Vidal gehen und dann würde er sie zu seiner Frau machen.

Sie schlüpfte in das seidene Kleid und trat vor den Spiegel, dann merkte sie, wie tief und eng es vorne geschnitten war. Trotz ihres kleinen Busens, wurde ihr Dekolleté betont. Sie drehte sich um und sah, dass das Kleid bis zum Schenkel offen war. *Das ist kein Kleid für eine Jungfrau*, dachte sie, als sie es genauer anschaute. *Nicht mal in einer Hochzeitsnacht. Gut, dass ich keine bin.*

Als sie am Mieder zog, damit ihr Kleid Platz hatte, dachte sie, *im Gegensatz zu anderen Bräuten, muss ich mich vor meinem Ehemann nicht fürchten und unser Verbindung schmerzt nicht. Es wird niemals Blut fließen, zur Enttäuschung der lästernden Bediensteten, aber man kann nicht alles haben. Morgen um diese Zeit, wird wohl jeder in Andalusien wissen, dass Vidal und ich nicht gewartet haben.*

Auch gut. Auch wenn ich meine Jungfräulichkeit nicht bewahren konnte, bin ich sicher, dass es heute Nacht im Bett schön wird.

Bei diesem Gedanken musste sie schmunzeln, ging ins Schlafzimmer und da wartete Vidal auch schon auf dem Bett. Sie legte sich neben ihn, denn sie wollte unbedingt ihr Leben als verheiratete Frau beginnen, besonders den Teil, wo sie jede Nacht neben ihm schlief.

Ohne ein Wort zu sagen, schloss er sie in die Arme, zog sie nahe zu sich und küsste sie sanft. Sie erwiderte den Kuss und genoss es.

Ach, wie schön, wieder von ihm umarmt zu werden und diesmal für immer zu bleiben.

Er fuhr mit dem Mund ihren Hals hinunter und dann über das Mieder ihres Nachthemds. Er knabberte ihre Brust an und sie behielt einen kleinen Abdruck.

Sie quietschte und er dämpfte den kleinen Biss mit der Zunge. „Mi amor, du musst mich nicht markieren. Ich bin bereits dein."

„Warte, wenn du dich morgen früh anziehst, siehst du es dort und erinnerst dich, wie sehr ich dich liebe", murmelte er und seine Stimme vibrierte auf ihrer Haut.

Sie zitterte. „Ich bin bereit für dich, Vidal."

„Willst du es so unbedingt?", fragte er und seine Augen funkelten im Kerzenlicht.

„Ja, du nicht?", fragte sie und für einen kurzen Augenblick fragte sie sich, ob sie zu gierig war.

„Oh ja, mi esposa, meine süße, kleine Ehefrau. Du kannst es spüren." Er drückte ihre Hand an seinen steifen Penis.

Ihre Sorgen verflogen. „Ach, wie schön."

„Ja. In deiner heißen, kleinen Möse, wird es noch besser."

Diese Worte befeuchteten die Stelle, die er gleich stopfen würde. „Öffne mein Kleid und finde es raus", schlug sie tollkühn vor.

„Ganz langsam, Rosalinda. Wir haben nur eine Hochzeitsnacht. Überstürzen wir nichts."

Sie schaute beleidigt. „Ich weiß, aber dieses Nachthemd ist unbequem. Es ist zu eng. Kannst du mir helfen, bitte?"

„Oh, natürlich. Hier, hebe deine Arme hoch."

Das tat sie und er hob ihr Kleid und zog es ihr über den Kopf. Als der Druck nachließ, keuchte sie erleichtert. Es war echt viel zu eng und obwohl das Dekolleté hervorstach, taten ihr die Brüste weh.

Vidal schaute sich ihre nackte Haut an und griff nach ihr und hob sie höher, dass er ihre Nippel kosten konnte.

„Delikat, wie ich ihn in Erinnerung hatte. Wie süß deine Brüste doch sind. Weich und schön. Ich weiß, du hast dir immer Sorgen gemacht, sie könnten zu klein sein, aber für mich sehen sie nicht zu klein aus, nur delikat und liebreizend.

Vidal fuhr mit den Lippen über Rosalinds ganzen Körper. Sie hatten es nicht eilig. Niemand würde den Hausherren und seine Braut in der Hochzeitsnacht stören. Es war nicht mehr nur eine schlichte Affäre, ihre Leidenschaft wurde kirchlich und rechtlich bindend und nun gehörten ihre Körper zueinander, sie zu erkunden, zu genießen und zu nehmen. Er knabberte an ihrem Bauch und ging dann tiefer, kostete ihre Weiblichkeit, bis sie sich wand. Er schob ihr erst einen Finger und dann zwei in die feuchte Spalte, öffnete sie und machte sie immer heißer, bis sie mit einem hohen Schrei kam. Er liebkoste sie, sie hatte Krämpfe und schrie, er ließ aber nicht von ihr ab, bis ihre ganze Lust gestillt war.

Schließlich lehnte sich Rosalind befriedigt und entspannt zurück, keuchte und wartete, bis er sie ganz nahm. *Die Zeit ist gekommen. Ich bin bereit, mein Ehemann auch.*

Sanft führte er seinen Penis in sie ein, drang dann ganz in sie ein und als er tief in ihr steckte, wartete er lange, als sie beide die Ehe erfuhren, so eins waren.

Schließlich überwältigte ihn seine Erregung, Vidal rührte sich und stieß lustvoll in seine Braut. Er brachte sie zu einem weiteren Höhepunkt, seinem folgend. Und dann kam der beste Teil, wo sie sich gegenseitig umarmten und einschliefen.

KAPITEL 17

*A*m dritten Tag ihrer einmonatigen Hochzeitsreise durch die Stadt der Lichter, besuchten Vidal und Rosalind die Champs Elysées. Die Bäume, die die breite Flaniermeile bis zu einem massiven Torbogen säumten, hatten in der Winterkälte alle ihre Blätter verloren. Es drang jedoch Licht und Wärme von den Geschäften hinaus und die ließ einen den eiskalten Wind etwas vergessen.

Vidal schaute seine schöne Braut an, die sich an seinen Arm schmiegte, die Augen nach unten gerichtet, aber mit diesem schönen rosa Schimmer auf den Wangen. Die Nacht zuvor hatte sie nackt und stöhnend im Bett gelegen, während ihr Mann ihr Lust bereitete. Nun sah sie aus wie eine Jungfrau. Er grinste. *Ihre Jungfräulichkeit hielt nicht lange, nachdem ich erst mal ein Auge auf sie geworfen habe.*

„Liebes, woher kannst du nur so gut Französisch", fragte er lässig. „Zu sehen, wie du all die Kellner und Ladenbesitzer grüßt, war... äußerst aufschlussreich."

„Ich lerne es, seit ich ein kleines Mädchen, etwa sieben Jahre alt, bin", antwortete sie. Das ist in England ganz üblich. Ich glaube, dass ich deshalb auch so leicht Spanisch lernte, obwohl ich einen guten Lehrer hatte. Die Aussprache ist anders, aber die Wörter ähneln sich und der Satzbau ist fast identisch."

„Ach, da bin ich froh. Ohne dich wäre ich gerade ziemlich aufgeschmissen."

Sie schaute ihn heiß an. „Ich bring dich hier schon durch", sagte sie ihm, leicht leidenschaftlich. Er schmiegte sich an sie. *Unglaublich, wie sehr ich sie begehre. Ich dachte, hätten wir unbegrenzt Zugang zueinander, würde das abflachen. Tat es nicht. Je mehr wir Liebe machen, desto mehr will ich es.*

„Sollen wir zurück?", fragte er und seine Stimme sagte verriet, was sie dort tun würden.

„Ja, aber meinst du, wir könnten zuerst etwas essen? Ich sterbe vor Hunger."

Er hob die Augenbrauen. „Das als erstes. Natürlich. Und danach?"

Sie blinzelte. „Es sind immerhin unsere Flitterwochen."

„Ach", seufzte Rosalind und entspannte sich. „Das ist so schön."

„Du bist wunderschön", murmelte Vidal in ihren Nacken. „So eine *liebliche Rose.*"

Als ihre Leidenschaft nachließ, legte er sich neben sie und zog sie zu sich. Sie legte ihm ihre Wange auf die Brust, während er sanft ihren Körper streichelte. Seine Finger fuhren über ihre Brust und sie protestierte leise.

„Was ist los, Geliebte", fragte er überrascht. *Klagen? Von meiner süßen Frau? Das ist so untypisch.*

„Ich bin hier wund", erklärte sie und wurde rot.

„Tatsächlich? War ich zu grob?", fragte er und hatte ein ungutes Gefühl im Bauch.

„Ich glaube nicht", antwortete sie verwirrt.

„Vielleicht hast du deine Tage", sagte er, ohne groß nachzudenken.

„Vielleicht." Sie dachte einen Moment. „Vielleicht auch nicht. „Vidal?"

„Ja, Liebes?"

„Ähm, ich hatte meine Tage schon eine Weile nicht."

Er hörte auf, sie zu streicheln. „Wirklich? Wie lange?"

„Das war vor dem Erntedankfest."

Vidal schluckte. „Aber das war im September."

„Ich weiß. Und wie viel Zeit haben wir in diesem Monat mit verbotenen Dingen zugebracht, zuerst in meinem Bett, dann in Posada Gongora? Wie oft schlichen wir uns in das Schlafzimmer des anderen, ehe mein Vater kam und wir uns zusammenreißen mussten?"

„Dios mío. Und seit da...", fuhr er fort

„Nichts. Daran dachte ich nicht einmal", antwortete Rosalind und biss sich auf die Lippe.

„Das sind schon fast vier Monate", meinte er.

„Ich weiß. Vidal, ich meine...", sie schluckte schwer. „Ich glaube, ich bin schwanger.

Vidal seufzte. „Ja. Vier Monate...es gibt also keinen Zweifel, oder? Entschuldige, Liebes. Das wird nicht peinlich."

Er liebkoste sie still, als ihr schockierter Gesichtsausdruck sich erhellte. „Das macht mir keine Sorgen. Sollen sie alle wissen, wie sehr ich dich liebe. Außerdem sind wir jetzt verheiratet."

Sie ist so süß. Er küsste sie. „Leg dich flach hin. Ich möchte dich einen Moment anschauen."

Sie streckte sich auf dem Laken.

Er schüttelte den Kopf. „So offensichtlich. Ich kann nicht glauben, dass mir das vorher nicht auffiel."

„Wie?"

Er nahm sanft ihre Brust. „Schau, wie viel größer die sind."

Sie bekam große Augen. „Du hast Recht."

„Und hier." Als er sich hinlegte, sah er, wie ihr Bauch dicker geworden war. Er hatte sich noch nicht großartig ausgebreitet, aber ihre Hüftknochen konnte man nicht mehr sehen und eine Kurve, die er dort vorher noch nie gesehen hatte, bildete sich. Da sie so schlank war, konnte man gleich sehen, sie war schwanger. Wäre sie fülliger gewesen, hätte das noch vielleicht einen Monat gedauert.

„Das erklärt einiges", sagte sie.

„Und was?"

„Wie beispielsweise den Tag, an dem ich am Tisch fast zusammenbrach."

Er erinnerte sich und nickte. „Ach ja, das ergibt Sinn."

„Und dass mein Hochzeitskleid und mein Nachthemd nicht um die Brust passten. Und der Tag, an dem ich gehen wollte, weißt du noch?"

„Ja."

„Mir wurde schlecht. Ich dachte, es wäre Trauer, aber in Wahrheit..."

„Genau. Hast du die ganze Zeit ein Kind erwartet." Er schüttelte den Kopf.

Ein reumütiges Grinsen umspielten ihren Mund. „Vidal, bedeutet dies, du drängst mich, noch mehr zu essen?"

Er kicherte. „Sí. Aber ich hoffe, das ist nicht nötig. Du musst unser Baby ernähren."

„Ach ja! Natürlich." Sie seufzte und setzte ein träumerisches Gesicht auf.

Er beugte sich zu ihr und küsste sie sanft auf den Bauch. Sie strich ihm über den Kopf.

„Vidal, es tut mir nicht leid."

„Nein?"

„Natürlich nicht. Die Male, in denen wir uns liebten, waren so schön. Ich würde kein einziges missen wollen."

Ihre zärtlichen Worte hätten einen Stein zum Schmelzen gebracht und Vidal war ganz und gar nicht dagegen immun. „Ich auch nicht, aber wir hätten etwas vorsichtiger sein können. Ich habe noch nicht mal versucht, das zu verhindern", sagt er.

„Willst du kein Baby?", fragte sie und runzelte die Stirn.

„Nein, aber nicht vier Monate zu früh", sagte er.

„Mi amor, jetzt ist es zu spät, für Reue. Können wir nicht einfach glücklich sein?" Sie nahm seine Wange.

Genug, Mann. Lass uns einfach glücklich sein. „Du hast Recht. Natürlich."

„Du liebst mich, schenktest mir ein Baby und hast mich geheiratet. Das gefällt mir alles."

„Mir auch. Ich wünschte nur, wir hätten das in der richtigen Reihenfolge getan."

„Vielleicht war es unvermeidlich. Was dich anging, war ich ein ganz böses Mädchen." Sie neckte ihn, indem sie blinzelte.

Vidal konnte einfach nur lächeln. „Sí, aber im besten Sinne. Ich beschwerte mich doch nicht, oder? Hätte ich mich zusammenreißen wollen, hätte ich es getan. Du warst einfach zu verführerisch."

Sie grinste.

Er küsste sie. *Die Zeit für Schuldgefühle ist vorbei. Wir sind verheiratet. Wir bekommen ein Kind. Nun wird es Zeit, unsere Familie zu genießen.*

KAPITEL 18

*R*osalind lauschte an der Küchentür. Sie hörte drinnen vertraute Stimmen.

„Wer hätte das gedacht?", fragte Maria dramatisch. Rosalind konnte die gespielte Eile in ihrer Stimme hören.

„Was gedacht?", fragte eine andere Putzfrau, Rosalind ahnte schon, wer.

„Don Vidal Salazar, unser Arbeitgeber, von dem man noch nicht einmal sagt, er habe etwas auf seinen Namen kommen lassen, kam mit seiner Frau aus den Flitterwochen...und jeder konnte sehen, sie war schwanger." Sie kicherte.

Die Arbeiter stimmten mit ein.

„Eine der Waschfrauen sagte, es war kein Blut auf dem Laken."

„Natürlich nicht! Nicht, wenn sie schwanger ist."

„Sünder", keifte eine saure Stimme, die Rosalind als Palomas erkannte. Die Alte liebte es, sich das Maul zu zerreißen, auch wenn sie die ganze Zeit finster schaute.

Rosalind hielt sich die Hand vors Gesicht und versuchte, sich das Lachen zu verkneifen. Sie wartete nicht länger, sondern öffnete die Tür. „Hallo, meine Damen. Bin wieder da."

In der Küche wurde es still, denn alle schauten auf die Wölbung in Rosalinds Kleid. *Wieso es verstecken? Sie sind sicher davon angetan.* Sie grinste noch breiter. „Er hat mir gesagt, dass ich von jetzt an kein Geschirr mehr spüle, ich bin aber immer noch die Alte. Ich kam, um ein bisschen zu tratschen. Passierte...irgendwas Aufregendes, während ich weg war?"

„Du bist die Dame des Hauses", meinte Paloma. „Du solltest nicht in der Küche sein!"

Teilnahmslos zuckte Rosalind mit den Schultern und schürzte die Lippen.

„Was können wir für Sie tun, Doña Rosalinda?", fragte Maria.

„Ach, nichts", antwortete Rosalind. „Ich wollte euch alle nur sehen, nachdem ich so lange weg war. Ihr wart jahrelang meine Freunde. Ich habe euch vermisst", sagte sie mit emotionaler Stimme.

Die Frauen traten näher und umarmten sie. Sie klopfte ihnen auf die Rücken und Schultern.

„Rosalinda", schrie Vidal vom Gang aus. „Ich hoffte, dich hier zu finden, Liebes." Er schritt durch die Tür und lächelte albern. Er umarmte sie und küsste sie leidenschaftlich auf den Mund, als sie sich den Bauch rieb. „Meine Damen, sie ist jetzt meine Frau, keine Dienstmagd mehr. Lasst sie nicht den Abwasch machen. Versprochen?"

„Versprochen", sagten sie im Chor.

Vidal schob Rosalind aus dem Zimmer.

„Hallo, ihr Turteltäubchen", rief Julia, als sie an Rosalind und Vidal vorbei und in die Küche ging, um etwas zu essen. *In Geoffreys Schlafzimmer zu schielen, macht mich hungrig. Ich frage mich, was noch zu sehen gibt.*

Sie trat durch die Tür und hörte eine anregende Unterhaltung.

„Hola, Señora Sánchez", sagte Maria freundlich, als sie den Raum betrat.

Julia grüßte die Dienstmädchen mit einem beiläufigen Wink, den die meisten ignorierten, dann eilte sie zur Speisekammer, um was zu essen.

Wie froh ich bin, dass sie sich auf Rosalind konzentrieren und nicht auf den neuesten Klatsch, dachte sie, als sie sich etwas Obst holte. *Ich bin so durcheinander! Hätten sie es gemerkt, dann würden sie mich nach allen Einzelheiten fragen, dazu bin ich nicht bereit. Ich bin nicht mal sicher, was ich davon halten soll. Sagte er wirklich, was ich dachte.*

Die Erinnerung an Geoffreys warmen, englischen Akzent kam ihr wieder in den Sinn. Sie konnte seinen Atem auf ihrer Haut spüren. „Heirate mich, Julia. Bitte!"

Nicht nur ein Vorschlag, sondern einer, nackt und verschwitzt nach dem Sex. Ich weiß nicht, ob ich überhaupt glauben soll, dass er es ernst meinte.

Sie schob den Gedanken weg, dass Rosalind es vorhergesehen hatte, selbst vor der Hochzeit.

Wie konnte er das so meinen? Und wenn ja...ein Zittern ging durch ihren Körper ...Unsere Lebensstationen sind unterschiedlich. Wir sprechen nicht dieselbe Sprache. Ich kann keine Kinder mehr bekommen. All das war vielleicht zu viel.

Diese wirren Gedanken überkamen Julia, als sie ihren Apfel aß, ohne das geringste zu riechen.

Geoffrey ging ins Büro des Anwesens Salazar. Vidal wälzte gedankenverloren die Akten.

„Hola amigo", grüßte Vidal seinen Schwiegervater und sah entspannt und glücklich aus.

„Hallo. Wie war die Reise?" Geoffrey schaute sich die schönen Sachen an, ihm wurde flau im Magen und er antwortete:

„Hervorragend."

Geoffrey hatte so einen Beschützerinstinkt und ihm gefiel es gar nicht, dass Vidals seine Gefühle im Bett seiner Tochter auslebte. Natürlich wusste er, dass das Vidals eheliches Recht war und dass Rosalind zufrieden lächelte. Diese Gedanken schob Geoffrey beiseite und konzentrierte sich aufs Jetzt. „Da bin ich froh. Ich muss mit dir reden. Wo ist Rosalind? Ist sie in der Nähe?"

„Sie war müde", erklärte Vidal. „Ich schickte sie ins Bett."

„Gut. Das ist...schwierig. Ich will sie nicht unnötig beunruhigen."

„Ich höre." Geoffreys ernster Ton war Vidal nicht entgangen und er bot ihm mit einer Handbewegung den zweiten Stuhl an.

Geoffrey setzte sich. „Es geht um meine Tochter. Das sage ich nicht gerne. Ist sie...schwanger?"

„Sí." Vidals rote Backen wurden dunkler.

Geoffrey fluchte leise.

„Tut mir leid", sagte Vidal beiläufig. „Ich wollte echt, dass es besser für sie kommt, aber sie ist unwiderstehlich. Außerdem ist es nur ein kleiner Skandal. Wir sind ja jetzt verheiratet."

Geoffrey schüttelte den Kopf. „Darum geht es nicht. Weißt du, wie Rosalinds Mutter starb?"

„Bei der Geburt, oder?"

Selbst nach so vielen Jahren wurde es Geoffrey schwer ums Herz. Seine Augen brannten. „Ja. Wir waren nur ein halbes Jahr verheiratet, Vidal", sagte er und räusperte sich. „Ich verurteile dich nicht, ich schwöre. Um meine Tochter mache ich mir Sorgen."

Vidal machte ein freundliches Gesicht, schenkte aber den Sorgen seines Schwiegervaters keine Beachtung. „Manchmal sterben Frauen bei der Geburt. Wenn das geschieht, ist das sehr traurig, aber in Jerez gibt es eine hervorragende Hebamme, die Rosalinda hilft zu entbinden. Wenn Señora Velasquez Hand anlegt, passiert sehr wenig."

„Unter normalen Umständen würde ich zustimmen", antwortete Geoffrey. Er musste sich stark konzentrieren, um seinen ruhigen, gefassten Ton zu bewahren. „Jedoch sagte der Arzt nach Marys Tod, sie habe ein deformiertes Becken. Die Knochen lagen zu eng zusammen, sodass auf natürliche Weise niemals ein Kind geboren werden konnte. Er musste Rosalind meiner Frau aus dem Leib schneiden." Kummer zeigte sich in Geoffreys Gesicht, im Herz spürte er ihn. *Gott sei Dank ist Julia über dies hinaus, sodass das nicht mehr Thema sein wird. Schon albern, dass diese Frau meint, ich mag sie deswegen weniger. Allein der Gedanke, dass eine andere Frau mein Kind austrägt, wäre mein Tod.* Er verdrängte die Gedanken an Julia und widmete sich der anstehenden Aufgabe. „Drei Tage nach der Geburt starb Mary an einer Infektion. Wie durch ein Wunder überlebte Rosalind."

Vidal legte Geoffrey tröstend die Hand auf die Schulter. „Das tut mir sehr leid, mein Freund. Das muss schrecklich gewesen sein."

„Das war es", bestätigte er. Dann ließ er seiner Besorgnis in größter vorstellbarer Weise freien Lauf. „Was es wirklich schrecklich macht, ist wie Rosalind ihrer Mutter ähnelt. Sie hat die gleiche Figur und diese dürren Hüften. Ich wollte dich warnen, dass es womöglich keine gute Idee war, sie zu heiraten, aber ich kam zu spät."

Vidal verzog das Gesicht.

Endlich hörst du zu, nicht? Das solltest du. Das ist ernst. Ich habe meine Frau verloren. Meine Tochter will ich nicht auch noch verlieren.

„Denkst du echt, das könnte der Fall sein?", fragte Vidal in sanftem, besorgten Ton.

„Ich fürchte, es ist so", antwortete Geoffrey. „Wäre ich an deiner Stelle, dann würde ich sie von einem Chirurgen untersuchen lassen, um sicherzustellen, dass sie normal gebären kann oder einen Kaiserschnitt veranlassen."

Vidal wurde ganz blass. „Kaiserschnitte sind tödlich."

„Ich weiß, dass sie das oft sind." Geoffrey musste schwer schlucken und konnte nicht sagen, ob es von den Tränen oder von einem Frosch im Hals kam. Er seufzte schwer. „Die Medizin macht Fortschritte. Vielleicht besteht mehr Hoffnung, als damals."

„Dios mío. Das ist schrecklich." Vidal fuhr sich mit den Fingern durchs Haar.

„Vielleicht ist nichts", sagte Geoffrey noch, um Hoffnung zu schüren. *Bitte, lass es so sein, lieber Gott.* „Vielleicht hat sie diesen unglückseligen Makel nicht und wird das Baby problemlos zur Welt bringen können. Ich schätze nur, es ist wichtig, das im Voraus zu wissen, nicht erst dann, wenn es zu einem Notfall kommt.

„Du hast Recht. Ich sehe, was ich herausfinden kann.

KAPITEL 19

„Wo ist er?" Vidal setzte sich auf einen Ledersessel in seiner Bibliothek. „Ich dachte, er wäre spätestens jetzt hier."

„Geduld, Señor", drängte Señora Velasquez, während sie eine schwarze Strähne zurechtsteckte. „Er müsste jeden Augenblick kommen. Es ist schwierig, vorherzusagen, wie lange eine Operation dauert. Er hat versprochen, so bald wie möglich zu kommen. Ich meine wirklich, du machst dir unnötige Sorgen."

„Ich hoffe, du hast Recht", antwortete Vidal, fuhr sich mit beiden Händen durch die Haare und strich sie sich dann selbstsicher wieder zurecht. „Ist er sicher der Beste?"

„Oh, sí!", antwortete die Hebamme. „Versuchen Sie sich zu entspannen, Don Vidal. Sollte bei ihrer Frau eine...Komplikation auftreten, dann verlassen Sie sich bitte ganz auf Dr. Anzaldúa. Er hat schon oft geholfen, wenn eine Entbindung meine Fähigkeiten überstieg und es ging immer besser aus, als erwartet. Er kann fast schon Wunder bewirken."

Es klopfte an der Tür und Vega trat in den Raum. „Don Vidal, ihr Gast ist angekommen." Der junge Mann machte einem Herrn

Platz, der Anfang 50 war.

„Schön, Sie kennen zu lernen, Don Vidal. Wie geht es Ihnen heute?", sagte der ältere Herr, der in den Raum kam und über seinen gepflegten Bart strich.

„Mir geht's gut", antwortete Vidal, obwohl ihm vor Sorge ganz schlecht war. „Wollen Sie sich nicht setzen?"

Scheinbar sah der Arzt seine Angst, denn er setzte sich in einen Sessel und sprach ruhig und ermutigend. „Hören Sie, ich weiß um die Sorge werdender Väter um ihre Frauen, aber seien Sie versichert, dass für alle Frauen eine gute Hebamme unerlässlich ist. Ich bin sicher, ihre Frau übersteht das gut."

Vidal seufzte, denn er hatte Geoffreys Worte laut im Kopf. „Ich wünschte, das wüsste ich sicher. Ihre Mutter starb bei ihrer Geburt. Ihr Vater erzählte mir, dass sie deformierte Knochen hat und dass ein Kind nie genug Platz hätte, um auf natürliche Art zur Welt zu kommen. Meine Frau ist sehr schlank und hat schmale Hüften. Seien Sie so gut und untersuchen Sie, ob sie dasselbe Problem hat."

„Ah, verstehe. Das mache ich gerne. Sie sollten wissen, dass selbst sehr schlanke Frauen normal gebären können." Da machte der Arzt ein ernstes Gesicht. „Diese Operation führe ich an niemandem durch, außer es ist absolut nötig. Sie ist viel zu gefährlich."

„Ich stimme zu", bekräftigte Vidal. „Ich will nicht, dass man meine Frau aufschneidet, aber auch nicht ihren Tod."

„Das ist die richtige Einstellung", antwortete der Arzt.

„Oh, noch was", meinte Vidal. „Sie hat sich so über das Kind gefreut. Ich will nicht, dass sie Angst bekommt."

Der Arzt nickte. „Ja, Angst ist einer Geburt wirklich nicht zuträglich. Ich versuche, ihr die Angst zu nehmen. Sie sollten noch etwas wissen, Don Vidal. Kaiserschnitte sind gefährlich, aber was noch gefährlicher ist, ist eine Schwangerschaft danach. Die Narbe kann wegen des Gewichtes aufreißen und das ist echt ein Notfall. Sollte das bei Ihrer Frau nötig sein, dann bestehe ich auf einem Eingriff zur Sterilisation. Sie darf danach nie wieder schwanger werden."

¡*Dios mio!* „Sie wissen, was Sie da tun?"

„Ja. Es ist auch sehr effektiv."

Vidal zuckte zusammen: „Das wird ihr nicht gefallen. Sie hat den Traum eines Hauses voller Kinder."

„Das wird sie vermutlich auch haben, aber wenn sie diese Missbildung hat, dann ist es besser, Sie beide adoptieren Kinder. Nun gut, wenn ich jetzt einen Blick auf die Dame werfen dürfte?"

„Dann los", seufzte Vidal. *Das wird Rosalind gar nicht gefallen.* „Ich gehe und hole sie. Wo wollen Sie die Untersuchung vornehmen?"

Der Arzt schaute freundlich. „Am besten in ihrem Zimmer. Eine Untersuchung verursacht...Herzrasen. Man macht das am besten in einer privaten Atmosphäre."

Vidals Gedanken begannen zu rasen, als er sich ausmalte, was das bedeuten könnte und dann entschied er, dass er es gar nicht wissen wollte. *Es ist besser für Rosalinds Gesundheit und die unseres Kindes. Sie ist vielleicht beschämt, wir müssen aber wissen, worauf wir uns einlassen.*

Vidal sah Vega draußen vor der Tür und sagte: „Bitte führe den Arzt und Señora Velázquez ins Zimmer der Hausherrin. Ich komme gleich nach.

Den jungen Mann verwirrte dieser seltsame Wunsch, er gehorchte aber und sagte: „Nun gut. Señor, Señora, wenn Sie mir folgen wollen?"

Vidal eilte die Halle hinunter, ins Büro, wo er sah, wie seine Frau froh gelaunt Dokumente übersetzte. Ihm wurde schwer ums Herz, als er sie sah. *Sie ist in jeglicher Hinsicht perfekt für mich. Was würde ich nur ohne sie tun?*

„Stimmt etwas nicht, Liebster. Du schaust so ernst", bemerkte Rosalind, erhob sich aus ihrem Stuhl und eilte zu ihrem Mann.

Er strich ihr sanft über das Gesicht. „Mein Sch...", begann er und räusperte sich. „Mein Schatz, ich lud die Hebamme und den Arzt ein, der ihr manchmal bei der Untersuchung assistiert."

Rosalind runzelte die Stirn. „Warum?"

„Eine Geburt kann kompliziert sein", sagte er nur. „Sie wissen lieber im Voraus...ob es Überraschungen geben könnte."

„Wie können Sie das wissen?", fragte sie und schaute verwirrt und belustigt.

„Mit einer...Untersuchung. Ich weiß nicht, wie sie funktioniert, aber die besten Familien schwören auf sie und sie lieferte immer hervorragende Ergebnisse."

„Nun gut, Geliebter. Wenn du dich dann besser fühlst, lasse ich mich „untersuchen"", sagte sie lachend.

Ich bete, dass du unbeschwert bleibst, dachte er und legte die Hand auf ihren Arm. Dann führte er sie ins große Treppenhaus Schlafzimmer, wo, wie er gesagt hatte, Rosalind ihre Kleidung aufbewahrte, aber nie schlief. *Besser, etwas Unangenehmes passiert hier, als in unserem Ehebett.*

Rosalind grüßte die zwei Fremden in ihrem unberührten Schlafzimmer. Der gepflegte Herr mittleren Alters und die vornehme ältere Dame, grüßten sie ganz formell.

„Buenas tardes", sagte sie zögerlich. „Ich bin Doña Rosalinda Salazar. Schön, euch beide heute zu treffen, obwohl ich zugeben muss, dass ich etwas überrascht war, bei der Terminauswahl nicht berücksichtigt worden zu sein." Sie schaute ihren Mann kritisch an.

Da musste er schelmisch grinsen.

„Guten Tag, Señora", antwortete die Frau. „Ich bin die örtliche Hebamme, Carolina Velázquez. Ich wohne der Geburt des Kindes bei. Man sieht es Ihnen nicht gleich an aber...sind Sie im fünften Monat?"

„Ich glaube", antwortete Rosalind. „Ich bin nicht sicher...wann es anfing, aber das kommt hin."

„Sehr gut", antwortete sie. „Das ist die perfekte Zeit, um etwaige...aufkommende Bedenken zu bereden. Sind sie vertraut mit einer Geburt?"

Rosalinda zuckte. „Nicht viel, glaube ich. Meine Mutter starb, als ich ein Baby war. Ich hörte, es tut weh. Schreie ich vielleicht? Das hörte ich."

Die Frau nickte. „Wie ich erwartete. Wieso legen Sie sich nicht auf das Bett und ich erkläre alles Weitere?"

Rosalind hob die Augenbraue.

„Hinlegen?"

„Ja. Ich möchte mich für die Unannehmlichkeiten entschuldigen. Ich muss Sie bitten, auch die Unterwäsche auszuziehen."

„Was!" Rosalind schlug die Hände vor das Gesicht. „Was zur Hölle? Warum? Wer sind Sie?"

„Verzeihung. Ich bin Dr. Guillermo Anzaldúa. Ich assistiere Señora Velázquez bei Bedarf. Das ist üblich... So können wir die Untersuchung besser durchführen", sagte er und schaute die Hebamme an. So wissen wir beide, was uns bevorsteht.

„Bitte, Liebes", flehte Vidal. „Mach, was der Arzt und die Hebamme wollen. Ich bleibe dicht bei dir. Du willst doch das Beste für dich und das Kind, oder?"

Rosalind drehte sich zu ihrem Mann. „Sie wollen, dass ich meine *Unterwäsche* ausziehe. Hört sich das für dich normal an?"

„Woher soll ich das wissen?", antwortete Vidal. „Ich hatte bisher noch nicht das Vergnügen mit einer werdenden Mutter. Du?"

Rosalind verdrehte die Augen.

Die Hebamme sagte: „Señora, wir tun Ihnen nicht unnötig weh, versprochen. Es ist nur eine Vorsichtsmaßnahme, bei der der Körper untersucht wird, damit wir entscheiden können, inwieweit Sie kräftig genug sind. Ich weiß, worum wir Sie bitten, hört sich bizarr an...und aufdringlich, aber ich versichere Ihnen, wir würden es nicht tun, wenn es nicht nötig wäre. Ich erkläre es, wenn Sie so freundlich wären, sich fertig zu machen."

Rosalind hatte zu kämpfen und zappelte, so heftig sie konnte, aber ihr dicker Bauch raubte ihr sowohl das Gleichgewicht, als auch die Würde. Hinter Paravan zog sie unter Schmerzen an ihrer Hose.

Carolina fuhr fort: „Sie sehen, Señora, ihr Unterleib ist wie ein

Hals, so lang und dünn und hat eine kleine Öffnung, nicht größer als eine Feder. Wenn ihr Baby dann geboren wird, dann werden die Muskeln in ihrem Unterleib angespannt. Dadurch wird der Hals kleiner und die Öffnung größer, bis dann das Baby hindurch und rausrutschen kann, so wie der Samen Ihres Ehemannes hineinkam."

Rosalind erstarrte. „Von *hier*? Mein Gott. Das klingt schrecklich."

Die Hebamme fuhr fort: „Für die meisten Frauen ist das sehr intensiv. Aber ob es unerträgliche Schmerzen sind oder eine große Erfahrung, ist von Frau zu Frau unterschiedlich und hängt vom Selbstvertrauen und vom Körper ab."

„Verstehe." Endlich schaffte es Rosalind, ihre Unterwäsche auszuziehen. Sie ließ ihren Rock fallen und fühlte sich sonderbar, aber doch bedeckt. *Wieso sich verrückt machen? Es ist offensichtlich, auf welche Art „Untersuchung" das hinausläuft.* Ihr wurde flau und mulmig im Magen.

Entschlossen kroch sie auf das Bett und lehnte sich, einen Arm vor den Augen, gegen die Kissen.

Als jemand sie sanft am Rock berührte, wusste sie, die Untersuchung beginnt.

Vidals warme, vertraute Hand griff die ihre. Sie streichelte über die Knöchel seines Mittelfingers, als die Hebamme sie berührte, was sie verwirrte.

Sie atmete langsam und die leichten Berührungen ließen sie erleichtert seufzen. Dann berieten sich die Hebamme und der Arzt im Gang.

„Doktor, haben Sie gesehen, was ich sah?", fragte Señora Velasquez und spielte bestürzt mit den Händen.

Der Arzt antwortete ernst: „Ja. Solch enge Hüften. Ein solch kleiner Muttermund. Da kommt niemals ein Baby durch. Ich bezweifle selbst jetzt, dass es das könnte. Eine Operation halte ich nicht für die beste Option, aber in ihrem Fall glaube ich nicht, dass es eine Alternative gibt."

„Sollten wir es ihr sagen?", fragte die Hebamme.

„Nein", antwortete Dr. Anzaldúa. „Wieso sie den Rest ihrer Schwangerschaft verunsichern. Soll sie es genießen. Erst wenn sie entbindet, wird es gefährlich. Sagen Sie ihr, sie soll sofort anrufen, sobald sie auch nur den geringsten Schmerz hat. Sie könnten sie auch ein zwei Stunden arbeiten lassen, dass sie sich daran gewöhnt. Das Baby wird nicht entbunden werden können. Das kann man sehen. Dann holen Sie mich."

Besorgt nickte Señora Velasquez.

Die Tür öffnete sich und Vidal stieß zu ihnen. „Meine Frau zieht sich an", sagte er teilnahmslos. Dann schwieg er und schaute ihnen tief in die Augen. „Dann braucht sie die Operation?", fragte er zerknirscht.

„Sí", antwortete der Arzt. „Zweifellos." Ich bin froh, dass sie mich angerufen haben. Es im Voraus zu wissen, ist besser."

„Wird sie überleben?", wollte Vidal wissen und schaute, als wäre ihm schlecht.

„Ich glaube, sie hat gute Chancen", antwortete der Arzt und legte Vidal die Hand auf die Schulter. „Infektionen sind bei dieser Operation immer das größte Risiko und aseptische Methoden reduzieren dieses Risiko enorm."

„Was heißt das?", fragte Vidal und schaute den Arzt verwirrt an.

„Folgendes: Wir glauben heute, dass Infektionen durch winzige Tiere ausgelöst werden, die für das bloße Auge unsichtbar sind. Sie leben überall, selbst auf unserer Haut. Oberhalb sind sie harmlos, gelangen sie aber in den Körper, richten sie dort großen Schaden an. Ich erhitze also meine Instrumente und desinfiziere anschließend sie, meine Hände und die Haut der Patientin mit einer Substanz, die diese Tiere abtötet. So infizieren sich weniger Patienten. So mache ich es bei ihrer Frau, dann hat sie eine höhere Chance, sich gut zu erholen."

Er sah, dass Vidal nicht wirklich zuhörte, der Hebamme zuliebe fuhr er aber fort.

„Was ist mit ihren Schmerzen? Ich sehe sie ungern leiden", sagte Vidal mit ersterbender Stimme.

Señor Velázquez antwortete: „Schmerzen gibt es bei jeder Geburt. So ist das nun mal."

„Sí." Der Arzt ergänzte: „Dies schmerzt natürlich mehr, als bei einer normalen Entbindung. Vor dem Eingriff betäube ich sie mit Äther, aber danach braucht sie Medikamente. In solchen Fällen verschreibe ich gewöhnlich Laudanum. Wird sie selbst stillen wollen?"

Vidal räusperte sich und antwortete: „Höchstwahrscheinlich, glaube ich. Wird sie das noch können?"

„Das kommt darauf an, wie sie sich fühlt", antwortete der Arzt. „Ich verwende die kleinste hilfreiche Dosis, dann sollte sie so stillen können, wie sie es wünscht."

„Ist das Opium nicht gefährlich für das Kind?", fragte die Hebamme.

„Nur dann, wenn es zu hoch dosiert ist. Ich werde die Dosis sorgfältig überwachen, um diese Risiko einzudämmen."

„Das ist einfach schrecklich", stöhnte Vidal.

Dr. Anzaldúa legte ihm die Hand auf die Schulter. „Ich weiß. Tut mir leid, Don Vidal. Es besteht aber noch immer eine gute Chance, dass ihre Frau und ihr Kind das gut überstehen. Ich tue alles, was in meiner Macht steht, um beiden zu helfen. Alles andere liegt in Gottes Hand."

Vidal schloss für einen Moment die Augen. Als er sie wieder öffnete, waren sie rot. „Danke, Doktor." Wenigstens schien er dem Gespräch nun besser folgen zu können. Dann sagte er noch: „Oh, ich habe noch eine Frage."

„Ja?"

„Meine Frau und ich sind gerade frisch verheiratet..."

Kichernd fiel ihm der Arzt ins Wort: „Ich glaube, ich weiß, worauf sie hinaus wollen. Es schadet nicht, eheliche Intimitäten zu tauschen, während der Schwangerschaft. Gefährlich ist die Geburt, nicht die Schwangerschaft selbst. Solange Sie sanft mit ihr umgehen und sie keine Probleme hat, sehen Sie sich als freien Mann."

„Das ist gut."

Armer Mann. Ihre Frau verkraftet das vielleicht, aber Sie? „Ich möchte Sie wirklich dazu ermutigen. Machen Sie sie so glücklich, wie Sie können. Ich glaube, glückliche Mütter bekommen auch gesunde Babys."

„Sí, das stimmt", bestätigte die Hebamme.

Was sie alle merkten, aber sich keiner zu sagen traute, war dies: Der wahre Grund, warum Vidal seine Frau so glücklich wie möglich machen wollte, war die Tatsache, dass Rosalind wohl nur noch ein paar Monate zu leben hätte.

KAPITEL 20

Obwohl der Arzt ihn ermutigte, ging es Vidal nicht gut. Bei dem Gedanken, was Rosalind bevorstand, hatte er Angst und fühlte sich schuldig. *Wäre ich nur vorsichtiger mit ihr umgegangen, dann wäre all das vermutlich nicht passiert.* Er hatte es aber nicht gewusst und jetzt war es zu spät.

Er konnte seine Schuld nicht für sich behalten uns suchte sogleich Geoffrey und Julia. Er fand sie in der Bibliothek, die Schneiderin saß auf dem Schoß ihres Gönners und las ihm langsam aus einem spanischen Kinderbuch vor, dabei erklärte sie die schwereren Worte.

Da erinnerte sich Vidal daran, wie er mit Rosalind Texte bearbeitete und sie über den richtigen Satz spotteten. *Ich hätte sie nie anfassen sollen. Hätte ich sie in Ruhe gelassen, dann wäre sie jetzt nicht in solch großer Gefahr.*

Er räusperte sich und das ältere Paar schaute hoch. Julia rutschte von Geoffreys Schoß und setzte sich, ein gutes Stück entfernt, auf das Sofa. Vidal konnte sich nicht einmal darüber freuen, dass sie plötzlich im Eingangsbereich auftauchten.

Geoffrey schaute Vidal in die Augen und sagte: „Ich hatte Recht, nicht?"

Vidal nickte. „Der Arzt...", begann er, räusperte sich und zwang sich, die Worte zu finden. „Der Arzt meint, er kann sie retten, aber sie muss auf alle Fälle operiert werden." Er konnte nichts mehr sagen.

Julia sprang auf, lief durch den Raum und drückte ihn ganz fest. Auch wenn sie sonst immer nur rein beruflich miteinander zu tun hatten, wusste er ihre freundliche Geste zu schätzen. „Es tut mir so leid. Wie traurig für euch beide. Wie hat sie das aufgenommen? Wollte sie allein sein?"

„Ja, Vidal", sagte Geoffrey in weniger herzlichem und mehr wissbegierigem Ton. „Wie nimmt meine Tochter das auf? Wieso bist du in dieser schweren Stunde nicht bei ihr?"

Julia trat zurück und schaute ihm in die Augen. „Sie weiß es nicht. Er hat es ihr nicht gesagt. Don Vidal, das ist nicht klug. Sie braucht die Zeit, um sich darauf vorzubereiten."

Er antwortete: „Ich will nicht, dass sie Angst hat. Ich möchte, dass sie glücklich ist."

„An dem Tag, an dem man ihr das *eröffnet*, so ohne Vorwarnung, wird sie unglücklich", sagte Julia ernst.

„Nein, er hat Recht", meinte Geoffrey. „Sie kann nichts tun, außer sich deswegen Sorgen zu machen. Nichts, das sie tun kann, wir das Resultat und die Folgen ändern, ganz gleich, wie gut der Arzt auch sein mag. Besser, man lässt ihr so lange wie möglich die Freude, ihr Kind auszutragen."

Julia schaute beide Männer an und hob die Augenbraue. „Sie ist nicht schwach. Sie erfährt besser die Wahrheit. Ihr behandelt sie wie ein Baby. Wie ein schwaches Baby. Ihr solltet ihr es jetzt gleich sagen."

„Das verbiete ich euch", schimpfte Vidal. „Ich werde nicht zulassen, dass sie eine Sekunde länger unglücklich ist, als nötig. Denkt nicht einmal dran, mich vom Gegenteil zu überzeugen, sonst braucht ihr euch auf meinem Grund und Boden nicht mehr blicken zu lassen.“

Damit drehte er sich um und ging hinaus.

„Er ist im Unrecht“, sagte Julia in langsamem einfachen Spanisch zu Geoffrey. „Sie ist doch kein kleines Kind. Sie muss es wissen.“

Geoffrey antwortete in einfachem Englisch: „Er ist der Hausherr, meine Liebe. Rosalind wird dich zu gegebener Zeit brauchen. Du darfst ihn nicht vor den Kopf stoßen, sonst schmeißt er dich raus. Ich will dich nicht verlieren und meine Tochter auch nicht.“

„Das ist Unrecht“, erwiderte Julia.

„Ich weiß nicht“, antwortete Geoffrey. „Er könnte Recht haben. Ein Arzt ist auch nur ein Mensch. Wieso ihr Angst machen, wenn sie glücklich sein kann?“

„Weil im Leben mehr zählt, als Glück“, erwiderte Julia.

Er schaute sie ernst an.

„Ach!“, sagte sie mit erhobenen Armen. „Gut. Ich bin schon still. Das geht mich nichts an, aber ich will, dass du weißt, dass ich es für eine *ganz schlechte Idee* halte.“

„Ich verstehe, meine Liebe“, antwortete er und machte ein ebenso besorgtes Gesicht wie sie.

Die werdende Mutter hatte keine Ahnung, was für eine schreckliche Sache ihre Zukunft überschattet und war überglücklich, wie ihr Bauch vom Kind des Mannes, den sie liebte, anwuchs. Ihr Mann hofiert sie Tag für Tag, Ihr Selbstbewusstsein gewann und sie verlor nach und nach ihre Scheu. Nun kam ihre natürliche Schönheit zur Geltung, die so lange unter der Angst verborgen lag, und sie blühte auf.

Alles in allem genoss Rosalind die Monate ihrer Schwangerschaft sehr. Sie konnte die Angst ihres Mannes sehen, dachte aber, das käme von seinem Beschützerinstinkt und ahnte nichts. Sicher, er liebte sie so innig wie immer, schmiegte oft seinen Körper an sie und hielt sie nachts ganz fest.

Auch Geoffrey hatte Grund zur Freude, denn er konnte Julia endlich davon überzeugen, ihn zu heiraten. Monatelang musste er sie leidenschaftlich umwerben, aber schließlich sagte sie ja. Die Wende schien eingeläutet, als Geoffrey, ermuntert von seiner Tochter, sich mit dem Priester traf, um zum Katholizismus zu konvertieren.

Im Herbst wollten sie heiraten. Rosalind war glücklich, ihren Vater so verliebt zu sehen.

Der Winter verging und der Frühling kam. Die Sonne Spaniens wärmte die Welt mit ihren Strahlen und für Rosalind begann eine mühsame Zeit.

In letzter Zeit hatte sie sich nicht wohl gefühlt. Sie zog sich zurück, um sich aufzuruhen. Sie beugte sich ungelenk vor, wollte ins Büro, aber ihr ganzer Unterleib fühlte sich blockiert an. *Könnte es jetzt soweit sein?*, fragte sie sich, als sie ihren Bauch im Spiegel sah. Sie sah durch die Kleidung ein Beinchen, dass sich hinausstreckte.

„Ganz ruhig, Liebes", sagte sie, legte eine Hand auf die Beule und drückte sie zurecht. „Dort geht es nicht raus."

Sie wurde noch aufgeregter, legte die Hand auf den Bauch und spürte, wie sich die Muskeln anspannten. Es tat nicht weh, fühlte sich aber ganz seltsam an.

Vielleicht gehöre ich zu den Glücklichen, die während der Geburt keine Qualen leiden, dachte sie. *Das wäre schön. War er nicht eine Glucke, mich zur Messe zu schleifen, mich davor noch konvertieren zu lassen und das? Er hat mehr Angst, als ich.*

Wieder spürte sie einen Stich im Bauch. Wieder tat es nicht weh, sondern es spannte nur etwas. „Ich sollte lieber die Hebamme rufen", entschied sie. Sie ging aus dem Schlafzimmer, dann langsam die Treppe hinunter, holte ein paar Mal tief Luft und spürte, wie sich ihr

Körper wieder anspannte. Sie spürte im Unterleib, dass etwas anders war. Sie lächelte.

„Mi amor?", rief sie, klopfte zuerst an und ging dann ins Büro, wo ihr Geliebter am Schreibtisch saß.

„Sí?" Er hob den Kopf und schaute ihr in die Augen.

„Ich glaube, es geht los."

Vidal sah mehr krank als glücklich aus. „Bist du sicher?"

„Nein, aber ich glaube."

„Gut, dann holen wir die Hebamme. Sie kann uns sagen, was vor sich geht."

Die Hebamme brauchte nur eine halbe Stunde.

Sie kam ins Zimmer und tastete Rosalinds Bauch ab. „Ruhen Sie sich aus, Señora", sagte sie. „Die Schmerzen werden noch zunehmen, bis es dann vorbei ist."

Rosalind gehorchte, legte sich aufs Bett, dann auf die Seite und schloss die Augen.

Señora Velázquez winkte Vidal zu und trat in den Gang. „Schwer zu sagen, ob das die Geburt ist", meinte sie. „Wenn sich das Kind in der Gebärmutter nicht bewegen kann, ist eine Geburt unmöglich. Jedoch sollte das Kind jetzt irgendwann kommen. Wenn es sonst keinen Grund für die Verzögerung gibt, warten wir noch eine Stunde und holen es dann per Kaiserschnitt."

Vidal nickte, kreidebleich vor Angst.

Zwei Stunden später kam der Arzt. Rosalind hatte sich auf einen Stuhl im Dienstzimmer gesetzt, die Hand auf dem Bauch, und spürte die Wehen. *Mein Bauch fühlt sich wund und geschwollen an, sonst habe ich keine Schmerzen. Interessant.*

"Buenos días, Señora", sagte er.

Sie lächelte ihn an. "Buenos días, Doktor. Wie geht es Ihnen heute?"

„Gut, und Ihnen?"

„Bis jetzt ganz gut. Ich dachte, alles wäre viel schwerer. Wenn das für mich die Geburt ist, dann habe ich ja Glück."

Durch seinen ernsten Gesichtsausdruck machte sie nervös. „Gut. Ich glaube, ich muss Ihnen was sagen, das Ihnen nicht gefallen wird."

„Was?" Ihr lief es kalt über den Rücken und ihre Lippen zitterten. Sie konnte sich gerade noch beherrschen.

„Sie erinnern sich an meine Untersuchung vor ein paar Monaten?"

„Ja. Warum?", flüsterte sie.

„Es gibt einen Grund, warum Ihre Wehen nicht stark sind. Sie können keine Kinder auf normalem Weg bekommen. Ihre Beckenknochen sind zu eng beieinander. Es tut mir sehr leid, aber wir müssen Sie operieren."

Rosalind dachte minutenlang darüber nach und versuchte diese Information zu verarbeiten. Ihr Geist fühlte sich so kalt und taub an wie ihr Körper. „Sind Sie sicher?",

„Ja. Es besteht kein Zweifel."

Sie schloss die Augen und öffnete sie wieder, dann schaute sie den Arzt lange an. „Wieso haben Sie mir das nicht gesagt?"

„Ihr Mann und ich wollten, dass Sie ihre Schwangerschaft genießen können und keine Angst haben."

„Das scheint mir Sinn zu machen, aber mir gefällt es nicht. Wieso entscheiden Menschen über mein Befinden, ohne mich zu informieren?" Sie schaute den Arzt und die Hebamme lange an, aber sie reagierten nicht. Wieder verging eine gefühlte Ewigkeit. „Tut das sehr weh?"

Er tätschelte ihr freundlich die Hand, sagte ihr aber die Wahrheit. „Danach ja. Während der Operation schlafen Sie."

„Klingt sehr gruselig", versuchte sie in ruhigem Ton zu antworten, sie zitterte aber vor Aufregung und hörte wie ihr Herz pochte.

Wieso muss dieser perfekte Augenblick zu einem Albtraum werden? Warum, oh Herr? Habe ich nicht schon genug gelitten?

„Ich weiß. Ich schwöre, wir würden es nicht tun, wenn es nicht notwendig wäre." Durch seine ruhige, ernste Stimme, fühlte sie sich noch schlechter.

Sie kämpfte mit den Emotionen, ehe aus ihr herausplatzte: „Werde ich überleben?"

„Sie haben gute Chancen. Ich kenne mich aus. Es ist kein Notfall und viele Patientinnen überleben den Eingriff."

Viele. Nicht mal die meisten. Sie zwang ihn, es auszusprechen. „Aber nicht alle?"

„Nicht alle. Selbst bei einer normalen Geburt gibt es keine völlige Garantie. Ich tue alles, was in meiner Macht steht, dass sie nicht nur leben, sondern auch genesen. Sie haben gute Chancen, sich zu erholen und normal leben zu können."

Sie haben mich monatelang zum Narren gehalten. Wieso soll ich Ihnen heute vertrauen? Woher soll ich wissen, dass Sie nicht übertreiben, um Geld zu bekommen, weil Sie die Angst meines Mannes ausnutzen? Woher weiß ich, dass Sie mich nicht anlügen?, fluchte Rosalind leise auf Englisch. „Ich will das nicht tun."

„Ich weiß. Es tut mir sehr leid. Und noch etwas." Er schaute jetzt noch ernster.

Rosalind wurde schwer ums Herz. „Was?"

„Bei diesem einen Kind wird es bleiben müssen. Sie sicher durch diese Operation zu bringen, ist riskant genug. Eine zweite Schwangerschaft könnte mit großer Wahrscheinlichkeit tödlich verlaufen. Denken Sie daran, dass sie bei jeder Entbindung eine Operation bräuchten und jede schwieriger und gefährlicher ist, als die vorige."

Darauf reagierte sie ablehnend. *Das ist nicht seine Entscheidung.* „Wie können Sie sich sicher sein, dass ich mir es nicht anders überlege? Ich sollte vielleicht einfach das Risiko eingehen."

„Das mache ich schon. Wenn sie aufwachen, dann können Sie kein Kind mehr gebären, ganz gleich, wie sehr Sie es versuchen."

Seine kühlen Worte erschütterten sie ihm Innersten und nagten an ihr als Frau. Als Mutter. Der Gedanke an eine Operation machte ihr Angst, aber der Gedanke, nie wieder ein Kind bekommen zu können, war zu viel. „Ich mache das nicht", sagte sie mit zusammen-gebissenen Zähnen, obwohl ihr Tränen über das Gesicht liefen. „Damit kann ich nicht leben."

„Señora, ich weiß, dass sie wütend sind. Das ist verständlich, es ist aber zu ihrem Besten. Sie werden sehen."

„Nein, ich weigere mich", sagte sie entschlossen. „Sie können mich nicht dazu zwingen."

„Nein, kann ich nicht, da haben Sie Recht", antwortete er mit ernster, behutsamer Stimme. „Sie sollten aber bedenken, dass Sie nie wieder anders ein Kind bekommen können und Sie und ihr jetziges Kind sterben könnten. Wollen Sie das wirklich?"

„Sie könnten sich irren", antwortete sie.

„Ich irre mich nicht. Hören Sie: Jetzt besteht noch keine Gefahr. Denken Sie darüber nach."

Er ging aus dem Zimmer, schüttelte den Kopf und sah Vidal im Gang. „Sie weigert sich", sagte der Arzt schnell. „Ich werde nicht operieren, ohne ihre Zustimmung. Können Sie sie nicht überzeugen? Ich warte unten."

Vidal eilte zur Bibliothek, wo Geoffrey und Julia saßen, Tee tranken und locker plauderten.

„Sie hat die Operation abgelehnt", sagte er. „Ich weiß nicht, was ich ihr sagen soll. Ich fühle mich deswegen so schrecklich."

„Lass mich mit ihr reden. Ich glaube, sie braucht jetzt eine Frau", sagte Julia.

Vidal nickte.

Julia ging schnell die Treppen hinauf, ins Zimmer von Rosalind.

Dort saß ihre Freundin, schaute aus dem Fenster und es liefen ihr Tränen über die Wangen.

„Rosalinda?"

„Sí?", seufzte sie.

Julia wurde schwer ums Herz, sie riss sich aber zusammen. „Dürfte ich reinkommen und mit dir reden?"

„Wenn es sein muss. Aber ich werde meine Meinung nicht ändern." Rosalinds Lippen zitterten, was ihren sturen Gesichtsausdruck betonte.

„Und warum nicht?" Was erhoffst du, zu erreichen, wenn du dich weigerst?", fragte Julia und wählte die Worte, die eine Mutter wählen würde, wenn sie sich eine Reaktion ihres Kindes erhofft.

„Der Arzt hat Unrecht. Ich weiß, ich kann ein Kind bekommen, ohne dies alles", erwiderte Rosalind.

„Du belügst dich selbst", keifte Julia. „Du weißt, wie oft ich dich nackt sah, wenn ich für die Kleider Maß nahm. Du hast die schmalsten Hüften, die ich je bei einer Frau gesehen habe. Es gibt keinen Platz. Belüge dich nicht selbst, Rosalinda. Du weißt, er hat Recht."

Rosalind schüttelte den Kopf.

Julia fuhr fort: „Du bist stur, aber jetzt ist nicht die Zeit dazu. Du weißt, was passiert, wenn du dein Kind nicht gebären kannst. Dann stirbst du, wie deine Mutter. Selbst wenn sie das Kind retten können, wird es ohne Mutter aufwachsen. Würde dir das gefallen?"

Rosalind schüttelte wieder den Kopf und ignorierte die Frage. „Durch die Operation kann ich nie wieder ein Baby bekommen. Das will ich nicht."

Das hat sie mitgenommen. Es war zu viel auf einmal. Nun gerät sie in Panik. Verdammt, Don Vidal und die anderen Männer halten ihr wichtige Wahrheiten vor. „Rosalinda, sei nicht egoistisch", sagte sie mit sanfter, schmeichelnder Stimme. „Du trägst ein Baby, das du in Gefahr bringst. Ganz zu schweigen davon, dass du keine Babys mehr bekommen kannst, wenn du stirbst. Das kannst du auch nicht ändern, wenn du den Eingriff ablehnst. Nur der Herr bestimmt, ob du eines trägst. Sieh mich an. Ich habe keine und es ist schon zu spät für mich, es zu versuchen. Du bist diejenige, die gesegnet ist. Wieso solltest du den Tod vorziehen, wenn du mit deinem Mann ein Kind haben kannst.

Rosalind schaute weg.

„Stirb nicht, Mijita. Denke daran, wie traurig Vidal wäre."

Diese Worte sagte Claudia an meinem Hochzeitstag. Das war ein Scherz, aber heute ist diese Gefahr schrecklich real. Wieder hatte sie eine Wehe. *Nach stundenlanger Arbeit, sollte ich etwas…Intensives spüren. Fühle ich aber nicht. Es fühlt sich nicht an, als ändere sich etwas. Was, wenn sie Recht haben? Was, wenn ich mich und meine Kleine in Gefahr bringe…wegen nichts?*

„Nein", flüsterte sie. „Nein, das kann nicht wahr sein. Es kann einfach nicht."

Im Geist war ihr, als sehe sie Vidals trauriges Gesicht. *Er war monatelang verzweifelt, sagte aber nie was, denn er wollte, dass ich glücklich bin.*

Mein armer Ehemann. Erst vor anderthalb Jahren hat er eine Frau verloren. Wie kann er nur weiterleben, wenn er mich auch noch verliert? Er wird weiterleben, vielleicht, aber in schrecklicher Trauer. Ich habe die Möglichkeit, es zu verhindern oder es zumindest zu versuchen. Schulde ich ihm nicht wenigstens so viel?

„Hätte er dir nicht die Wahrheit geschuldet?", sagte eine wütende Stimme in ihrem Kopf. „Dieser Moment ist so schrecklich für dich, denn er hat dir monatelang Dinge vorenthalten, die er dir hätte sagen müssen."

Damit hatte er Unrecht, sicher, meinte sie, *aber er ist ein Mann und Männer meinen, Frauen vor Gefahren und der Wahrheit schützen zu müssen. Das war ein törichter Fehler, auch wenn es gut gemeint war. Auf vielerlei andere Weise war seine Liebe meine größte*

Freude. Auch ich liebe ihn unendlich. Das machte ihn glücklich. Wieso sollte ich unserer gemeinsamen Zukunft im Weg stehen?

Noch eine Wehe kam und ihr Baby trat sie, vielleicht als Protest.

„Oh, Gott. Mein Baby", flüsterte sie, legte die Hand auf ihren pochenden Unterleib und merkte endlich, was auf dem Spiel stand. „Julia?"

„Sí?"

„Ich habe Angst."

Julia ging zur Tür und rief eine Hausangestellte zu sich, der gerade des Wegs war. „Hole bitte den Hausherren und den Arzt!"

Die Frau ließ die Handtücher fallen und rannte zur Treppe.

Dann eilte Julia zu Rosalind und umarmte sie, denn sie weinte.

Die Männer traten in den Raum. Vidal ging gleich zu seiner Frau und nahm sie in den Arm, streichelte ihr Haar und versuchte, sie zu trösten.

„Ich will das nicht", flüsterte sie.

„Ich wollte nicht, dass dir das geschieht. Ich wusste es nicht. Es tut mir leid, Liebes."

Durch das Schluchzen konnte man ihre Stimme kaum verstehen, er aber drückte sie nur an sich und spendete ihr Trost.

Schließlich kam Señora Velázquez, mit einem feuchten Tuch in der Hand.

„Einen Moment bitte, Señora", sagte Vidal. Er drückte das tränenüberströmte Gesicht seiner Frau an seines und schaute ihr in die Augen.

„Ich liebe dich, Rosalind", sagte er in Englisch und strich ihr eine Strähne aus dem Gesicht.

„Te amo, Vidal."

Das Paar küsste sich ganz sanft, die Lippen aneinander, als wollten sie es hinauszögern.

Rosalinds Leib zog sich nochmals zusammen, wo sie Vidal berührte.

„Señor, es wird Zeit", sagte die Hebamme.

Vidal legte seine Frau wieder auf die Kissen. Sie klammerte sich an seine Hand, während die Hebamme ihr einen frischen feuchten Lappen auf Nase und Mund legte. Er streichelt ihr Haar und sie schlief ein.

„Don Vidal, Sie sollten jetzt gehen", meinte der Arzt.

Er schüttelte den Kopf. „Ich lasse sie nicht allein."

„Sie sollten nicht hier sein", meinte der Mann.

Vidal überhörte seinen Einwand. „Ich habe ihr das angetan. Ich muss bleiben. Ich kann sie nicht allein lassen."

„Sie wird nicht mitbekommen, dass Sie hier sind. Um Himmels Willen, wir wollen hier operieren. Da dürfen Sie nicht im Saal sein."

Vidal schüttelte den Kopf und schaute auf das weiße Tuch auf Rosalinds Gesicht. „Ich gehe nicht."

„Doktor, lassen Sie ihn bleiben", drängte die Hebamme. „Wir verlieren immer mehr Zeit", seufzte der Arzt. „Gut. Sie blieben hier, an ihrer Kopfseite. Nicht hinsehen."

Vidal hob die taube Hand seiner Frau. *Armer Schatz. Ich wollte ihr kein Leid zufügen. Ich liebe sie so sehr, weit mehr, als ich es je für möglich gehalten hätte.* Schuldgefühle lähmten ihn. *Wenn sie daran stirbt, nur, weil ich sie zu sehr geliebt habe, dann weiß ich nicht, ob ich mich je wieder davon erhole. Ich lachte über Geoffreys Bedenken, aber er hatte Recht. Er hat den Verlust seiner geliebten Frau irgendwie überstanden. Wird das auch bei mir so sein?*

Kurze Zeit später erfüllte der aufgebrachte Schrei eines Kindes den Raum. Vidal seufzte. *Wenigstens hat das Kind überlebt,* dachte er bei sich und schaute immer noch zu seiner Frau.

Weniger als eine halbe Stunde später, verlangte der Arzt nach einer Nadel.

„Wir sind fertig, Don Vidal. Sie können sich jetzt umdrehen."

Er drehte sich um. Die Narbe am Bauch seiner Frau bot einen schrecklichen Anblick. Es war ein roter Strich, mit Nähten überall, der ihr vom Bauchnabel, bis zum Becken ging. Daraus floss etwas Blut.

Er atmete kurz ein. „Dios mío! Wird sie das wirklich überleben? Sie sieht aus, als wäre sie ausgeweidet worden."

„Eigentlich verlief die Operation gut", sagte der Arzt, um ihm Mut zu machen. „Vorausgesetzt, es stellt sich keine Infektion ein, wird sie wieder gesund." Er bandagierte ihre Wunde.

Vidal rührte sich nicht. Er saß einfach da und hielt Rosalinds Hand, konnte sich nicht rühren, er konnte weder denken noch sprechen. *Sie ist so schrecklich steif.* Eine Träne lief Vidal über die Wange. *Niemals kann ein solch kleines, zerbrechliches Wesen solch einen Eingriff überleben. Ich verliere sie. Es ist unvermeidlich.* Er legte ihre Hand auf seine Wange und drückte sie an sich, während ihn die Trauer, so ungezügelt wie eine Welle im Mittelmeer, überkam.

Viele Minuten saß er so da, drückte ihre Hand auf sein Gesicht, weinte leise und ermutigte sie, zu überleben. Etwa eine Stunde saß er so da. Schließlich legte sich eine warme Hand auf seine Schulter. Er schaute hoch zu seinem Schwiegervater und Julia, die ihm beistanden. Sie starrten in seine roten Augen und sein trauriges Gesicht, sie bekamen Sorgenfalten und befürchteten das Schlimmste.

„Ist sie...?", fragte Geoffrey.

„Sie lebt", sagte Julia zu ihrem Mann. „Schau, man kann sie atmen sehen."

„Was hat der Arzt gesagt?", wollte Geoffrey wissen.

„Er sagt, es sei alles gut verlaufen", antwortete Vidal mit erstickter, unverständlicher Stimme.

„Ist doch gut, oder?" fragte Julia.

„Ich weiß nicht. Sie sieht schlecht aus. Sie haben sie aufgeschnitten." *Ich klinge wie ein verängstigtes Kind. Fühle mich auch so. Ich bin verloren. So verloren. Verloren.* Sein Atem stockte.

„Ich weiß. Es ist echt schwer." Julia drückte Vidals Arm. „Versuche nicht, daran zu denken. Dr. Anzaldúa ist ein hervorragender

Chirurg. Rosalind wird es gut gehen. Daran musst du glauben, Vidal. Werde nicht schwach. Sie braucht deine Stärke.

„Das ist meine Schuld", sagte Vidal und die Schuldgefühle übermannten ihn.

„Nein", widersprach Geoffrey. „Du hattest keine Ahnung. Hätte ich dich nur früher gewarnt."

Ich habe der einzigen Frau, die mich je liebte weh getan. Ich habe ihr weh getan, weil ich mich nicht im Griff habe. „Als ihr kamt, war es bereits zu spät." Er musste schwer schlucken.

Julia nahm Rosalinds Hand aus Vidals und legte sie auf das Bett. Dann umarmte sie ihn herzlich. „Du wolltest ihr nichts tun. Du hast sie nur geliebt. Du weißt, wie sie deine Liebe zu schätzen wusste."

„Ja, das stimmt", meinte Geoffrey. „Nie habe ich sie so glücklich gesehen mit dir. Sie ist stark und zäh, sie wird wieder gesund."

„Don Vidal?", sagte eine andere Stimme neben der Hebamme.

Ruhig schaute er hoch.

„Ich habe was für Sie."

„Was ist es?", fragte er.

„Ihr Sohn."

Sie legte ihm ein Bündel in die Arme. Er nahm es ihr ab, zog den Stoff weg und ein kleiner Mensch, nur mit Windel, schaute ihm entgegen. Seine Haut, die für spanische Verhältnisse recht blass war, schien in der Sonne zu funkeln. Ein schwarzer Haarschopf krönte sein Haupt. Er schaute seinen Vater durch stahlblaue Augen an.

„Er ist so klein", sagte Vidal.

„Nein, er ist gerade richtig. Er wiegt über acht Pfund. Er ist wirklich ziemlich groß und perfekt. Das wird mal ein stattlicher Mann."

Gerührt schaute er seinem kleinen Sohn ins Gesicht. Das Baby grüßte ihn mit strahlend blauen Augen. „Er sieht aus wie sie."

Julia sagte: „Ja, aber auch wie du. Oh Vidal, er ist wunderbar."

Vidal sagte nichts.

„Schau ihn dir an", fuhr Julia fort. Du weißt, wie sehr ihr das gefallen würde. Sie wollte ein Kind mit dir. Egal um welchen Preis, das wäre es ihr wert. Bereue nie deinen Sohn, Vidal."

„Nein, wie könnte ich?" Er fuhr mit dem Finger über die flauschige Wange. Das Baby drehte sich um und wollte mit den Lippen suchen, was ihn berührt hatte.

„Wie werden Sie ihn nennen?", fragte Señora Velasquez.

„Ich weiß nicht. Ich gebe ihm keinen Namen, bis Rosalinda aufwacht und ich mit ihr sprechen kann. Alles andere wäre nicht recht."

„Na schön. Wickeln Sie ihn ein, dann hat er es warm", drängte die Hebamme.

Vidal legte die Decke wieder über das Baby und Señora Velázquez zeigte ihm, wie man ihn an die Schulter schmiegt.

„Gratuliere Señor, zu Ihrem prächtigen Sohn", sagte sie.

„Und meine Frau?"

„Sie wird aufwachen und, so Gott will, sich erholen und es wird ihr gut gehen. Ich glaube nicht, dass Sie sich allzu große Sorgen um sie machen müssen."

„Haben Sie diese Operation je zuvor gesehen, Señora?", fragte er und genoss die Schwere und Wärme seines Sohnes. *Julia hat Recht. Rosalind wäre es das wert.*

„Sí."

„Machen das alle Mütter wirklich durch? Das kann ich selbst jetzt noch kaum glauben."

„Manchmal. Nie zuvor habe ich gesehen, dass jemand es so gekonnt machte. Sollte das irgendwas bedeuten, dann ist sie besser dran als die meisten."

Beten wir zu Gott, das das reicht. „Danke. Was sollte ich jetzt tun?"

„Eine Schwester für das Baby suchen. Er muss bald was essen und selbst dann, wenn die Señora ihn selbst stillen sollte, wird es noch ein paar Tage dauern bis sie das kann. Davor sollte er gefüttert werden."

„Ja. Wann wacht sie auf?" *Ich will ihr in die Augen schauen, dann das Baby sehen und auch, wie sie strahlt, wenn sie unseren Sohn sieht.*

„Schwer zu sagen. Es könnte noch ein oder zwei Stunden dauern."

„Vidal, du solltest dich etwas ausruhen", sagte Julia leise. „Das war ein harter Tag für dich, nicht nur heute. Ich sah, wie du die letzten Monate gelitten hast. Wenn sie aufwacht, dann braucht sie dich mehr denn je. Dann solltest du fit sein."

„Wie kann ich sie verlassen?", fragte er. „Sie beide verlassen?" Er fuhr mit der Hand über den Rücken seines Babys, der von einer Decke gewärmt wurde.

„Sie ist jetzt außer Gefahr", antwortete Julia. „Ich bleibe bei ihr und rufe gleich an, falls irgendwas wäre."

„Komm schon, Vidal", sagte Geoffrey, nahm ihm das Baby ab, reichte es Julia und legte dann den Arm um seinen Schwiegersohn und half ihm aus dem Stuhl. „Was du tun kannst, um es wieder gut zu machen, ist es, dir Mut zuzusprechen und dich um meine Tochter zu kümmern."

Julia umarmte das Baby, die Männer gingen. Sie war, was Rosalinds Erholung anging, nicht so zuversichtlich, wie es den Anschein gemacht hatte. Aber sie hielt es für wichtig, so zu tun, als wäre sie es, um Vidals Willen.

Sie schaute sich im Zimmer um. Der Arzt döste im Stuhl. Er konnte nicht mehr tun, als darauf zu warten, dass Rosalind aufwachte und dabei ihren Tropf anzuschauen. Señora Velázquez war im Zimmer, räumte auf und legte die Nabelschnur in Tücher, die sie dann fortschaffte, ehe sie dann wieder nach der Patientin sah, ihre Atmung und den Puls prüfte.

Julia schaute sich wieder das Baby an.

„Hola, mi amor", sagte sie zu dem kleinen Jungen. „Ich weiß noch nicht, wie du heißt. Du hast Glück, dass du Eltern hast, die dich lieben und sich selbst auch so sehr. Gerade ist alles etwas schwierig, aber du bist ein lieber Junge und jeder freut sich, dass du lebst und gesund bist. Ihr Blick trübte sich. *Das Leben ist nicht fair. Ich wollte immer ein Baby und habe die Figur, ein Kind leicht zu entbinden. Ich hätte ein Dutzend haben können, aber bis jetzt hat sich kein Mann in mich verliebt und jetzt bin ich zu alt. Meine Ehe mit Geoffrey wird wunderbar, aber kinderlos. Ich muss mich mit diesem Stiefenkel begnügen. Ich kann ihn sicher verwöhnen.* Sie hoffte nicht, für die Mutter einspringen zu müssen und das Kind anstelle der Mutter großziehen.

Sie saß bei Rosalind, hielt das Baby und überwachte den Schlaf ihrer Freundin. Dann kam eine Schwester und trug das Baby fort, um es zu füttern. Julia blieb bei Rosalind.

Etwa 20 Minuten später rührte sich die Patientin. Sie war völlig von Sinnen, orientierungslos von den Medikamenten, murmelte und zuckte. Sie wimmerte und schrie dann.

Der Arzt schreckte davon hoch und eilte ans Bett.

Rosalind schlug auf das Bett ein.

Der Arzt versuchte, sie festzuhalten. „Señora. Doña Salazar. Still liegenbleiben. Ich habe Medizin, gegen die Schmerzen."

Rosalind konnte es nicht verstehen und Julia sah, sie war noch nicht ganz bei Bewusstsein. Ihre Schreie wurden zu einem Gurgeln. Sie erbrach die halb verdauten Reste ihrer letzten Mahlzeit. Das Anheben ihres Bauches war zu schmerzhaft, sie fiel zurück auf das Bett und lag totenstill da.

„Dios mío", schimpfte der Arzt. „Ich hasse es, wenn das passiert."

„Ist das normal?", fragte Julia aufgeregt. *Was bin ich froh, dass Vidal nicht im Raum war und das mitbekommen hat.*

„Nichts Ungewöhnliches. Wacht man von einer durch Äther verursachten Narkose auf, führt das oft zu Erbrechen. Wenn dann die Wirkung nachlässt, hat sie schreckliche Schmerzen, für die sie dann ein anderes Medikament braucht", erklärte der Arzt.

„Wie kann sie Medizin einnehmen, wenn sie sich übergibt?", fragte Julia.

„In flüssiger Form. Ich kann es ihr nach und nach in den Mund träufeln. Ich sollte ihr genug einflößen können, um die Schmerzen zu mindern. Es ist ein schmaler Grat, denn eine Überdosis Laudanum kann auch Erbrechen auslösen und das sollte ich ihr jetzt ersparen."

Während der Arzt in einem kleinen Löffel das starke Opiat mit Alkohol mischte, entfernte Señora Velázquez vorsichtig das blutige Kissen und legte ein frisches hin. Julia tupfte Rosalinds Gesicht ab. Der Arzt kam mit der Medizin. Tröpfchenweise träufelte er die Lösung in Rosalinds Mund, dort lief sie dann in solch kleinen Dosen ihren Rachen hinunter, sie musste nicht schlucken.

Nach einer Weile, rührte sie sich wieder. Diesmal kniete Julia am Bett, strich ihr über das Haar und flüsterte ihr was ins Ohr, um sie zu beruhigen.

Rosalind stöhnte, bewegte sich aber nicht.

„Señora? Señora, können Sie mich hören?", fragte der Arzt.

Sie bewegte die Augenbrauen, antwortete aber nicht.

„Señora, ich habe Medizin für Sie. Das hilft gegen Ihre Schmerzen."

„Rosalinda?", sagte Julia leise.

„Wo ist mein Vater?", fragte sie auf Englisch.

„Was sagt sie?", wollte der Arzt wissen.

„Sie scheint ihr Spanisch vergessen zu haben. Sie fragt nach ihrem Vater. Ich hole ihn."

„Nein. Señora Velázquez, gehen Sie. Nur Julia kann genug Englisch, um sie zu trösten."

Julia schaute verwirrt auf. „Mein Englisch ist nicht gut...", sagte sie, dann unterbrach sie Rosalind.

„Papa?" Sie bewegte sich, stöhnte dann und fasste sich umgehend an den Bauch.

Julia versuchte, so gut sie konnte, zu antworten. „Er kommt, Rosalinda. Dein Papa kommt bald. Ganz ruhig. Nicht zappeln."

～

Rosalind atmete langsam und tief ein. *Etwas Schreckliches ist passiert.* Ihr Bauch brannte. Sie hatte Tränen in den Augen und sah alles verschwommen.

„Rosalind?" Sie vernahm die Stimme ihres Vaters unter den vielen Sinneseindrücken.

„Papa?" Sie drehte den Kopf langsam zur Seite und nahm einen verschwommenen Umriss wahr, der sie an ihren Vater erinnerte. Bei dem Anblick wurde ihr schwindlig und sie presste die Augen wieder zu.

„Ja, Prinzessin. Ich bin hier." Eine warme Hand legte sich um ihre.

Sie drückte sie fest.

„Kannst du die Augen aufmachen?"

Das tat sie und diesmal sahen der Raum und das Gesicht ihres Vaters normal aus. „Ich habe Schmerzen", sagte sie mit wimmernder Stimme.

„Ich weiß. Der Arzt gibt dir gleich etwas Medizin."

„Was ist passiert?", fragte sie.

„Du hattest eine Operation", antwortete er und strich ihr über die Finger.

„Was...?", fragte sie. Sie kam langsam zu sich, erinnerte sich aber nur schwach.

„Weißt du nicht mehr? Dein Baby musste per Kaiserschnitt geholt werden."

„Baby?" Wenigstens ein Wort konnte sie jetzt fehlerfrei aussprechen.

„Ja, Rosalind, dein Sohn. Deiner und Vidals."

Gedankenverloren bewegte sie auf dem Kissen den Kopf hin und her.

„Señor Anzaldúa, sie erinnert sich nicht", sagte Geoffrey leise in Spanisch.

„Sie ist wohlauf, nur verwirrt", erklärte eine Stimme.

Doktor? Wieso dachte ich Doktor? Macht doch Sinn nach einer Operation.

„Das geht vorbei. Bleiben Sie einfach bei ihr."

„Ruhe dich aus, Prinzessin. Versuche dich nicht zu bewegen", sagte Geoffrey. „Der Arzt kann dir was gegen die Schmerzen geben. Darf er das?"

„Ja." *Oh, ja. Bitte. Das Feuer.* Sie legte wieder die Hand an den Bauch, dann hielt jemand sie fest.

Sie sah etwas Silbernes.

„Mund auf, Señora."

Das silberne Etwas berührte ihre Lippen und ließ den bitteren Geschmack etwas verfliegen.

Nach ein paar Minuten entspannte sie ihren Körper. Als ihre Schmerzen abnahmen, wurde sie etwas klarer im Kopf. „Papa, wo bin ich?", fragte sie und war froh, dass sie wieder reden konnte.

„In deinem Schlafzimmer", antwortete er wahrheitsgemäß.

„Oh, es kam mir doch bekannt vor. Ist das schon lange mein Schlafzimmer?" Auch wenn sich alles noch wie ein böser Traum anfühlte, verflog durch das Narkotikum und durch die Anwesenheit ihres Vaters ihre Angst. Sie war nur noch etwas verwirrt.

„Seit deiner Hochzeit sind erst ein paar Monate vergangen. Ich glaube aber nicht, du kannst hier schon schlafen."

Hochzeit. Schwarze Seide und Spitze und Vidals dunkle Augen. „Ach ja. Die Hochzeit war so ein schöner Tag." *Mein geliebter Vidal. Ich möchte keinen Tag mehr ohne dich sein.* „Papa?"

„Ja?"

„Wo ist mein Mann?"

„Er schläft im Nebenzimmer", antwortete Geoffrey. „Er war die ganze Zeit bei dir, aber irgendwann wurde er müde. Ich brachte ihn ins Bett, dass er sich etwas ausruhen kann. Er wollte nicht gehen."

„Hat das Baby überlebt?"

„Ja." Geoffrey lächelte zwar, aber sein Blick war noch traurig und besorgt. „Er ist herrlich. Du hast einen großen, starken Jungen."

„Wie hat Vidal ihn genannt?"

„Er gab ihm keinen Namen. Er wollte zuerst mit dir darüber sprechen."

Rosalind musste schmunzeln. „Wie süß. Wo ist mein Baby?"

„Bei einer Schwester."

„Nein! Ich möchte ihn stillen. Ahhh." Sie war aufgeregt und versuchte, sich aufzurichten. Als sie ihren Bauch spürte, wusste sie, wieso dies keine gute Idee war.

„Ruhig liegen bleiben", sagte Geoffrey und legte ihr die Hand auf die Schulter. „Du wirst ihn sehen. Erhole dich noch ein oder zwei Tage. Du bist noch nicht fit genug. Deine Wunden müssen erst richtig verheilen."

„Kann sie ihn bitte herbringen?", bat Rosalind. „Ich will mein Baby sehen."

„Ja, ich glaube schon. Lass mich sehen." Geoffrey stand auf und ging aus dem Zimmer.

Rosalind drehte sich langsam um. *Langsam bewegen, denk dran. Es tut nicht mehr so weh.*

Julia saß noch immer neben ihr. Rosalind streckte eine Hand aus, als Zeichen ihrer stillen Dankbarkeit.

Julia lächelte, wie immer herzlich, und drückte Rosalinds Hand.

Etwas später kam die Schwester.

„Felicidades!", sagte die junge Frau. „Entschuldigen Sie, dass Sie so viel durchmachen mussten. Sie haben einen echt netten Sohn."

„Gracias. Könnte ich ihn bitte sehen?"

„Claro", antwortete die Schwester. „Ich bin nur hier, um zu helfen. Er ist Ihr Sohn." Sie trat ans Bett und legte das Baby neben die Mutter. Rosalind hob leicht die Hand und zog die Decke zurück. Darunter lag ein kleiner Junge, der ein weißes Kleid trug und friedlich schlief.

„Oh!", sagte sie mit Tränen in den Augen. „Oh, kleiner Mann, sieh an." Sie streichelte sanft den flaumigen Kopf des Babys.

„Er ist es doch wert, Rosalinda?", fragte Julia. „Er ist doch all das wert, nicht?"

„Oh ja", keuchte sie. „Er ist perfekt. Kann ich...mich zur Seite drehen? Ich möchte ihn halten."

„Doktor?", fragte Geoffrey.

„Sí, sie kann sich zur Seite drehen", antwortete der Arzt. „Das ist gut für sie. Sie darf auch nicht zu lange liegen."

„Helft mir", bat sie.

Geoffrey nahm seine Tochter am Arm. Sie stützte sich auf ihn und drehte sich langsam um. Laudanum oder nicht, die Wunde brannte schlimm. Sie spürte jeden Stich im Körper. Sie legte sich hin und die Schwester legte das Baby näher zu ihr. Sie kuschelte sich an ihn und küsste ihn auf die Stirn. „Der kleine Mann braucht einen Namen. Könnte jemand nachschauen, ob Vidal schon wach ist?"

KAPITEL 21

*V*idal überfiel eine große Müdigkeit im großen Schlafzimmer. Er war ausgeruht und fühlte sich weniger verzweifelt. *Rosalinda hat die Operation überlebt. Alles in allem hat sie es gut überstanden.* Er zwang sich aus dem Bett, ging ungelenk durch den Raum und ließ sich dann tollpatschig in einen herumstehenden Sessel fallen. Kaum hatte er sich gesetzt, klopfte es an der Tür.

„Herein", rief er.

Julia schielte in den Raum. „Deine Frau ist wach. Es geht ihr gut. Sie will dich jetzt sehen."

Vidal sprang auf und raste in ihr Schlafzimmer, ehe Julia überhaupt aus dem Weg gehen konnte.

Zu seiner übergroßen Freude lag Rosalind auf der Seite, wach und ruhig, das Baby eng an sich gekuschelt. Sie schaute mit ihren grünlichen Augen an ihm hoch. Er konnte sehen, sie hatte immer noch große Schmerzen.

„Mi amor?", sagte sie.

„Ja, ich bin hier." Er ging zum Bett und kniete sich neben sie. An ihren Augen konnte er sehen, dass sie viele Narkotika eingenommen hatte. Er strich ihr eine Strähne aus dem Gesicht. Sie stützte sich auf seine Hand und genoss seine Berührung.

Er tätschelte ihre Wange. „Geht es...dir gut?"

„Glaube schon", antwortete er. „Es tut weh, aber ich halte es schon aus."

„Gut." Mit dem Daumen strich er ihr sanft über das Kinn.

„Und schau, Vidal. Schau mal, dein Baby."

Er wandte keine Sekunde den Blick von ihr ab. „Sí. Er ist ein Wunder."

„Ja."

Während sie sprachen, konzentrierten sie sich so sehr aufeinander, dass sie fast nicht bemerkten, als Geoffrey und Julia das Zimmer verließen.

„Wie sollen wir ihn nennen?" fragte Rosalind und strich ihrem Sohn über das weiche, schwarze Haar.

„Was meinst du?", fragte sie. „Er ist halb Spanier, halb Engländer. Er wird sein Leben in Spanien verbringen, aber ich möchte nicht, dass er ganz seine englischen Wurzeln verliert."

„Vielleicht Geoffrey als zweiter Vorname?", schlug Vidal vor.

Sie küsste seine Hand. „Ich liebe dich."

Er strahlte über beide Backen und seine Sorgenfalten verflogen. „Gefällt dir der Gedanke?"

„Ja. Wie hieß dein Vater?", fragte Rosalind und versuchte, auch ihm entgegen zu kommen.

„Natürlich Vidal. Mir gefiel es nie, gleich zu heißen, wie mein Vater. Das sorgte für Verwirrung. Ich glaube, ein Mann braucht eine eigene Identität."

„Also geben wir ihm nicht deinen Namen?", fragte sie.

„Das wäre mir nicht recht", antwortete er.

„Was dann?"

„Cristobal?", schlug er vor.

Rosalind dachte nach. „Nein, das gefällt mir nicht. Jose?"

„Nein", antwortete Vidal und schüttelte den Kopf. Da gab es mal einen Jungen, den ich nicht leiden konnte, namens Jose. Jahrelang prügelten wir uns regelmäßig. Was war ich so froh, als er nach Andorra zog. Wie wäre es mit Miguel? Nachdem ich so kämpfte, ihn auf die Welt zu bekommen, ist er so stark, wie ein Erzengel."

„Hmmm. Miguel Geoffrey Salazar. Mir gefällt, wie das klingt. Perfekt."

„Miguel." Vidal küsste den Kopf seines Sohnes. Dann schaute er seine Frau an. „Entschuldige, Liebes. Mein Fehler."

„Wofür entschuldigst du dich? Ich bereue nichts. Sieh dir an, was uns der ganze Ärger gebracht hat. Hätte ich nicht all das auf mich genommen, gäbe es Miguel nicht. Er war all das wert. Außerdem...", begann sie, schaute zum Arzt und wechselte die Sprache. „Wessen Idee war es zum Großteil?" Sie schaute ihn an, als wolle sie was sagen. „Wie sehr hast du versucht, das Richtige zu tun? Ich trage die Verantwortung."

„Ich hätte allem mehr widerstehen sollen", erwiderte Vidal.

„Hättest du das getan, hätte mich das sehr verletzt", antwortete sie neckisch.

Vidal schüttelte den Kopf. Wie sie so dalag, sah sie so hübsch verletzlich aus, aber schwach war sie nicht. Als er ihr in die Augen sah, konnte er sehen, sie würde um ihr Leben kämpfen. *Sie ist nicht der Typ Frau, der im Bett dahinvegetiert, bis sie schließlich vergeht. Rosalind ist eine Kämpfernatur und diese Stärke wird sie alles überstehen lassen. Sie wird alles tun, was in ihrer Macht steht, um gesund zu werden.* „Ich möchte dich küssen, Liebes. Darf ich?"

„Törichter Mann", antwortete sie und blinzelte. „Du bist mein Mann. Du kannst mich küssen, wann immer du willst."

„Ich will dir nicht weh tun", sagte er.

Sie griff nach ihm. „Die Narbe ist an meinem Bauch, nicht auf meinen Lippen."

„Rosalinda..."

Sie sagte gleich: „Vidal, wenn du mich nicht sofort küsst, dann stehe ich auf und tue es selbst."

Er beugte sich runter und küsste sie sanft auf die Lippen.

„Verzeihung, Señor, Señora", sagte der Arzt, als sie sich umarmten.

Vidal löste sich von ihrem Mund und es war ihm kein bisschen peinlich.

„Freut mich, dass es Ihnen so gut geht, Señora. Nicht so leicht, sich von so einem Eingriff zu erholen, aber nicht unmöglich."

„Was muss ich tun?", fragte sie.

„Vieles. Ausruhen. Schlafen. Die Medizin nehmen. Essen. Und vor allem trinken. Flüssigkeit unterstützt die Heilung."

„Wie nur...", begann sie und schaute verlegen zu Seite.

„Was?", wollte der Arzt wissen.

„Kann ich mich erleichtern", antwortete sie und ihre Wangen liefen rot an.

„Ach ja", antwortete er verständnisvoll. „Damit Ihre Muskeln stark bleiben, können Sie nicht wochenlang im Bett liegen. Sie müssen aufstehen und sich bewegen. Ein Nachttopf wäre eine Möglichkeit. Eine Zeit lang muss ihnen jedes Mal jemand helfen. Und dreimal am Tag müssen Sie langsam im Zimmer herumlaufen."

„Wann kann ich mein Baby stillen?", fragte sie schnell, um das Thema zu wechseln.

„Erst muss sich der Äther und das Laudanum in Ihrem Körper abbauen. Es ist zu ihrem eigenen Besten, wenn sie die verordnete Dosis einnehmen, damit sie sich bewegen können, wie gesagt. Es muss fein ausbalanciert sein. Seien sie vorsichtig, Señora. Ich habe schon erlebt, dass Frauen vom Laudanum abhängig wurden und diese Abhängigkeit über die Muttermilch an ihre Kinder weitergaben. Das ist echt schlimm."

„Verstehe. Dann müssen Sie mir genau sagen, wann und wieviel ich nehmen muss", sagte sie. „Ich mag die Schmerzen nicht, aber auch nicht diese Benommenheit."

„Das sind teilweise auch die Nachwirkungen des Äthers. Das geht vorbei", versicherte der Arzt.

„Wann denn?", wollte sie wissen.

„Wenn Sie sich heute im Zimmer bewegen können, wie ich vorschlug, selbst auf die Toilette und das alles ohne größere Dosen Laudanum, dann vielleicht schon morgen. Müssen Sie aber noch ein zwei Tage mehr warten, ist das auch nicht schlimm. Ich habe Frauen gesehen, die konnten erst eine Woche nach der Geburt stillen."

Rosalind nickte.

An ihrem Gesichtsausdruck sah Vidal, dass kein Schmerz, und sei er noch so groß, sie davon abhalten konnte, Miguel morgen an ihre Brust zu nehmen. *Was für eine starke Frau ich doch habe.* Er lächelte vor Bewunderung. Sie schien so sehr die Alte zu sein, dass es ihm irgendwie die Schuld- und Angstgefühle nahm. *Sie war in unserer Beziehung immer die Dominante. Das störte mich nicht.*

„Kann ich bitte etwas trinken", fragte sie. „Mein Mund ist trocken."

„Ja. Geben Sie das Baby Ihrem Mann, dann können Sie sich etwas aufsetzen."

Vidal nahm Miguel in den Arm. Das Baby schlief weiter, ungeachtet der Dinge, die vor sich gingen.

Sich aufzusetzen, stellte sich als weit schwieriger heraus, als sich umzudrehen. Obwohl sie an einem Stapel Kissen lehnte, spürte Rosalind noch immer einen unangenehm starken Druck auf ihrer Schnittwunde. Aber das Glas mit kaltem Wasser erfrischte sie sehr. Sie trank erst eins, dann noch eins. Schließlich seufzte sie und stellte es weg.

„Danke Doktor, dass Sie mein Baby gerettet haben...und auch mich."

„Keine Ursache, Señora. Ich habe nur meine Arbeit gemacht",

antwortete er. „Solange sich nichts infiziert, werden Sie sich bald erholen, denke ich."

„Ja. Da bin ich sicher", antwortete sie und hob das Kinn.

„Zweifellos." Er grinste.

„Haben Sie...getan, was Sie vor der Operation angedeutet haben?", fragte sie voller Kummer.

„Sí", antwortete er. „Das Risiko einer zweiten Schwangerschaft ist einfach zu groß."

Ihr Blick senkte sich. *Er ging kein unnötiges Risiko ein. Ich zweifle keine Sekunde daran, dass ich, wie durch ein Wunder, überlebte. Ich hätte heute auch sterben können.*

„Sie wollen das ganze doch nicht noch einmal durchmachen, oder?", fragte der Arzt.

Sie antwortete: „Nein. Aber etwas traurig bin ich schon. Ich wollte so unbedingt eine große Familie." Als plötzlich ein Stechen einsetzte, schloss sie die Augen.

„Liebes, unsere Familie kann trotzdem so groß werden, wie du willst", sagte Vidal.

Sie schaute, mit Tränen in den Augen, zu ihrem Mann. „Wie?"

„Es gibt viele Waise auf der Welt", erklärte er. „Denke nur, was für ein Glück es für sie wäre, zu uns zu kommen. Wenn Miguel etwas größer ist, können wir Zwillinge adoptieren."

Rosalind hatte Tränen in den Augen.

Vidal fuhr fort: „Ich weiß, dass du die Kinder selbst austragen wolltest, aber es sollte nicht sein. Wir sollten dies akzeptieren. Es bedeutet nicht, dass wir ewig nur dieses eine Baby haben."

„Wie süß, das zu sagen, Liebster", sagte sie. „Daran kann ich jetzt keinen Gedanken verschwenden. Später, wenn Miguel größer ist, wie du sagtest."

„Sí. Ausruhen. Gesundwerden. Auf unseren Sohn aufpassen. Wenn du dazu bereit bist, lass es mich wissen, dann entscheiden wir weiter."

„Te amo, Vidal."

Er strich ihr mit den Fingern durchs Haar, streichelte die

weichen Strähnen, fand sich dann aber schnell in knotigem Gewirr wieder.

„Hier, Liebes. Nimm Miguel. Dein Haar muss gebürstet werden."

Sie nahm das Baby, Vidal holte die Haarbürste und begann sanft ihre langen schwarzen Locken zu entwirren.

„Don Vidal, Señora Salazar", begann der Arzt und schaute ernst. „Unter den gegebenen Umständen, können Sie keine ehelichen Intimitäten pflegen, bis entweder ich oder Señora Velázquez sagen, dass es sicher ist. Das kann noch gut zwei oder drei Monate dauern."

„Natürlich nicht, Doktor", bestätigte Vidal.

Rosalind nickte. Das ist eine lange Zeit, besonders für ein solch leidenschaftliches Paar, das frisch verheiratet ist, aber nicht zu ändern. Sie würden einfach warten müssen. Heute klang das leicht und offensichtlich.

Heute schon.

KAPITEL 22

„Doktor, das tut weh", wimmerte Rosalind.

„Ich weiß", sagte er. „Ganz langsam. Können Sie sich in die Arme ihres Mannes sinken lassen?"

„Ich halte sie", antwortete Vidal und führte Rosalind langsam im Zimmer herum.

Jeder Schritt schmerzte, sie hielt es aber aus. *Die einzige Möglichkeit, dass alles wieder normal verheilt, ist es, auf den Arzt zu hören.* Noch ein Schritt. *Ich glaube, ich schaffe es zurück ins Bett...Nein, halt!* Sie riss die Augen weit auf.

„Doktor! Ich muss... Ich hatte so viel getrunken."

„Ich weiß." Der Arzt schaute gebannt auf seine Notizen. „Das hilft bei der Heilung."

„Und ich brauche...ich brauche."

„Ich glaube, sie braucht die Nachttopf, sagte Señora Velazquez.

Mit ihrer freien Hand rieb sich Rosalind die Augen und legte sie dann auf Vidals Schulter. „Ja."

„Señor, helfen Sie bitte Ihrer Frau", sagte der Arzt, noch immer teilnahmslos.

Rosalind schüttelte den Kopf. „Alle Männer verlassen jetzt bitte das Zimmer."

„Ich glaube nicht, dass du das allein schaffst", erwiderte Vidal.

„Ganz sicher nicht", bestätigte der Arzt. „Señora ich weiß, es ist gegen ihre guten Sitten, aber Sie müssen mir einfach helfen."

„Señora Velázquez kann mir helfen", verlangte Rosalind. „Keine Männer."

„Machen Sie besser, was die Dame wünscht", schlug die Hebamme vor.

„Können Sie sie führen?", fragte Vidal und schaute die schlanke Frau besorgt an.

Sie antwortet trocken: „Ich bin stärker, als ich aussehe, aber Sie können ihr in den Toilettenstuhl helfen, wenn sie wollen. Um den Rest kümmere ich mich."

„Beeilung bitte", drängte Rosalind.

Vidal trat hastig in die Ecke des Raums, wo der Holzstuhl mit dem bemalten Porzellaneinsatz stand.

Sie stöhnte. „Schnell und Vorsicht."

Langsam und voller Schmerz ging Rosalind zum Klostuhl. Vidal setzte sie auf den Stuhl unter ihrem Stöhnen und Verwünschungen.

„Raus!", befahl sie und die Hebamme half ihr, das Nachthemd hochzuschieben. Dann schaute sie sich ihre Schnittwunde an. „Grundgütiger! Kein Wunder, dass ich Schmerzen habe."

Die Tür fiel hinter den zwei Frauen ins Schloss.

„Das heilt schon", versicherte die Hebamme.

„Das ist trotzdem peinlich", sagte sie.

„Ich weiß. Behalten Sie ihre Empörung für sich, so gut sie können."

Als sie das Wasser, das sie getrunken hatte, wieder ausschied, stöhnte Rosalind vor Schmerz und Erleichterung. Das war sehr anstrengend für sie.

„Ganz gut", sagte Señora Velazquez. „Brauchen Sie mehr Medizin?"

Rosalind schüttelte den Kopf, knirschte aber mit den Zähnen.

Die Hebamme führte die Männer wieder ins Zimmer. „Doktor, die Schnittwunde sieht gut aus. Dort scheint es keine Probleme zu geben aber sie braucht Medizin. Die Schmerzen verschlimmern sich, auch wenn sie sie verdrängt."

„Das habe ich befürchtet. Don Vidal, bitte helfen Sie ihrer Frau wieder ins Bett."

Mit jedem schmerzenden Schritt führte er sie zum Bett zurück. Als sie sich hinlegte, brannten ihre Augen so stark wie ihre Schnittwunde.

„Señora, erholen Sie sich noch etwas von der Operation", schlug Dr. Anzaldúa vor und gab ihr einen Löffel Medizin. Du solltest etwas schlafen. Geben Sie das Baby der Schwester, dann können sie sich ausruhen und gesundwerden."

„Ausruhen würde ich mich gerne, aber solang will ich das Baby halten", meinte Rosalind gähnend. „Die Schwester kann ihn nehmen, wenn er essen muss. Hat er nicht schon einmal gegessen?"

„Hat er. Er ist erst ein paar Stunden alt, wird also sehr wahrscheinlich eine Weile schlafen", sagte Señora Velázquez,

„Dann legen Sie ihn neben mich, bitte, dann können wir zusammen ausruhen."

Der Arzt hob die Augenbrauen, aber die Hebamme eilte herbei, um der Schwester das Baby abzunehmen.

Rosalind blinzelte. Mit der wohligen Wärme ihres Sohnes an der Brust, schlief sie ein.

Am nächsten Tag fühlte Rosalind sich nicht gut. Sie war es leid, krank zu sein und der Gedanke, dass Monate vergehen würden, ehe sie sich wieder normal fühlte, machte ihr zu schaffen.

Der einzige Lichtblick an diesem frustrierenden und schmerzlichen Tag, war, als der Arzt sagte, dass sie versuchen könne, ihrem Baby die Brust zu geben.

Señora Velazquez stapelte Kissen auf ihrem Schoß und die

Schwester zeigte ihr, wie sie den kleinen Miguel an die Brust halten
musste. Es schmerzte etwas, aber er saugte gut und als er erst einmal
trank, überkam sie eine nie gekannte Ruhe. Sie schaute zu, wie ihr
Baby immerfort trank und strich ihm mit dem Finger über den Kopf.
Wenigstens hier läuft alles richtig. Angesichts der traumatischen
Entbindung, brauchte sie dieses Gefühl. Endlich fühlte sie sich wie
eine Mutter.

Nach drei Tagen ohne Anzeichen einer Infektion war der Arzt
zufrieden. Nach einer Woche waren die Nähte gut verheilt, sahen
rosa und gesund aus und eiterten nicht mehr zur Erleichterung aller.

Zehn Tage nach der Operation ging Dr. Anzaldúa nach
Barcelona zurück, erleichtert, dass er eine Mutter und ihr Kind dem
Tod entrissen hatte. Notizen über Señora Rosalinda Salazars schnelle
Genesung fügte er an die Patientenakte an. Daran hängte er noch
seine Erkenntnis, dass eine Mutter, die unbedingt gesundwerden
will, eine größere Chance hat, dass sie es wird.

Señora Velázquez besuchte Rosalind eine Zeitlang täglich, dann
zweimal die Woche, dann nur noch wöchentlich.

Rosalind selbst folgte ganz genau den Anweisungen des Arztes
und der Hebamme. Sie nahm genau die Menge Laudanum, die sie
verschrieben hatten und senkte stetig die Dosen. Das machte sie
glücklich, denn die Medizin, obwohl sie wichtig war, war schrecklich
und gefährlich.

Sie steigerte allmählich das Training, wie man es ihr empfahl, bis
sie schließlich durch das Haus spazieren konnte, zwar nicht schmerz-
frei, aber sie war zufrieden. Danach ruhte sie sich aus. Ein Neugebo-
renes zu stillen und sich gleichzeitig von der Operation zu erholen,
hatte sie ausgelaugt. Der kleine Miguel schlief jede Nacht neben ihr.
Fest stand, dass Miguel wusste, wer seine Mama war und niemand
sonst.

Vidal schlief im Zimmer nebenan. In diesen langen Nächten
vermisste Rosalind ihren Ehemann. Bei Tag besuchte er sie oft, das
war seiner Frau aber nicht genug, erst recht, als sie sich besser fühlte.

Eines Tages, etwa acht Wochen nach der Operation, kam er in

ihr Zimmer, als sie Miguel stillte. Sie konnte sich nicht gleichzeitig anziehen und Miguel stillen, also hatte sie sich nur ihr Nachthemd angezogen.

～

Das war für Vidal schön anzusehen. Viele Wochen hatte er schon nicht mehr mit seiner Frau das Bett geteilt, aber ihre schreckliche Wunde hatte immer seine Leidenschaft gedämpft. Jetzt, da er ihre nackten Brüste sah, so groß und voller Milch, spürte er ein heftiges Verlangen.

„Hola mi amor", sagte er, die Augen auf ihre nackte Haut gerichtet. Schnell ging er durch ihr Zimmer, hob ihr Kinn und beugte sich zu ihr. Er schob seine Zunge in ihren Mund.

Rosalind atmete tief und erwiderte seinen Kuss.

Miguel ließ den Nippel seiner Mutter los und kreischte, denn er wollte noch den anderen. Rosalind zog vorsichtig ihren Mund von ihrem Mann weg und widmete sich wieder ihrem Sohn.

„Wie läuft's, Liebes", fragte er.

„So." Sie zeigte ihm, wie sie das Baby an die Brust führte. Miguel hielt sich fest und saugte gierig.

Vidal lachte. „Mein Junge weiß, was ihm guttut."

„Oh ja", bestätigte sie und kicherte.

„Du siehst so hübsch aus, Liebes mit deinen nackten Brüsten." Er griff nach ihr, als wolle er sie berühren, zog sich dann aber unsicher wieder zurück.

„Du siehst...sehr erregt aus", sagte sie, als sie die plötzliche Schwellung in seiner Hose sah.

„Das bin ich. Wie lange noch?", fragte er.

„Ich denke, noch ein paar Wochen."

Vidal seufzte.

Rosalind wurde rot.

„Entschuldige."

„Nein, ich weiß, wie du dich fühlst", antwortete sie.

„Ach ja, Liebes?"

„Ja", antwortete sie ernst. „Ich vermisse dich. Jede Nacht, wenn ich ins Bett gehe, wünschte ich, dass du mich umarmst. Erinnerst du dich noch, wie es immer war? Zuerst liebtest du mich. Dann hieltst du mich in den Armen."

Vidal nahm ihre freie Hand. Seine schlaffe Männlichkeit hob sich, als er daran dachte. „Natürlich. Wie könnte ich es vergessen? Wir hatten so wenig Zeit zusammen."

„Zu wenig. Das war meine Schuld. Ich trieb dich vor unserer Hochzeit in mein Bett und das hat unsere Zeit danach verkürzt." Sie schaute ihn an, halb schuldbewusst, halb spöttisch.

„Ach ja, zwei Wochen sagtest du?"

Sie nickte. „Ich denke schon. Señora Velázquez müsste morgen vorbeikommen, um meine Narbe anzuschauen. Die Blutung hat aufgehört. Ich glaube also nicht, dass es noch lange dauert."

„Blutung?", fragte er alarmiert. „Blutet deine Wunde? Ich hole den Arzt."

„Nein, Liebster." Sie legte ihm die Hand auf den Arm, um ihn zurückzuhalten. „Es ist eine andere Art von Blutung. Es ist...als hätte man seine Tage. Jede Frau hat nach einer Geburt Nachblutungen, egal um was für eine Geburt es sich handelt. Meine hat vor drei Tagen aufgehört und seither nicht wieder angefangen."

„Wie kannst du über Wochen bluten?", bohrte er nach, noch immer besorgt. „Bist du sicher, das ist nichts Ernstes?"

„Señora Velazquez sagte, dass wäre zu erwarten. Sie hat den Verlauf beobachtet und war weder alarmiert noch besorgt."

Vidal schüttelte den Kopf. „Mir ist nicht danach, mehr davon zu erfahren."

„Na schön, ich sage nichts mehr", antwortete sie und lächelte wieder spöttisch. „Aber frage mich nichts mehr, Geliebter, außer du verträgst die Antwort. Zwischenzeitlich wird mich Miguel eine Weile beschäftigten, sodass du mich noch mehr küssen kannst."

Dieser Vorschlag klingt gut. „Würde dir das gefallen?", fragte er, mit erhobenen Augenbrauen.

„Oh, ja", seufzte sie.

Dem kam er gerne nach. Wieso auch nicht? Er riskierte es sogar, ihre nackte Brust zu berühren und fuhr mit den Fingern über den geschwollenen Nippel.

Sie stöhnte.

„Ich muss aufhören", sagte er im nächsten Moment. „Entschuldige, Liebes. Für eine Weile kann ich dich nicht mehr küssen. Es ist zu qualvoll."

„Ich verstehe." Sie schaute ihn traurig an und zog sich ihr Nachthemd zurecht.

Er streichelte ihre Wange, sie schmiegte sich in seine Hand. „Liebes, ich bin froh, dass du so stark bist. Ich hatte wirklich Angst, dich zu verlieren."

„Bei dem Leben, das ich führe. Es ist, als erfülle sich ein Traum, Vidal. Natürlich wollte bei dir bleiben und meinen Traum leben."

Erneut küsste er sie. Er konnte nicht anders.

Am nächsten Tag kam die Hebamme wieder, um sich Rosalind anzusehen. „Hola, Carolina", begrüßte sie Rosalind. Als Dr. Anzaldúa wieder in Barcelona war, wurde das Verhältnis der beiden Frauen zueinander offener.

„Hola, Rosalinda", antwortete die Hebamme. „Wie geht es dir heute?"

„Ich fühle mich recht wohl", antwortete Rosalind. „Ich habe schon lange keine Medizin mehr gebraucht."

„Hast du noch Schmerzen?", fragte Carolina.

„Nur ein bisschen."

„Müde?"

„Oh, ja. Ich konnte schlecht schlafen."

„Das ist nach einer Geburt normal", sagte Carolina.

Das innige Verlangen nach ihrem Mann wurde immer größer. *Selbst jetzt kann die Sonne, die durch das offene Schlafzimmerfenster scheint, nur einen Bruchteil seiner Wärme bieten*, dachte sie, als sie die Vögel zwitschern und die Arbeiter auf den Feldern und Weinbergen schreien hörte. *Das Leben geht weiter und ich bin so dankbar, ein Teil davon zu sein.*

„Und wie geht es dem Jungen?"

Rosalind wurde rot, als sie ihn der Hebamme zeigte. „Schau ihn dir an. Sieh mal, wie er zunimmt?"

Als sie das pummelige Kind sah, musste auch Carolina lächeln. „Ach, wie schön er wächst. Wenn du ihn weiter so mästest, dann wird er der größte Junge in Andalusien. Lass mich jetzt die Narbe ansehen."

Rosalind legte das Baby neben sich hin und hob das Nachthemd, um die rosa Linie der Hebamme zu zeigen.

„Jede Woche verblasst sie mehr", sagte Carolina und drückte vorsichtig darauf. „Ich glaube, in einem Jahr sieht man sie kaum mehr."

„Gut. Mir gefällt der Anblick nicht." Rosalinda schaute finster auf die Wunde auf ihrem Bauch.

„Das sind die weiblichen Kriegsverletzungen. Du bist eine Kriegerin."

Rosalind nickte ernst. „Danke."

„Ich glaube nicht, dass ich noch länger nachsehen muss", sagte die Hebamme. „Ich komme natürlich, wenn es Probleme gibt."

„Zuerst möchte ich etwas wissen."

„Natürlich."

„Wann kann mein Mann wieder zu mir ins Bett?" Da lief sie ganz rot an.

„Du sehnst dich sehr nach ihm, nicht?", spöttelte Carolina.

„Ja. Ich liebe ihn so sehr und vermisste unsere…intimen Momente."

„Kann ich mir vorstellen", sagte die Hebamme trocken und vergaß dabei nicht, wie viele Monate Rosalind bei ihrer Hochzeit schon schwanger war. „Wie lange blutet es schon nicht mehr?"

„Seit vier Tagen. Davor waren die Blutungen sehr schwach."

„Und du hast keine großen Schmerzen?", fragte Carolina.

„Nicht sehr", antwortete Rosalind.

„Es könnte wehtun", sagte die Hebamme.

„Das macht mir nichts aus."

„Dann schlage ich vor, Sie hören einfach auf ihren Körper. Wenn Sie ihn wollen und bereit sind, versuchen Sie es. Sorgen Sie nur dafür, dass er weiß, dass er eventuell aufhören muss." Der Blick, mit dem sie die junge Mutter ansah, sprach Bände. „Und, Rosalinda, hör wirklich auf, wenn die Schmerzen unerträglich werden. Zwinge dich nicht dazu. Es ist noch recht früh."

„Versprochen", antwortete Rosalind.

„Wieso habe ich das Gefühl, du hörst nicht zu?"

„Oh, ich höre zu", versicherte Rosalind und nahm wieder ihren Sohn in den Arm. „Ich schwöre. Ich will keinen Rückfall riskieren. Ich höre auf, wenn ich muss." Sie brauchte der Hebamme nicht erzählen, dass ihr Körper noch nicht bereit war für ihren Mann, außerdem konnten sie sich auch mit den Händen und dem Mund befriedigen. Man kann es ja probieren.

„Gut. Ich habe alles in meiner Macht Stehende getan. Ich schaue trotzdem noch hin und wieder nach Ihnen, Sie erholen sich aber echt gut."

„Ich bin so froh", sagte Rosalind und küsste ihr Baby auf die Stirn. „Ich weiß Ihre Hilfe zu schätzen. Ich wünschte, ich könnte sie später nochmals in Anspruch nehmen. Sie sind eine hervorragende Hebamme."

„Danke. Vielleicht könnten wir stattdessen Freunde werden?", schlug Carolina vor.

„Das wäre schön", antwortete Rosalind.

Die Hebamme legte einen Arm um Rosalinds Schultern, küsste das Baby auf den Kopf und ging.

Der kleine Nimmersatt Miguel wand sich und saugte an der Brust seiner Mutter.

„Meine Güte, gieriger, kleiner Mann", sagte Rosalind spöttisch. „Einen Moment, Liebling. Ich muss mich aufrecht hinsetzen."

Als sie die Kleider zurecht gezogen hatte, schrie er ganz laut. Sie legte ihn schnell richtig hin und lachte, als seine lauten Schreie zu schmatzenden Schlürfern wurden.

„Señora?" Es klopfte an der Tür.

Rosalind legte die Babydecke nun selbst um. „Herein."

Die Tür ging auf und Maria, Rosalinds Freundin und ehemalige Kollegin, trat ein. „Wir haben einen Gast." Sie eilte zurück in die Küche, als Carmen Flores den Raum betrat.

Rosalind fluchte leise auf Englisch.

„Hola, Señora Salazar", sagte Carmen scheu. „Ich hörte von den Komplikationen. Tut mir leid."

Rosalind versuchte, höfliche Worte zu finden, ihr fiel aber nichts ein, also sagte sie ehrlich: „Wenn Sie kamen, um zu sehen, ob ich sterbe, dass sie mir den Gatten ausspannen können, muss ich Sie enttäuschen. Mir geht es sehr gut."

„Das sehe ich. Keine Sorge. Ich habe es nicht mehr auf Vidal abgesehen", sagte die schöne Spanierin mit gesenktem Blick.

Rosalinds Augen wurden zu Schlitzen. „Das kann ich schwerlich glauben."

Carmen war Rosalinds ungläubiger Blick nicht entgangen. „Ich weiß, wann man sich geschlagen geben muss. Ich will nur, dass er glücklich ist. Nachdem er mich fortschickte, war ich mir ziemlich sicher, es sei vorbei. Ich kam zur Hochzeit, nur um sicher zu gehen. Er hat Sie angesehen, wie er mich nie ansah und da wusste ich es. Er liebt Sie und mich liebt er nicht mehr. Vielleicht hat er das nie."

„Wieso sind sie zurückgekommen, Señora?", wollte Rosalind wissen.

„Nachdem Esteban starb, wollte ich zu meinem Vater", erklärte sie. „Er ist das letzte Familienmitglied."

Verdammt, wie ich es hasse, dass sie zur Vernunft kommt. „Oh, ich verstehe. Aber was ist mit Vidal?" Sie wussten, wir sind verlobt. Wieso wollten Sie ihn mir ausspannen? Sie liebten Ihn doch noch nie."

„Sie haben Recht", sagte Carmen traurig und setzte sich in einen

Stuhl, der im Raum in einer Ecke stand. „Ich wollte ihn lieben, denn er ist ein wunderbarer Mann, konnte es aber nie."

Rosalind schaute finster. „Und doch wollten Sie ihn mir ausspannen, obwohl Sie wissen, ich liebe ihn." Warum? Sind Sie wirklich so egoistisch?"

Carmen seufzte. „Nicht egoistisch, verzweifelt. Nach Estebans... Tod, war ich verzweifelt. Unsere Ehe war nicht so schlecht, wie du vielleicht denkst. Nachdem die Wogen geglättet waren, war er als Ehemann so aufmerksam, wie es sich eine Frau nur wünschen kann. Bis heute trauere ich ihm so sehr nach. Ich fühlte mich einfach so schlecht und einer seiner Freunde nahm sich meiner an, um... mich zu trösten. Statt getröstet zu werden, war ich wieder schwanger. Ich brauchte einen Ehemann und erinnerte mich daran, wie Vidal mir früher fast alles verziehen hat. Das war falsch und es tut mir leid."

Rosalind ignorierte die plötzliche Zuneigung, die sie empfand und auch die leise Stimme, die ihr sagte, dass sie auch einmal unehelich schwanger war, auch wenn sie es damals nicht wusste. „Das war falsch. Vidal gehört mir."

Carmen nickt eifrig. „Ich weiß. Ich schwöre, so etwas kommt nicht mehr vor."

„Das hättest du nicht tun sollen. Es wird auch nicht funktionieren. Er liebt mich." Dass sie das so einfach zugeben konnte, tat Rosalind so gut und sie konnte dem ungebetenen Gast nicht mehr böse sein.

„Ich weiß, das tut er", sagte Carmen und lächelte traurig.

„Was wirst du jetzt also tun? Hast du es auf einen anderen abgesehen?"

Sie lächelte nicht mehr. „Eigentlich hatte ich eine Fehlgeburt etwa eine Woche nach eurer Hochzeit. Ich brauche keinen Mann deswegen. Ich kann einfach Witwe und Mutter sein, trauern und mein Leben leben, fühlte mich aber deinetwegen schlecht. Ich wollte mich entschuldigen. Was du wegen mir durchmachen musstest, hast du nicht verdient."

Ihr trauriger Gesichtsausdruck versetzte Rosalind wieder einen

Schlag. *Sie trauert über diese Fehlgeburt, trotz all der Probleme, wie ich über die Kinder, die ich nie mehr austragen werde.* Rosalind missfielen diese widersprüchlichen Gefühle und sie entgegnete schnippisch: „Was ich deinetwegen durchmachte, dauerte nur etwa 20 Minuten hat zu einem guten Ende geführt. Darüber bin ich nicht wirklich wütend. Ich misstraue nur deinen Absichten."

„Was du nicht sagst", meinte die Witwe mit großen Augen und fasste sich an die Wangen. „Machst du dir keine Sorgen über das Gerede der Leute?"

Rosalind lachte humorlos. „Der Tratsch hat sich schon verbreitet. Du glaubst doch nicht wirklich, mein Sohn kam vier Monate zu früh und hat überlebt, oder? Ich trug das Kind in mir bereits an dem Tag, als du kamst."

„Seit vier Monaten?", fragte Carmen schockiert. „Dann müsst ihr beide exakt ein Jahr, nachdem ich ging, ein Paar geworden sein."

„Nein, schon viel früher", erwiderte Rosalind. „In dieser Nacht landete ich mit ihm im Bett."

Das zu sagen war so grausam, dass Carmen zusammenbrach.

„Was?" wollte Rosalind wissen. „Hast nicht du ihn verlassen und bist mit dem Nächstbesten im Bett gelandet?"

„Ja", gab Carmen zu und wurde rot.

„Dann tue nicht so, als ob es dich verletzt", sagte Rosalind kalt. „Du hast dich entschieden und für mich kam alles wunderbar."

„Auch für mich", sagte Carmen mit leicht spöttischem Unterton. „Ich bereue meine Heirat nicht."

Gut, endlich eine Reaktion. „Nicht weniger, als ich meine bereue", erwiderte Rosalind.

Die beiden Frauen schauten sich finster an und dann zerstörte Carmen alles, indem sie sich versöhnlich gab. „Nein, natürlich nicht. Ich bin froh, dass du ihn hast. Er verdient Liebe. Sei nicht wütend, bitte. Können wir nicht Freunde werden?"

Rosalind seufzte. Sie wusste nicht, wie sie mit dieser neuen Seite ihrer früheren Rivalin umgehen sollte. „Ich weiß nicht. Ich denke darüber nach. Ich traue dir noch nicht. Ich nehme deine Entschuldigung an, aber ich brauche noch Zeit, ehe ich mich auf mehr einlasse. Gerade muss ich mich von meiner Operation erholen und mich um mein Baby kümmern. Das ist alles, was ich gerade fertigbringe."

„Verstehe. Ich bin froh, dass du es überstanden hast. Es ist doch ein Junge, nicht?", fragte Carmen, um das Thema zu wechseln.

„Ja."

Carmen strahlte. „Ich habe eine Tochter, Maria. Sie ist etwa neun Monate alt. Wie heißt dein Sohn?"

„Miguel."

„Dürfte ich ihn sehen?"

„Einen Augenblick." Rosalind schob dem Baby den Finger in den Mund, dass es ihren Nippel losließ. Er schlief tief und fest, der süße, kleine Säugling. *Das kleine Ferkelchen.* Rosalind war zwar angespannt, lächelte aber. Sie zog schnell das Mieder zusammen und zog die Decke zurück, um das Engelsgesicht ihres Sohnes aufzudecken.

„Oh, wie schön er ist", sagte Carmen. „Er sieht genau wie sein Vater aus, nur etwas...blasser."

„Ja. Das glaube ich auch. Danke", antwortete Rosalind und zwang sich zu einer festen Stimme, konnte aber nicht kontrollieren, dass sie ihre Lippen spitzte.

„Hola, mi amor. ¿Como estás?" Vidal betrat den Raum und setzte sich auf die Bettkante, die Augen auf seine Frau gerichtet.

Rosalind hob Miguel an ihre Schulter, Vidal nahm sie beide zärtlich in den Arm und drückte seinen Mund an den seiner Frau. Sie öffnete die Lippen, wollte protestieren, er schob ihr die Zunge tief hinein. Als er sie losließ, fühlten sich ihre Lippen heiß an.

„Es ist lange her, dass ich dich mit einem einzigen Kuss erröten ließ", sagte er. „Ich kann es kaum erwarten, zu sehen, wie rot du wirst, wenn ich dich wieder in dieses Bett bringe. Ich werde dich überall erröten lassen."

„Klingt herrlich", sagte sie, was sie auch meinte aber... „Ähm, wir sind nicht allein."

Vidal drehte sich um und sah Carmen in einem Stuhl in der Ecke sitzen.

Die liebreizende Witwe wurde ganz rot, weil sie Zeugin dieses leidenschaftlichen Moments geworden war.

Vidal senkte den Blick. „Was machst du jetzt hier? Du siehst, dass ich meine Frau liebe und glücklich in meiner Ehe bin."

„Sí", antwortete Carmen schnell. „Da habe ich keinen Zweifel. Ich bin nur hier, weil ich mich bei euch beiden entschuldigen wollte. Ich habe mich schlecht benommen. Entschuldigung. Ich weiß jetzt, es war ein Fehler, mich zwischen euch drängen zu wollen. Ich bin froh, dass du sie hast, Don Vidal, und dass sie ihre Geburt so gut überstand."

„Oh", sagte er und ließ ihren aufrichtigen Ton auf sich wirken. „Mach das nie wieder. Rosalind ist eine wilde Löwin. Sie reißt dich in Stücke, wenn du ihr zu nahe kommst."

Als sie dieses zweifelhafte Kompliment hörte, röteten sich Rosalinds Wangen noch mehr.

„Keine Angst, Don Vidal", sagte Carmen formell. „Ich würde mich nie in eine solch schöne, leidenschaftliche Ehe einmischen. Hätte nur jeder so viel Glück. Ich werde jetzt gehen. Glückwunsch zur Hochzeit und zu eurem Sohn."

„Danke", sagte Rosalind, als sie ging.

„Nun ja, das war seltsam...und peinlich", sagte Vidal.

„Ja", sagte seine Frau. „Ich glaube, sie war aufrichtig. Ich traue ihr aber noch immer nicht."

„Nein, aber traust du mir?", fragte er und schien in ihre Seele blicken zu wollen.

„Oh, ja. Ich würde dir mein Leben anvertrauen", sagte sie inbrünstig.

„Ich glaube, das hast du schon", sagte er, mit Reue in der Stimme. „Ich bin so froh, dass du dich erholst. Es hat mich fast umgebracht, dich leiden zu sehen."

„Mach dich nicht selbst fertig, Liebster. Jede Frau gebärt unter Schmerzen. Meine waren nur etwas anders. Du weißt ja, dass es mir viel bessergeht, als vorher."

„Ja, das kann ich sehen." Er schaute sie von oben bis unten an, mit einem sehnsüchtigen Verlangen und zunehmender Erleichterung über ihre sichtliche Kraft.

„Umso mehr, als Señora Velázquez mir sagte, dass wir versuchen können, wieder intim zu werden, wann immer wir wollen."

„¿Verdad?" fragte er mit großen Augen.

„Sí."

„Also, wann willst du", fragte er eifrig.

„Miguel schläft ja. Wir könnten ihn in seine Wiege legen und die Tür abschließen", meinte sie.

Vidal strahlte, schaute dann aber besorgt aus. „Oh, mi amor, bist du sicher, dass es dir richtig gut geht?"

„Ich bin sicher und möchte es versuchen."

„Ich will dir nicht wehtun", sagte er.

„Das könntest du nie."

„Wir lassen es langsam angehen."

„Ja. Ich liebe dich, Vidal."

„Ich liebe dich so sehr, meine liebliche Rose."

Er küsste sie sanft auf die Lippen, nahm dann das schlafende Baby in die Arme und legte es in die Wiege. Das Baby schlief ruhig weiter.

Dann kehrte Vidal wieder zu seiner Frau zurück und zeigte ihr, auf seine sanfte Art, wie sehr er sie liebte.

Liebe Leser,

ich hoffe, euch hat diese kleine, leidenschaftliche Liebesgeschichte gefallen. Für eine Rezension wäre ich überaus dankbar. Achten Sie auch auf die weiter unten aufgeführten weiteren Bücher von mir.

Vor Jahrzehnten fing ich an *Liebliche Rose* zu schreiben, aber das Leben fragt manchmal nicht. Das halbfertige Manuskript lag einige Jahre herum. Im Herbst 2013 fing ich dann wieder an zu schreiben und lernte, meine Romane abzuschließen. Zu dieser Zeit entschied ich mich, Liebliche Rose zu beenden und tat es.

Sollte euch dieses Buch gefallen haben, dann gibt es noch weitere. Noch mehr historische, zeitgenössische oder übernatürliche Romantik, alles ganz schön...heiß. Hier meine Internetseite,http://simonebeaudelaire.com, auf der ich über neue Bücher informiere.

Meine Internetseite bei Next Chapter Publishing: https://www.nextchapter.pub/authors/simone-beaudelaire-romance-author.

Alles Liebe,
Simone Beaudelaire

ÜBER DEN AUTOR

In der Welt des Schreibens strebt Simone Beaudelaire nach technischer Exzellenz. Dabei erzeugt sie ein Weltbild, wo Heiliges und Sinnliches in Geschichten von Menschen münden, deren Beziehungen auf dem Glauben fußen, aber trotzdem Leidenschaft haben. Unumwunden explizit, jedoch zweifellos klassisch, kommen Beaudelaires über 20 Romane daher, sodass der Leser nachdenkt, weint, betet...und dabei etwas heiß und verstört wird.

Im richtigen Leben unterrichtet die Autorin Komposition an einer Volkshochschule in einer Kleinstadt westlich von Kansas. Sie ist verheiratet mit dem Autor Edwin Stark, hat vier Kinder und zwei Katzen.

Beaudelaire ist nicht nur Schriftstellerin erotischer Romane, sondern auch Akademikerin und möchte den rhetorischen Wert erotischer Literatur hervorheben. So hofft sie, das Stigma, das an der Literatur haftet, die am meisten von Frauen dominiert wird, loszuwerden.

Lightning Source UK Ltd.
Milton Keynes UK
UKHW011844301120
374378UK00002B/287